KB163755

지상의 양식

Les Nourritures Terrestres

세계문학전집 157

지상의 양식

Les Nourritures Terrestres

앙드레 지드

김화영 옮김

민음사

나의 친구 모리스 키요*에게

* Maurice Quillot(1870~1944). 고등학교 졸업반 시절(1889~1890)에 피에르 루이스의 소개로 사귄 '세나클' 친구로, 1889년 지드는 키요가 발간하는 격월간지 《포타슈 르뷔(Potache-Revue)》에 글을 발표한 적이 있다. 지드는 그에게 특별한 애정을 느껴 『지상의 양식』을 쓸 무렵 부르고뉴의 몽티니에 있는 그의 집안의 낙농 사업이 재정난에 처하자 여러 차례에 걸쳐 거액을 빌려주었다. 『새로운 양식』 3장의 1 중 두 번째 '만남' 참조.

차례

지상의 양식
(1897)

여기 우리가 지상에서 먹고 자양을 얻었던 과일들이 있다.*

—『코란』 2장 23절

* 『코란』 중에서도 가장 긴 이른바 「암소의 장(章)」에서 따온 말. 무함마드에 따르면, 낙원의 과일들 역시 지상에서 먹는 과일들과 똑같은 것임을 믿게 될 때 낙원을 믿는 사람들이 이런 말을 하게 될 것이라고 한다. 이 지상이 이미 낙원의 시작이니 지금 당장 여기서 행복해지자(Et nunc)는 뜻의 지드식 해석. 『새로운 양식』 4장의 2 중 "종교는 때를 만났다는 듯이 이렇게 말하지. '걱정하지 마라. 진짜는 저쪽 세상에서 시작인 거야. 넌 거기 가서 보상을 받게 돼.' 그러나 살아야 할 곳은 바로 여기 '이승'인 것이다." 참조.

1927년판에 붙이는 서문[1)]

1926년 7월

이 책은 도피와 해방의 교과서라지만 세인들은 즐겨 나를 그 속에 가두어 놓으려고 한다. 그래서 새로운 판을 찍어 내는 이 기회를 이용해 새로운 독자들에게 몇 가지 생각한 바를 피력하고자 한다. 그렇게 함으로써 이 책을 자리매김하고 더 명확한 동기를 밝힘으로써 그 중요성을 제한할 수 있을 것이다.

1. 『지상의 양식』은 병을 앓는 사람이 쓴 것은 아니지만, 적어도 회복기의 환자나 완쾌된 사람 혹은 전에 병에 걸린 적이

---

1) 1927년판은 클로드 아블린이 출판한 650부 한정판으로 지드가 수정, 보완한 텍스트이며 이후의 모든 판은 이 서문과 함께 이때의 것에 의거한다.

는 사람이 쓴 책이다. 따라서 이 책은 그 시적(詩的) 어조 자체에 이미, 하마터면 잃어버릴 뻔했던 그 무엇인 것처럼 한사코 삶을 부둥켜안으려는 사람 특유의 과격함이 담겨 있다.

2. 나는 문학이 견딜 수 없을 만큼 인공적 기교와 고리타분한 냄새로 찌들어 있던 시기에 이 책을 썼다. 당시 나는 문학이 다시금 대지에 닿아 그저 순박하게 맨발로 흙을 밟도록 하는 것이 급선무라고 여겼다.

이 책이 얼마나 그 시대의 취미와 충돌했는지는 당시 이 책이 인기를 얻는 데 완전히 실패하고 말았다는 사실만 보아도 알 수 있는 일이다. 어떤 비평가도 이 책에 관해 언급한 바가 없었다. 10년 동안 이 책은 겨우 500부가 팔렸을 뿐이다.[2)]

3. 이 책을 쓸 무렵 나는 이제 막 결혼으로 내 생활을 정착시켰고 그리하여 자진해서 자유를 포기했기에 그만큼 더 예술 작품으로서 나의 책은 자유의 회복을 즉각적으로 요구하는 것이었다. 이 책을 쓰는 동안 내가 아주 절실한 심정을 토로했음은 말할 필요도 없다. 그러나 내 마음을 부정하고 싶은 감정도 마찬가지로 절실했다.

4. 나는 내가 이 책에 얽매이고 싶지 않았다는 점을 덧붙여

2) 20세기 초 수십 년간 젊은이들의 '복음서'라고 일컬어진 이 책은 사실 처음 출판되었을 때 일반 대중이 거의 주목하지 않았다. 1897년에 찍은 초판 1650부가 매진되는 데 무려 18년이 걸렸다.

말해 두고자 한다. 내가 그려 보인 그 부유하는 듯한, 얽매임 없는 상태, 그 상태의 특징들을 나는 확실하게 고정시켜 놓았지만 그것은 마치 소설가가 자기와 닮았지만 실은 상상으로 지어낸 주인공의 특징들을 고정시키듯이 그려 놓은 것일 뿐이다. 그뿐만 아니라 오늘날에 와서 다시 생각해 보면, 당시 나는 그 특징들을 일단 나에게서 멀리 떼어 놓지 않은 채, 다시 말해서 그러한 특징들에서 거리를 두고 물러서지 않은 채 그 특징들을 고정시킨 것은 아닌 듯하다.

5. 사람들은 흔히 이 젊은 시절의 책에 비추어 나를 판단하려 든다. 마치 『지상의 양식』의 윤리가 나의 삶 전체의 윤리라도 되는 것처럼, 또는 내가 나의 젊은 독자에게 "나의 책을 던져 버려라, 그리고 나를 떠나라."라고 했던 충고를 나 자신이 제일 먼저 위반하기라도 했다는 듯이 말이다. 그렇다. 나는 『지상의 양식』을 쓰던 때의 나를 이내 떠나 버렸다. 그리하여 나의 생애를 돌이켜 볼 때 거기서 가장 두드러지게 눈에 띄는 특징은 예측 불허의 변덕스러움과는 거리가 먼 불변의 충실성임을 알 수 있다. 가슴과 머릿속에 깊이 뿌리박은 이 불변의 충실성, 나는 그것을 지극히 희귀한 것이라고 믿고 있다. 죽음이 눈앞에 닥쳐왔을 때, 성취하겠다고 스스로 다짐했던 것이 성취된 모습을 볼 수 있는 이들이 있다면 그들의 이름을 말해 달라. 나는 바로 그들 곁에 나의 자리를 잡으리라.

6. 그리고 또 한마디: 어떤 사람들은 이 책 속에서 오직 욕

망과 본능의 예찬밖에는 아무것도 보지 못하거나 오직 그것만을 보려고 든다. 내가 보기에 그것은 좀 근시안적인 소견인 듯하다. 내가 이 책을 다시 펼쳐 보노라면 거기 보이는 것은 오히려 어떤 '헐벗음'에 대한 옹호인 듯하다. 그것이 바로 다른 모든 것을 버리고도 내가 여전히 간직한 것이요, 지금도 변함없이 충실하고자 하는 것이다. 그리고 뒤에 다시 이야기하겠지만, 내가 훗날 복음서의 교리로 돌아가 자기 망각을 통한 가장 완전한 자기실현, 가장 드높은 규율 그리고 가장 무제한적인 행복의 허용에 이른 것도 실은 그 '헐벗음' 덕분이었다.

"나의 이 책이 그대로 하여금 이 책 자체보다 그대 자신에게, 그리고 그대 자신보다 그 밖의 다른 모든 것에 흥미를 가지도록 가르쳐 주기를." 이것이 바로 그대가 『지상의 양식』의 머리말과 마지막 문장들에서 읽을 수 있는 것이다. 그러니 구태여 그것을 되풀이할 필요가 어디 있겠는가?

A. G.

서문

내가 이 책에 기꺼이 붙이기로 한 이 엉뚱한 제목을, 나타나엘[3]이여, 오해하지 말라. 제목을 '메날크'[4]라고 할 수도 있

3) Nathanael. 지드 혹은 이 책의 화자인 시인은 그의 '제자'에게 예수의 첫 제자들 중 한 사람의 이름을 붙였다. 나타나엘은 히브리어로 '신의 선물'이란 뜻이다. 필립이 예수에게 그를 데리고 왔다. "예수는 나타나엘이 다가오는 것을 보자 그에 대해 이렇게 말한다. 여기 참다운 이스라엘 사람이 오는구나, 꾸밈없는 사람이로다. 저를 어떻게 아십니까 하고 나타나엘이 그에게 말했다. 필립이 너를 부르기 전, 네가 무화과나무 밑에 서 있을 때 내가 너를 보았다 하고 예수가 말했다."(「요한복음」 1장 47~48절) 『새로운 양식』의 후반부에 이르면 나타나엘은 '동지(camarade)'로 교체된다.

4) Ménalque. "세상에 한 번도 존재한 적이 없는" 이 '스승' 그리고 『배덕자』 같은 다른 작품에도 등장하는 이 인물의 이름 '메날크'는 베르길리우스의 『목가(Les Bucoliques)』에서 빌려온 그리스식 이름이다. 『목가』의 II, III, V, IX번 노래에 목동으로 등장하는 이 인물은 흔히 시인 베르길리우스 자신

었을 테지만, 메날크는 그대 자신이 그러하듯 이 세상에 한 번도 존재한 적이 없는 인물이다. 이 책에 붙일 수 있는 유일한 사람 이름은 이 책의 겉장에 나붙을 나 자신의 이름뿐이다. 그렇게 되면 내가 어떻게 이 책의 저자로 감히 서명할 수 있겠는가?

나는 허식도 부끄러움도 없이 이 책에 내 마음을 담았다. 그리고 나는 때로 본 적도 없는 고장들,[5] 맡아 보지도 않은 향기들, 하지도 않은 행동들(혹은 아직 만나 본 적도 없는 그대 나타나엘)에 대해 말하지만 결코 위선으로 그러는 것이 아니다. 그러한 것들도, 내가 쓰는 이 글을 읽게 될 나타나엘이여, 장차 그대가 어떤 이름을 가지게 될지 알지 못하기에 내가 지금 그대에게 붙여 주는 이 이름과 마찬가지로 거짓은 아닌 것이다.

그러므로 나의 이야기를 읽은 다음에는 이 책을 던져 버려라. 그리고 밖으로 나가라. 나는 이 책이 그대에게 밖으로 나가고 싶은 욕망, 어느 곳으로부터든, 그대의 도시로부터, 그대의 가정으로부터, 그대의 방으로부터, 그대의 생각으로부터 밖으로 나가고 싶은 욕망을 불러일으키기 바란다. 만약 내가 메날크라면, 그대를 인도하기 위해서 나는 그대의 오른손을 잡았을 것이다. 그러나 그대의 왼손은 그것을 알지 못했을 것이고, 우리가 도시들에서 멀어지는 즉시 나는 되도록 빨리 꼭

으로 해석된다.

5) 사실 지드가 이 책에서 "본 적도 없는 고장들"에 대해 언급하는 경우는 거의 없다. 6장에 나오는 터키의 항구 스미르나만이 예외다.

잡았던 손을 놓고 말했을 것이다. 자, 이제 나를 잊어버려라.

나의 이 책이 그대로 하여금 이 책 자체보다 그대 자신에게, 그리고 그대 자신보다 그 밖의 다른 모든 것에 흥미를 가지도록 가르쳐 주기를.

1장

오랫동안 잠들어 있던 내 게으른 행복이
이제 눈을 뜨나니…….

—하피즈[6]

1

나타나엘이여, 도처(到處)가 아닌 다른 곳에서 신(神)을 찾기를 바라지 말라.

피조물은 저마다 신을 가리키지만 그 어느 것도 신을 드러내 보이지는 않는다.

우리의 시선이 제게 머물기만 하면 즉시 피조물은 저마다 우리를 신에게서 벗어나 버리게 하는 것이다.[7]

---

6) Chams al-Din Muhammad Hafiz(1320~1389). 페르시아 최고의 시인. 시라즈 태생으로 추정되며 신학, 문학, 아랍어에 능통한 인물로 자연, 술, 사랑의 기쁨과 슬픔을 노래한 '라잘' 형식 시의 대가이다. 페르시아의 모든 전통적 이미지를 간결한 문체로 노래한 걸작 시집 『디반』은 동방에 큰 영향을 끼쳤는데 지드는 괴테의 책을 통해서 이 시들을 알게 되었다.

다른 사람들은 작품을 발표하거나 일을 하고 있는데[7] 나는 오히려 3년 동안이나 여행을 하며[8] 머리로 배운 모든 것을 잊어버리려 했다. 배운 것을 비워 버리는 그러한 작업은 느리고도 어려웠다. 그러나 그것은 사람들로부터 강요당했던 모든 배움보다 나에게는 더 유익했으며, 진실로 교육의 시작이었다.

삶에 흥미를 갖기 위해 우리가 얼마나 많은 노력을 해야 했는지 그대는 결코 알지 못하리라. 그러나 삶이 우리의 흥미를 끌게 된 지금 세상만사가 다 그렇듯이, 그 흥미는 열광적인 것이 되리라.

잘못을 저지를 때보다 그것을 벌할 때 더 많은 쾌감을 느끼며 나는 즐거이 나의 육체를 벌했다.[9] 그저 단순히 죄를 범

---

7) 이 도입부는 지드의 감각적 인식을 이해하는 데 매우 중요한 대목이다. 그는 1893~1894년 『일기』에서 이렇게 지적한다. "사물들은 신을 번역해 주는 역할을 한다. 사물들은 지나가 버리지만 신의 의미와 말은 남는다. 우리는 마치 지극히 부드러운 말을 듣고 나서 그 말을 하던 목소리의 그 무엇으로도 대신할 수 없는 억양을 아쉬워하듯 지나가 버린 사물들을 아쉬워한다." 이 도입부에 대해 샤를 뒤보는 이렇게 말한다. "『지상의 양식』은 지드가 밟아 가는 노선에서 결정적인 한순간으로 기록된다. 그것은 즉 사상에 감각이 대치되는 순간, 신이 기도를 심화하고 되풀이하는 데서 구해지는 것이 아닌, 『지상의 양식』의 매우 의미심장한 표현대로, 신이 더 이상 '도처가 아닌 다른 곳에서'는 구해지지 않는 그런 결정적 순간인 것이다. 이 순간부터 중요한 것은 어떤 공간적인 신, 말하자면 적어도 도처에 흩어져 있는 신일 뿐 가장 열렬한 명상 끝에 광명처럼 나타나는 저 신성한 에센스가 아니다."

8) 1893년 10월 북아프리카를 향해 배를 타고 떠나서부터 1896년까지를 말한다.

9) 『앙드레 발테르의 수기(Les Cahiers d'André Walter)』에 이르기까지 청년

하지 않는다는 것만으로도 나는 무한한 자부심을 느꼈던 것이다.

자신의 마음속에서 '공적(功績)'이라는 생각 자체를 아예 없애 버릴 것. 정신에는 그것이야말로 커다란 장애인 것이다.

……우리의 나아갈 길들이 확실치 않아서 우리는 일생 동안 괴로워했다. 그대에게 뭐라고 말해야 좋을까? 생각해 보면 선택이란 어떤 것이든 무서운 것이다.[10] 의무를 인도해 주지 않는 자유란 무서운 것이다. 어디를 둘러보아도 낯설기만

시절 초기, 신비주의적 고행에 열광할 무렵 지드는 "새벽에 일찍 일어나 전날 저녁 욕조에 가득 채워 놓았던 싸늘한 물속에 몸을 잠그곤 했다. 그리고 일을 시작하기 전에 성서 몇 쪽을 읽었다……. 고행을 위해 나는 마룻바닥에서 잠잤다. 한밤중에 자리에서 일어나 무릎을 꿇었다……."(『한 알의 밀알이 죽지 않으면』)

10) 이 책의 매우 중요한 주제인 '선택'은 이후 4장 첫머리에서 일회적, 선적으로 흘러가 버리는 시간과 관련하여 더 구체적으로 나타난다. "시간이 달아나 버리는 것이 나는 너무나도 안타까웠다. 선택을 해야만 한다는 것이 나에게는 언제나 견딜 수 없는 일이었다. 선택이 내게는 고르는 것이라기보다는 고르지 않은 걸 버리는 것으로만 보였다. 시간이 좁다는 것과 시간이 하나의 차원밖에 갖고 있지 않다는 사실을 끔찍한 마음으로 깨달았던 것이다. 폭이 널따란 어떤 것이었으면 하고 바랐지만 그것은 한낱 선(線)에 지나지 않았고, 나의 욕망들은 그 선 위를 달리면서 어쩔 수 없이 서로 짓밟지 않으면 안 되었다. 나는 '이것' 아니면 '저것'밖에 할 수 없었다." 그러나 이 선택의 문제는 『지상의 양식』의 마지막 「찬가」에 이르러 어떤 해결의 실마리를 찾는다. "어떤 눈부신 사랑이 별들을 인도하고 있는 것입니다. 그들의 선택이 법칙을 확정하게 되니 우리는 그 법칙에 좌우됩니다. 우리는 도망갈 길이 없어요."

한 고장에서 하나의 길을 택해야 하는 것이니, 사람은 저마다 거기서 '자신만의' 발견을 하게 되는 것이다. 분명히 말하지만 그 발견이란 오직 자기 자신만을 위한 것이다. 그러므로 더없는 인적미답의 땅 아프리카에서 더듬어 가는 가장 불확실한 발자취도 그보다는 덜 불안할 터이니……. 그늘진 수풀들이 우리의 마음을 끌고, 아직 마르지 않은 샘터의 신기루들이……. 그러나 샘물들은 오히려 우리가 샘솟기를 바라는 바로 그곳에 있으리라. 한 고장은 오직 우리가 다가가면서 그 고장을 형상화하게 됨에 따라 존재하게 되는 것이며 그 주위의 풍경은 차츰차츰 걸어가는 우리의 걸음 앞에 전개되는 것이 아니던가. 그리고 우리는 지평선 끝을 보지 못한다. 우리 곁에 있는 것일지라도 그것은 항시 다른 모습으로 변하며 이어지는 외관에 불과한 것이다.

그러나 이처럼 중대한 문제를 놓고 비유를 들어 무엇 하겠는가? 우리는 모두 신(神)을 발견해야 한다고 생각한다. 그러나 유감스럽게도 우리는 신을 찾게 될 때까지는 어디를 향해 기도드려야 하는지 알지 못한다. 그러다가 결국 신은 도처에, 아무 곳에나 존재한다고 생각하는 것이다. 어디 있는지 알 수 없는 그분, 그리하여 사람들은 아무 데서나 무턱대고 무릎을 꿇는 것이다.

나타나엘이여, 그대도 제 손에 든 등불이 인도하는 대로 길을 더듬어 가는 사람이나 다름없이 될 것이다.

어디로 가나 그대는 오직 신밖에 만날 수 없다. 메날크가 말하기를 신이란 우리 눈앞에 있는 것이라고 했다.

나타나엘이여, 그대는 모든 것을 지나가며 바라볼 뿐 그 어느 곳에서도 멈추지 말라. 오직 신만이 임시적인 것이 아님을 명심하라.

'중요한 것'은 그대의 시선 속에 있을 뿐 바라보이는 사물 속에 있어서는 아니 될 것이다.

그대가 '확연한' 지식으로 머릿속에 간직하고 있는 모든 것은 여러 세기 동안 써먹힐 때까지 그대와는 확연히 분리된 채로 남아 있을 것이다. 무엇 때문에 그것에 그리도 집착하는 것인가?

욕망하는 것은 득이 되고 또 욕망을 만족시키는 것도 득이 된다. 왜냐하면 욕망은 그렇게 함으로써 증가되니까. 내 진실로 그대에게 말하나니, 나타나엘이여, 욕망의 대상의 늘 거짓될 뿐인 소유보다는 매번 욕망 그 자체가 나를 더욱 풍요롭게 해 주었느니라.[11]

수많은 감미로운 것들을 위해, 나타나엘이여, 나는 사랑을 소진했다. 그것들이 찬란한 것은 내가 그것들을 향해 끊임없

---

11) "나는 항상 활짝 핀 꽃보다는 약속이 가득한 꽃망울을, 소유보다는 욕망을, 완성보다는 발전을, 성년보다는 소년을 더 좋아했다."(『일기』, 1939~1949)

이 뜨겁게 달려들었기 때문이다. 나는 지칠 줄을 몰랐다. 모든 열정이 나에게는 사랑의 소모, 감미로운 소모였다.

이단 중에서도 이단이던 나는 고려의 대상에서 제외된 의견들, 극단적으로 우회하거나 서로 대립하는 생각들에 항시 마음이 끌렸다. 어떤 사람을 만날 때면 나는 오직 그의 남들과 다른 면[12] 때문에 흥미를 느낄 뿐이었다. 그리하여 나는 나의 마음속에서 공감(共感)을 몰아내 버리기에 이르렀다. 공감이란 다만 공통된 감동의 인정에 불과한 것으로 보였기 때문이다.

나타나엘이여, 공감이 아니라, 사랑이어야 한다.

행동이 선한 것인지 악한 것인지를 '판단'하지 말고 행동할 것. 선인지 악인지에 개의치 말고 사랑할 것.

나타나엘이여, 내 그대에게 열정을 가르쳐 주리라.[13]

평화로운 나날보다는, 나타나엘이여, 차라리 비장한 삶을 택하라. 나는 죽어서 잠드는 휴식 이외의 다른 휴식을 바라지 않는다. 내가 살아 있는 동안 만족시키지 못한 모든 욕망, 모든 에너지가 사후까지 살아남아서 나를 괴롭히게 되지 않을

---

12) 『지상의 양식』 마지막에 붙인 「헌정하는 말」 끝의 "너 자신을 아! 존재들 중에서도 결코 다른 것으로 대치할 수 없는 존재로 창조하라."와 비교해 볼 것.

13) "나타나엘이여, 내 그대에게 열정을 가르쳐 주리라.(Nathanael, je t'enseignerais la ferveur.)" 여기서 '사랑의 소모'인 '열정'은 지드에게 있어서 욕망으로 팽팽하게 긴장된 채 항시 대기 상태(disponible)인 존재의 열광적인 기대를 의미한다.

까 두렵다. 나는 내 속에서 대기하고 있는 모든 것을 이 땅 위에 다 표현한 다음 흡족한 마음으로 더 바랄 것 없이 완전하게 '절망하여'[14] 죽기를 '희망'한다.

공감이 아니라, 나타나엘이여, 사랑이어야 한다. 그대도 알겠지만 그것은 같은 것이 아니다. 이따금 내가 슬픔, 근심, 괴로움에 마음을 기울일 수 있었던 것은 아마도 사랑을 잃어버리게 되지 않을까 두려웠기 때문일 것이다. 그렇지 않다면 나는 그런 것들을 좀처럼 견디지 못했을 것이다. 인생의 걱정은 각자에게 맡겨 두라.

(곡간에서 탈곡기가 돌아가고 있어서 오늘은 글을 쓸 수가 없다. 어제 보았는데 유채 씨를 털고 있었다. 깍지가 날고 낟알이 땅에 굴러 떨어지곤 했다. 먼지로 숨이 막힐 지경이었다. 어떤 여자가 기계를 돌리고 있었다. 예쁘게 생긴 두 사내아이가 맨발로 씨앗을 줍고 있었다.

더 이상 아무 할 말이 없어 눈물이 난다.

아무 할 말이 없을 때는 글을 쓰기 시작하는 게 아니라는 것을 나도 알고 있다. 그렇지만 나는 썼다. 그리고 같은 주제로 다른 이야기들을 또 쓰게 될 것이다.)

---

14) '희망'을 완전히 다 소진한 다음에.

*

나타나엘이여, 다른 어느 누구도 그대에게 준 적이 없는 기쁨을 나는 그대에게 주고 싶다. 그것을 어떻게 그대에게 주어야 할지 모르겠지만 그 기쁨을 나는 가지고 있다. 다른 어느 누가 했던 것보다 더 친밀한 마음으로 나는 그대에게 이야기하고 싶다. 그대가 한 권, 한 권의 책 속에서 지금껏 받은 계시보다 더 많은 것을 찾으려 애쓰면서 수많은 책들을 차례로 펼쳤다 접었다 하는 이 밤 시간, 그래도 만족되지 않아 무엇인가를 기다리고 있을 이 밤 시간, 허전한 마음 금치 못하여 그대의 열정이 슬픔으로 변하려는 이 밤 시간에 나는 그대에게가 닿고 싶다. 나는 오직 그대를 위해 글을 쓴다. 나는 오직 이러한 시간을 위해 그대에게 이 글을 쓴다. 내가 쓰고 싶은 책은 그대가 보기에 일체의 개인적 생각이나 감동이 배제된 듯한, 오직 그대 자신의 열정만이 투사되어 있는 듯한 그런 책이다. 나는 그대에게 다가가고 싶다. 그리하여 그대가 나를 '사랑하게' 되기를 바란다.[15)]

수심(愁心)이란 식어 버린 열정 이외에는 아무것도 아니다.

누구나 다 벌거숭이가 될 수 있다. 어떤 감동이나 다 충만해질 수 있다.

---

15) 4장 첫머리에서 메날크도 이와 비슷한 말을 한다. "나의 기쁨이 너무나 커서 그것을 누군가에게 전하고 싶고, 나의 마음속에서 기쁨을 살아 숨 쉬게 하는 것이 무엇인지를 가르쳐 주고 싶을 때가 있었다."

나의 감동들은 종교와도 같이 활짝 열렸다. 그대는 알 수 있는가. 모든 감각은 무한한 '현존(現存)'이라는 것을.

나타나엘이여, 내 그대에게 열정을 가르쳐 주리라.

빛을 발광체와 분리할 수 없듯이 우리의 행위들은 우리와 불가분의 관계를 맺고 있다. 그 행위들이 우리를 소진시키는 것은 사실이지만, 그것은 또한 우리의 찬란함을 이루는 것이다.[16)]

그리고 우리의 영혼이 어떤 가치를 지니는 것은 그것이 다른 무엇보다 더 뜨겁게 불탔기 때문이다.

나는 그대들을 보았다. 새벽의 흰빛에 잠긴 광대한 들판들이여. 푸른 호수들이여, 나는 그대들의 물결 속에서 목욕했다. 대기가 웃음 지으며 어루만져 줄 때마다 나는 미소 지었으니 이것이야말로 나타나엘이여, 내 그대에게 지칠 줄 모르고 거듭 말하고 싶은 것이다. 나타나엘이여, 내 그대에게 열정을 가르쳐 주리라.

만약 내가 그보다 더 아름다운 것들을 알았다면 나는 그것들을 그대에게 말해 주었을 것을. 다른 것은 말고, 오직 그것들만을.

메날크여, 그대는 나에게 예지를 가르쳐 주지 않았다. 예지

---

16) 지드는 8장 앞에 붙인 제사(題詞)에서 이 말의 구문을 변형해 사용하고 있다. "빛을 발광체와 분리할 수 없듯이 우리의 행위들은 우리와 불가분의 관계를 맺고 있다. 그 행위들이 우리를 찬란하게 빛내 주는 것은 사실이지만, 그것은 오직 우리 자신의 소진에 의해 가능한 것이다."

가 아니라 사랑이었다.

나타나엘이여, 나는 메날크에게 우정 이상의 감정을 품었다. 그것은 거의 사랑과도 같은 것이었다. 나는 또한 그를 형제처럼 사랑했다.

메날크는 위험하다. 그를 두려워하라. 그는 현자(賢者)들에게 배척당하지만 아이들은 그를 두려워하지 않는다. 그는 아이들에게 그들의 가족을 더 이상 사랑하지 않도록 노력하고, 서서히 가정을 떠나라고 가르친다. 그는 야생의 새큼한 과실(果實)에 대한 욕망으로 아이들의 마음을 병들게 하고 야릇한 사랑으로 번민하게 한다. 아아, 메날크여, 나는 그대와 더불어 또 다른 길들을 달리고 싶었거늘. 그러나 그대는 약한 마음을 미워하였기에 나에게 그대를 떠나는 법을 가르쳐 주려 들었다.[17]

어떤 인간에게나 기이한 가능성들이 있으니. 과거가 벌써 현재 속에 하나의 역사를 투영하지 않는다면 현재는 모든 미래로 충만할 것이다. 그러나 유감스럽게도 하나밖에 없는 과거가 하나밖에 없는 미래를 제시하고, 공간 위에 찍힌 무한한 점처럼 우리 앞에 하나밖에 없는 미래를 투사하는 것이다.

사람은 오직 자기가 이해할 수 있는 것밖에는 아무것도 하

---

17) 『배덕자』에서 마르슬린은 미셸에게 그의 배덕자 교리는 아름다운 것일지 모르나 "마음 약한 자들을 제거해 버린다."라고 지적한다. 니체적인 울림이 느껴지는 표현이다.

지 못한다고 자신할 수 있다. 이해한다는 것은 곧 스스로 행할 수 있음을 느끼는 것이다. 최대한으로 많은 인간성을 수용할 것, 이것이야말로 훌륭한 공식이다.[18)]

삶의 다양한 형태들이여, 너희 모두가 다 나에게는 아름답게 보였다.(내가 그대에게 말하는 것, 그것은 또한 메날크가 나에게 하곤 했던 말이다.)

나는 모든 열정과 모든 악덕을 다 경험해 보았으면 좋겠다. 적어도 나는 그것들을 조장(助長)했다. 나의 온 존재는 모든 형태의 믿음들을 향해 내달렸다. 어떤 저녁이면 나는 너무나도 정신없이 빠져든 나머지 거의 내 영혼의 존재를 믿을 정도가 되었다. 그만큼 내 영혼이 거의 육체에서 빠져나가려는 듯이 느꼈던 것이다라고 메날크는 또한 내게 말했다.

그리하여 우리의 삶은 마치 우리 앞에 놓인 찬물 가득한 이 유리잔 같은 것이었다고 할 수 있다. 열병 환자가 손에 들고 마시기를 원하는 이 물 담긴 유리잔 말이다. 그가 단숨에 마셔 버리는 한 잔의 물. 기다려야 한다는 사실을 뻔히 알면서도 그 감미로운 유리잔을 입술에서 떼어 버릴 수가 없는 것이다. 이 물은 그토록 시원하고, 그는 뜨겁게 달아오르는 신열 때문에 그토록 목이 타는 것이다.

---

18) 지드의 드라마는 선택의 드라마가 아니라 삶의 최대한으로 다양한 형태들을 자기 안에 수용해 공존하게 하고 조화시키려고 노력하는 자의 드라마이다.

2

아, 나는 밤의 차가운 공기를 얼마나 많이 들이마셨던가. 아, 창(窓)이여! 창백한 달빛이 그리도 많이 흘러내리고 있었다. 안개가 드리워 마치 샘물인 양, 입으로 마실 수도 있을 것만 같았다.

아, 창이여! 얼마나 여러 번 내 이마가 그대의 서늘한 유리에 기대어 열을 식혔던가. 너무나도 뜨거운 침대에서 발코니로 뛰어나가 넓고 고요한 하늘을 바라볼 때면 얼마나 여러 번 나의 욕망들이 안개처럼 증발해 사라졌던가.

흘러간 날들의 뜨거운 열병들이여, 그대들은 나의 육체를 치명적으로 소진시켜 버렸다. 그러나 잠시 신에게서 눈을 돌려 딴 데 관심을 기울이게 해 주는 것이 하나도 없을 때 영혼은 얼마나 지쳐 버리고 마는가!

외곬으로 달리는 나의 찬양은 무서운 것이었다. 나는 그 때문에 송두리째 얼이 빠져 버렸다.[19]

메날크가 나에게 말했다. 그대는 앞으로도 오랫동안 영혼들의 불가능한 행복을 찾아 헤매게 될 것이라고.[20]

수상한 황홀감에 빠져 있던 처음 며칠이 지나자(그러나 아

---

19) 이때의 '얼빠짐(se décontenancer)'은 황홀경에 접어든 신비주의자가 체험하는 내면적 공허와 유사한 것이다.

20) 지드는 이 장에서 메날크와 조우하기 전까지 그의 소년·청년 시절의 역사를 환기시키게 된다. '새로운 존재'가 태동하고 앙드레 발테르가 메날크로 대치되는 과정이 그것이다.

직 메날크를 만나기 전인데) 늪을 건너는 것 같은 불안한 기다림의 시기가 왔다. 무거운 졸음에 빠져든 나머지 아무리 잠을 자도 정신이 들지 않았다. 식사를 마치면 자리에 누웠다. 잠을 자고 깨어나면 더 피로해졌다. 어떤 변모(變貌)를 앞둔 것처럼 정신이 멍했다.

생명체의 저 알 수 없는 은밀한 작업. 내면의 태동(胎動), 미지의 생명 창조, 난산(難産). 졸음, 기다림. 번데기처럼, 님프처럼 나는 잠을 잤다. 나는 내 속에서 새로운 존재가 형성되어 가는 대로 맡겨 두었다. 내가 앞으로 될 그 존재는 이미 나를 닮지 않은 것이었다. 모든 빛이 켜켜이 쌓인 초록빛 물의 층들을 거쳐 오듯이, 나무 잎사귀와 가지들을 거쳐 오듯이, 내게로 닿아 오고 있었다. 술에 취한 것 같기도 하고 심한 어지러움 같기도 한, 몽롱하고 무기력한 지각, 아, 급성 발작이건 병이건 격심한 통증이건 어서 와 주렴! 하고 나는 애원했다. 그런데 내 머릿속은 무겁게 구름이 가득 드리운 뇌우(雷雨)의 하늘과도 같았다. 숨도 쉬기 어려운 그곳에서는 모든 것이 울적하게 창공을 덮어 가리고 있는 그 침침한 가죽 물 자루를 찢어 줄 번갯불을 기다리고 있다.

기다림들이여, 그대들은 얼마나 오래 계속되려는가? 그리하여 기다림이 끝나고 나면 우리에게 과연 살아갈 만한 기력이 남게 될 것인가? 기다림! 무엇의 기다림이란 말인가? 하고 나는 외쳤다. 우리 자신으로부터 생겨나지 않는 무엇이 일어날 수 있겠는가? 그리고 우리가 이미 알고 있는 것이 아닌 무엇이 우리에게서 가능할 것인가?

아벨의 출생, 나의 약혼,[21] 에릭의 죽음, 뒤죽박죽이 된 나의 삶, 이 모든 것은 이 무감각 상태를 끝내 주기는커녕 더욱 더 나를 그 속으로 몰아넣는 것 같았다. 그만큼 이 마비 상태는 나의 복잡한 상념과 결단성 없는 의지에서 오는 듯했다. 나는 축축한 땅에서 식물처럼 언제까지나 잠을 자고만 싶었다. 때로는 쾌락이 고통을 눌러 없애 주려니 생각하고 육체의 소모에서 정신의 해방을 찾으려고 했다. 그러고는 다시 오랜 시간 동안 잠을 자는 것이었다. 마치 활기찬 집 안에서 대낮에 더위를 못 참아 조는 것을 보고 자리에 뉘어 재우는 어린아이처럼.

그러다가 나는 아주 먼 곳으로부터 깨어나는 것이었다. 몸은 땀에 젖어 있고 심장은 두근거리고 머리는 흐리멍덩했다. 저 밑에서, 닫아 놓은 덧문 틈으로 스며들어 잔디밭의 녹색 그림자를 흰 천장에 반사하는 빛, 저녁의 그 밝은 빛만이 나에게는 감미로웠다. 그것은 나뭇잎들과 물 사이로 흘러들어 부드럽고 아늑하게 느껴지는 빛, 오랫동안 그 깊은 어둠으로 우리를 감싸 주는가 싶더니 마침내 동굴 어귀에서 떨리고 있는 그러한 광채와도 같았다.

집 안에서 나는 여러 가지 소리들이 어렴풋이 들려왔다. 나는 서서히 되살아났다. 미지근한 물로 몸을 씻고 권태에 못 이겨 벌판으로 나가곤 했다. 정원의 벤치까지 가서 아무것도 하는 일 없이 저녁이 다가오는 것을 기다렸다. 말하기도, 이야기

21) 지드는 1895년 6월 17일에 약혼했다.

를 듣기도, 글을 쓰기도 싫고 줄곧 피곤하기만 했다. 나는 시를 읽었다.

……그는 눈앞에 있는
인적 없는 길들을 본다,
물에 내려앉은 바닷새들은
날개를 펼치고……
나 살아야 할 곳 바로 여기로다…….
……마지못해 내가 몸담고 있는 곳은
숲속의 나무 잎새들 밑
떡갈나무 밑, 이 지하 동굴 속이니.
이 토굴집은 써늘하여라.
나는 온통 지쳐 버렸으니.
골짜기들 어둡고
언덕은 높아
쓸쓸한 나뭇가지 울타리
가시덤불에 덮이고,
즐거울 것 없는 거처로다.[22)]

가능하기만 할 뿐 아직 가져 보지 못한 어떤 생명의 충만함이 이따금 엿보이는가 싶더니 다시 점점 더 강박적인 모습으

---

22) 『유적의 노래(The Exile's Song)』 중에서. 이폴리트 텐의 번역 및 인용. 『영국 문학』, I, 30.(원주)

로 되살아나는 것이었다. 아! 햇빛의 문이여, 어서 열려라, 끊임없는 이 보복들의 한가운데서 폭발하라! 이렇게 나는 외치는 것이었다.

나의 온 존재가 새로운 것 속에 흠뻑 젖어 들고 싶은 욕구 같은 것을 품고 있는 듯했다. 나는 제2의 사춘기를 기다리고 있었다. 아! 내 눈에 새롭게 보는 힘을 부여하고 거기에 묻은 책의 때를 씻어 내 그 눈으로 보는 창공(최근에 내린 비로 오늘은 완전히 씻긴)같이 되게 할 것…….

나는 병에 걸렸다. 여행을 했고 메날크를 만났다. 그리하여 나의 기막힌 회복기는 그야말로 하나의 재생이었다.[23] 나는 새로운 하늘 밑, 완전히 새로워진 사물들 한가운데서 새로운 존재로서 다시 태어났다.

3

나타나엘이여, 내 그대에게 기다림을 이야기해 주마. 나는 여름 동안 벌판이 기다리는 것을 보았다. 비가 조금이라도 내리기를 기다리는 것을. 길의 먼지들이 너무나 가벼워져서 바

---

23) 4장 첫 부분에서 메날크도 다시 언급하는 '재생(palingénésie)'은 세례에 의한 은총을 통해서 새로이 태어남을 의미한다. 이 문장은 지드가 1893년 가을부터 1894년 봄까지 체험한 것을 적절히 요약하고 있다. 메날크와의 만남은 아프리카에서 '회생한 자의 비밀'을 발견한 것의 알레고리로 표현된다.

람이 일 때마다 날렸다. 그것은 이미 욕망이라기보다는 차라리 조바심이었다. 땅은 물을 더 많이 받아들이려는 듯이 말라 터지고 있었다. 광야의 꽃향기는 거의 견디기 어려울 지경이었다. 뙤약볕을 받아 모든 것이 몽롱해져 갔다. 우리는 매일 오후 테라스 밑으로 가서 혹독한 햇빛의 광채를 얼마간 피하면서 쉬었다. 바야흐로 꽃가루 가득한 솔방울 달린 나무들이 수분(受粉)을 멀리멀리 퍼뜨리려고 가지를 너울너울 흔들고 있는 때였다. 하늘에는 비구름이 엉키고 온 자연이 기다리고 있었다. 모든 새들마저 소리를 죽이는 너무나도 숨 막힐 듯 엄숙한 순간이었다. 땅에서 불같이 뜨거운 바람이 솟아올라 모든 것이 정신을 잃고 쓰러져 버릴 것만 같았다. 침엽수들의 꽃가루가 황금 연기처럼 가지들에서 쏟아졌다. 이윽고 비가 내렸다.

나는 하늘이 새벽의 기다림으로 전율하는 것을 보았다. 하나씩 별들이 꺼져 갔다. 목장은 이슬에 젖어 있었다. 공기는 싸늘한 애무 그 자체였다. 얼마 동안 어렴풋한 생명은 잠에 빠진 채 눈을 뜰 생각이 없는 듯, 아직도 피로가 가시지 않은 나의 머리는 어리둥절한 상태를 벗어나지 못했다. 나는 숲 기슭까지 올라갔다. 그리고 자리에 앉았다. 짐승들은 저마다 날이 새고 있음을 굳게 믿고 다시 움직이며 즐거움을 되찾았다. 그리고 생명의 신비가 나뭇잎들의 터진 구멍마다 퍼져 나오기 시작했다. 이윽고 날이 밝았다.

나는 또 다른 새벽들을 보았다. 나는 밤의 기다림을 보았다……[24]

나타나엘이여, 그대의 마음속에서 기다림은 욕망마저도 아니어야 하고 다만 무엇이든지 받아들이기 위한 한갓 마음의 준비여야 하리니. 그대에게로 오는 모든 것을 기다려라. 그러나 오직 그대에게로 오는 것만을 원해야 한다. 오직 그대가 가진 것만을 원해야 한다.[25] 하루의 매 순간 그대는 신을 송두리째 다 가질 수 있음을 알라. 그대의 욕망은 사랑이어야 하며, 그대의 소유는 사랑에 넘치는 것이라야 할 것이다. 효력이 없는 욕망을 무엇에 쓰겠는가?

뭐라고! 나타나엘이여, 신을 소유하고 있으면서도 그것을 알아차리지 못했으니! 신을 소유한다는 것은 신을 보는 것이다. 그러나 신은 일부러 쳐다보는 것이 아니다. 어느 오솔길 모퉁이를 돌다가, 발람이여, 그대는 그대의 나귀가 멎어서는 곳, 바로 눈앞에서 신을 보지 않았던가?[26] 그대가 신을 그와 달리 상상하고 있었던 까닭이다.

나타나엘이여, 우리가 일부러 기다리지 않을 수 있는 것은

---

24) 지드는 여러 가지 '기다림'(벌판은 비를 기다리고, 하늘은 새벽을 기다린다.)을 통해서 '욕망'의 상태가 어떤 것인지를 실감 나게 그려 보인다.

25) 여기서 우리는 준비된 마음의 대기 상태(disponibilité)가 실제로는 『지상의 양식』의 가장 중추적인 메시지로 「서문」에서 강조하는 '헐벗음에 대한 옹호'와 일치함을 알 수 있다.

26) 구약성서 「민수기」 22장 21~35절에 나오는 에피소드의 암시. 발람은 야훼의 말을 듣지 않은 채 나귀를 타고 길을 나선다. 세 번이나 야훼의 천사가 '손에 칼을 뽑아 들고' 길을 막지만 그는 보지 못한다. 그러나 나귀는 그것을 보고 물러나니 주인은 나귀를 매질한다.

오직 신뿐이다. 신을 기다린다는 것은, 나타나엘이여, 그대가 이미 신을 소유하고 있다는 사실을 깨닫지 못함을 뜻한다. 신을 행복과 구별해 생각하지 말고 그대의 온 행복을 순간 속에서 찾아라.

마치 창백한 동방 여자들이 그녀들의 전 재물을 몸에 지니고 다니듯이 나는 나의 모든 재산을 내 속에 지녔다. 내 생애의 작은 한순간마다 나는 내 속에서 나의 재산 전체를 고스란히 느낄 수 있었다. 나의 재산은 여러 가지 특별하고 많은 물건들을 모두 합친 것으로 이루어진 것이 아니라 나의 유일한 찬양으로 이루어진 것이었다. 나는 늘 나의 모든 재산을 내 모든 권능으로 삼았던 것이다.

저녁을 바라볼 때는 마치 하루가 거기서 죽어 가듯이 바라보라. 그리고 아침을 바라볼 때는 마치 만물이 거기서 태어나듯이 바라보라.

그대의 눈에 비치는 것이 순간마다 새롭기를.

현자란 모든 것에 경탄하는 자이다.

오, 나타나엘이여, 그대의 머리가 피로한 것은 모두 잡다한 그대의 재산 때문이다. 그대는 자신이 그 '모든 것들 중' 어느 것을 더 좋아하는지조차 모른다. 그리하여 그대는 삶만이 유일한 재산이라는 사실을 깨닫지 못한다. 삶의 가장 짧은 순간일지라도 죽음보다 강해서 죽음을 부정한다. 죽음은 모든 것이 끊임없이 새로워지도록 하기 위해 다른 삶들을 허용하는 것에 불과하다. 삶의 어떤 형태라도 스스로를 표현하는 데 필요한 시간보다 더 오래 '그것'을 붙잡아 두지 않게 하기 위해. 그대의 말이 울려 퍼지는 순간은 행복하여라. 그 밖의 시간에는 귀를 기울여 들어라. 그러나 그대가 말을 할 때는 귀를 기울이지 말라.

나타나엘이여, 그대 안에 있는 모든 책들을 불태워 버려야 한다.

롱드
내가 불태워 버린 것들을 찬양하기 위해

학교 교실 책상 앞 조그만 걸상에 앉아 읽는 책들이 있다.

걸어가며 읽는 책들이 있다.
(책의 크기 때문이기도 하지만.)
어떤 것은 숲에서 읽는 것, 또 어떤 것은 다른 들판에서 읽는 것,
그리하여 키케로는 말했더라.
"그들은 우리와 더불어 전원에 있으니."
어떤 것은 내가 마차 안에서 읽는 책,
또 다른 것들은 헛간의 건초 더미 속에 누워서 읽는 책들.
우리에게 영혼이 있음을 믿게 하기 위한 책도 있고
영혼을 절망케 하는 책도 있다.
신의 존재를 증명하는 책이 있는가 하면

또 다른 책들에서는 신에게 이르지 못한다.
개인의 서가가 아니면 꽂아 둘 수 없는 책들이 있다.
자격 있는 많은 비평가들에게 찬사를 받은 책들이 있다.

양봉(養蜂)에 관한 이야기만 쓰여 있어
어떤 이들에게는 너무 전문적이라고 생각되는 책도 있고
자연에 관한 이야기가 어찌나 많은지
읽고 나면 산책할 필요가 없어지는 책도 있다.

점잖은 어른들에게는 멸시를 받지만
어린아이들은 흥미진진해하는 책들도 있다.

사화집(詞華集)이라고 불리는 것으로서
무슨 주제에 대해서든 좋은 말은 모두 다 모아 놓은 것도 있다.
그대들이 인생을 사랑하도록 해 주려는 책들이 있는가 하면
쓴 뒤에 저자가 자살했다는 책도 있다.
증오의 씨를 뿌리고
뿌린 것을 스스로 거두는 책들도 있다.
황홀함이 가득하고 감미로울 정도로 겸허하여
읽으면 광채가 나는 듯한 책도 있다.
우리보다 순결하며 우리보다 낫게 살아간 형제들처럼
우리가 아끼는 책들이 있다.
비범한 글씨로 쓰여 있어서
깊이 연구해 봐도 이해할 수 없는 책들도 있다.

나타나엘이여, 이 모든 책들을 우리는 언제 다 불태워 버리게 될 것인가!

서 푼짜리도 못 되는 책들이 있는가 하면
엄청나게 값진 책들도 있다.

왕과 왕비의 이야기를 하는 책들이 있는가 하면
한없이 가난한 사람들의 이야기를 하는 다른 책들도 있다.

정오의 나뭇잎 소리보다
더 부드러운 말로 된 책들도 있다.
파트모스섬에서 요한이
쥐처럼 뜯어 먹은 것은 한 권의 책이지만[27)]
나는 차라리 나무딸기가 더 좋다.
그 때문에 그의 오장육부는
쓰디쓴 맛으로 가득히 찼고
그 후 그는 온갖 환상을 보았다.

나타나엘이여! 우리는 언제 모든 책들을 다 불태워 버리게

---

27) 「요한계시록」 10장 9~10절의 암시. 성 요한은 '바다와 땅 위에 서 있는 천사의 손에 펼쳐진 작은 책'을 집어 들라는 하늘의 목소리를 듣는다. "나는 천사에게로 가서 작은 책을 내게 달라고 했다. 그러자 천사가 말했다. 자, 이 책을 먹어라. 이 책이 너의 오장육부를 쓴맛으로 가득 채우리라. 그러나 너의 입에서는 꿀처럼 단맛이 나리라."

될 것인가!

바닷가의 모래가 부드럽다는 것을 책에서 읽기만 하면 다 되는 것이 아니다. 나는 내 맨발로 그것을 느끼고 싶은 것이다. 감각으로 먼저 느껴 보지 못한 일체의 지식이 내게는 무용할 뿐이다.

이 세상에서 감미롭게 아름다운 것치고 당장 나의 정다움으로 그것을 어루만져 보고 싶지 않은 것은 한 번도 본 적이 없다. 대지의 사랑스러운 아름다움이여, 그대의 표면에서 꽃피기 시작하는 모습은 신비롭구나. 오, 나의 욕망이 깊이 사무친 풍경이여! 나의 탐색이 거닐고 다니는 활짝 열린 고장이여, 물 위에 늘어진 파피루스의 오솔길이여, 강 위에 휘어진 갈대들이여, 숲속에 트인 빈 터들이여, 나뭇가지 사이로 나타나는 벌판이여, 무한한 약속이여. 나는 바위들 또는 초목들 속으로 뚫린 길을 거닐었다. 눈앞에 전개되는 봄의 풍경을 나는 보았다.

현상계(現象界)의 수다스러움.[28)]

그날부터 내 삶의 순간순간은 무어라 말할 수 없는 선물처럼 새로움의 맛을 지니게 되었다. 그리하여 나는 거의 끊일 줄 모르는 열정적 경탄 속에 살았다. 금방 나는 도취경에 이르러 일종의 황홀경 속에서 즐겨 거닐게 되었다.

---

28) 이것은 사물들의 외관이 지닌 끊임없이 변하고 새로워지는 유동성을 말한다. 이러한 외부 세계의 다채로움과 다양성은 지드가 찬미하는 것 가운데서 서적과 추상적 사상들의 수다스러움을 대신한다.

그렇다, 입술 위에서 웃음 띤 것을 마주칠 때마다 모두 입맞추고 싶었다. 뺨 위에 번지는 홍조를 볼 때마다, 눈 속에 고이는 눈물을 볼 때마다 나는 그것을 마시고 싶었다. 나뭇가지들이 내게로 기울여 주는 과일들은 모두 다 그 과육을 깨물어 먹고 싶었다. 주막에 이를 때마다 굶주림이 내게 인사를 보냈다. 샘물을 만날 때마다 갈증이 나를 기다리고 있었다.(각각의 샘물 앞에 설 적마다 또 하나의 유별난 갈증.) 하여 나의 또 다른 욕망들을 표시하기 위해 또 다른 말들이 있었으면 했다.

걷고 싶은 욕망, 거기에는 하나의 길이 열리고,

쉬고 싶은 욕망, 거기에는 그늘이 부르고,

깊은 물가에서는 헤엄치고 싶은 욕망,

침댓가에 이를 때마다 사랑하고 싶은 욕망 혹은 잠자고 싶은 욕망.

나는 대담하게 각각의 사물 위에 손을 내밀었고 내 욕망의 모든 대상들에 대해 권리가 있다고 믿었다. (그런데 사실은, 나타나엘이여, 우리가 바라는 것, 그것은 소유라기보다는 사랑인 것이다.) 내 앞에서 모든 것이 무지개처럼 빛나기를. 아름다움이 저마다 나의 사랑의 옷을 입고 나의 사랑으로 장식되기를.

2장

양식들이여!

나는 너희를 고대하고 있다, 양식들이여![29]

나의 굶주림은 도중에서 멎지 않으리라.

나의 굶주림은 충족되지 않고서는 잠잠해지지 않으리라.

도덕으로도 억누를 수 없으리라.

금욕(禁慾)으로써 내가 먹여 살릴 수 있었던 것은 오직 영혼뿐이었다.

만족들이여! 내 너희를 찾고 있노라.

---

29) 2장의 주제는 무엇보다도 '준비된 마음의 대기 상태'인바 절박하고 성급한 욕망의 요란한 확인으로 막을 연다. 책의 제목인 '양식'이 반복 강조된다.

너희는 여름 새벽처럼 아름다워라.

저녁에는 한결 더 삼삼하고 낮에는 감미로운 샘물들. 싸늘한 새벽의 물. 바닷가의 산들바람. 돛대들 빼곡히 들어찬 항만. 박자 맞춰 출렁이는 바닷가의 미지근한 공기…….

오! 아직도 벌판으로 가는 길들이 있다면. 정오의 무더움. 들에서 물 마시기. 밤에는 푸근한 건초 더미 속 움푹 팬 잠자리에.

동방으로 가는 길들이 있다면. 정든 바다 위에 배 지나간 자국. 모술[30]의 정원들. 투구르트[31]에서의 춤. 엘베치아[32] 목동의 노래들.

북방으로 가는 길들이 있다면. 니즈니[33]의 장터. 눈보라 일으키며 달리는 썰매들. 얼어붙은 호수들. 물론 나타나엘이여, 우리의 욕망들은 지칠 줄을 모르리라.

배들이 이름도 모를 바닷가로부터 무르익은 과실들을 싣고 우리 항구로 들어왔다. 어서 빨리 그들의 짐을 내려라, 마침내

---

30) Mossoul, 아랍어로는 al-Mawsil. 이란, 터키, 시리아와의 국경 지역에 면해 있는 티그리스강 우안의 이라크 도시. 지드는 3장에서 이 도시의 유명한 정원들을 노래한다.

31) 알제리의 남부 사하라에 있는 오아시스로 비스크라에서 약 220킬로미터 남쪽에 위치한 상업, 관광의 중심지.

32) 대체로 오늘날 스위스 땅에 해당하는, 갈리아의 동쪽 지역으로 기원전 1세기경부터 헬베티아족이 살고 있었다. 그래서 오늘날 스위스 연방을 헬베티아 연방이라고 부른다.

33) 니즈니노브고로드(옛 고리키). 중부 우랄 지역 볼가 강가에 위치한 러시아 도시로 철광석이 풍부하며 1년에 한 번 유명한 장이 선다.

우리가 그 맛을 볼 수 있도록.

양식들이여!
나는 너희를 고대하고 있다, 양식들이여!
만족들이여, 내 너희를 찾고 있노라.
너희는 여름의 웃음처럼 아름다워라.
내게는 이미 준비된 대답을 갖지 않은
욕망이라고는 없음을 나는 알고 있으니
나의 굶주림들은 저마다 보상을 기다리고 있다.
양식들이여!
나는 너희를 기대하고 있다, 양식들이여!
온 공간을 헤매 나는 너희를 찾고 있다.
내 모든 욕망의 만족을.

*

지상에서 내가 경험한 가장 아름다운 것은,
아! 나타나엘이여, 그것은 나의 굶주림이니.
저를 기다리는 모든 것에
굶주림은 언제나 충실했다.
나이팅게일은 술에 얼큰히 취하는 것일까?
독수리는 젖에? 지빠귀는 즈니에브르[34] 술로 취하지 않는

34) 노간주나무 혹은 그 열매. 이 열매로 담근 술이 진이다.

것일까?

독수리는 저의 비상에 취하고 나이팅게일은 여름밤에 취한다. 벌판은 더위에 떤다. 나타나엘이여, 모든 감동이 그대에게는 도취가 되어야 한다. 그대가 먹는 것에 취하지 않는 것은 그대가 충분히 굶주리지 않았던 탓이다.

완전한 행위는 어느 것이든 쾌락을 동반하기 마련이다. 그러하므로 그대는 완전한 행위를 해야만 한다는 것을 알 수 있다. 힘들게 일했다는 것을 자랑으로 여기는 사람들을 나는 좋아하지 않는다. 그게 힘들었다면 다른 일을 하는 편이 나았을 것이니 말이다. 일에서 발견하는 기쁨은 곧 그 일이 제게 어울린다는 표적이다. 내 쾌락의 솔직함이, 나타나엘이여, 나에게는 가장 중요한 길잡이이다.

나의 육체가 매일 갈망할 수 있는 관능이 무엇이며 나의 머리가 감당할 수 있는 것이 무엇인지 나는 안다. 그다음에 나의 잠은 시작될 것이다. 땅도 하늘도 나에게는 그 이상의 아무런 가치를 갖지 못한다.

*

세상에는 기상천외의 병들이 있으니
그것은 곧 자기가 갖지 못한 것을 바라는 병이다.

그들은 말했다. "우리도 영혼의 한심한 권태를 맛보게 될 것이다!" 아둘람의 동굴에서, 다윗이여, 그대는 저수지의 물을 그리워했다. 그대는 말했다. "오, 베들레헴 성벽 밑에서 솟는 시원한 물을 누가 나에게 가져다줄 것인가. 어릴 적에 나는 그 물로 목을 축이곤 했다. 그러나 이제 그 물은, 나의 신열이 갈망하는 그 물은 적의 수중에 들어 있구나."[35]

나타나엘이여, 결코 과거의 물을 다시 맛보려고 탐내지 말라.

나타나엘이여, 결코 미래 속에서 과거를 다시 찾으려 하지 말라. 각 순간에서 유별난 새로움을 포착하라. 그리고 그대의 기쁨들을 미리부터 준비하지 말라. 차라리 준비되어 있는 곳에서 어떤 '다른' 기쁨이 그대 앞에 불쑥 내닫게 된다는 것을 알라.

모든 행복은 우연히 마주치는 것[36]이어서 그대가 길을 가다가 만나는 거지처럼 순간마다 그대 앞에 나타난다는 것을 어찌하여 깨닫지 못했단 말인가. 그대가 꿈꾸던 행복이 '그런 것'이 아니었다고 해서 그대의 행복은 사라져 버렸다고 생각한다면, 그리고 오직 그대의 원칙과 소망에 일치하는 행복만을 인정한다면 그대에게 불행이 있으리라.

내일의 꿈은 하나의 기쁨이다. 그러나 내일의 기쁨은 그와는 다른 또 하나의 기쁨인 것이다. 그리고 다행스럽게도 자기

---

35) 베들레헴 출생의 다윗은 사울왕의 공격에서 살아남은 후 유대 사막의 '아둘람 동굴'에 숨어서 무리의 우두머리가 되었다가 사울이 죽은 후 유대와 이스라엘의 왕이 된다.(「사무엘 상」 22장 1절)

36) 지드의 경우 우연한 마주침(rencontre)인 '만남'은 항상 예기치 않은 것이고 덧없는 것일 때 행복, 쾌락과 관련된다. 6장 '모든 해후의 발라드'와 『새로운 양식』 전체에 배치된 열한 가지의 만남들 참조.

가 품었던 꿈과 비슷한 것은 아무것도 없다. 왜냐하면 사물마다 제각기 '다르게' 가치가 있는 것이니까.

"오너라, 내 너를 위해 이런 기쁨을 마련해 놓았다." 하고 너희가 내게 말하는 것은 마음에 들지 않는다. 나는 우연히 마주치는 기쁨 그리고 나의 목소리가 바위에서 솟아 나오게 하는 기쁨밖에는 좋아하지 않는다. 그 기쁨들은 그리하여 새 포도주가 압착기에서 넘쳐 나오듯이 우리를 위해 새롭고 힘차게 흘러나올 것이다.

나의 기쁨이 장식되는 것을 나는 좋아하지 않으며 술람의 아가씨[37]가 여러 방을 거치는 것도 좋아하지 않는다. 입 맞추기 위해서 나는 입가에 남은 포도송이의 얼룩들을 씻지 않았다. 입을 맞추고 나서 나는 입술을 식힐 사이도 없이 달콤한 포도주를 마셨다. 그러고는 벌집의 꿀을 밀랍에 고인 채로 먹었다.

나타나엘이여, 어떠한 기쁨도 미리 준비하지 말라.

*

"잘됐군." 하고 말할 수 없는 경우에는 "할 수 없지." 하고 말하라. 거기에 행복의 커다란 약속이 있다.

행복의 순간들을 신이 내려 주신 것으로 생각하는 사람들

---

37) 구약성서 「아가」 7장 1절에 나오는 신부. 이후 4장, 5장, 8장에서도 언급되는 이 인물은 신선하고 순수한 모습의 육체적 쾌락을 상징한다.

이 있다. 그럼 다른 순간들은 신이 아닌 누가 주었다는 말인가.

나타나엘이여, 신과 그대의 행복을 구별하지 말라.

만약에 내가 이 세상에 존재하지 않는다면, 내가 존재하지 않는다고 신을 원망할 수도 없는 것처럼 나를 만들어 주셨다고 신에게 감사할 수도 없는 일이다.

나타나엘이여, 신에 관한 이야기는 오직 자연스럽게 해야만 한다.[38)]

일단 존재가 인정된 다음에는, 대지의 존재, 인간의, 그리고 나 자신의 존재가 자연스럽게 보이기를 나는 바란다. 그러나 나의 지성을 당혹하게 하는 것은 그걸 깨닫고 깜짝 놀라게 된다는 점이다.

물론 나도 송가(頌歌)를 불렀으며 다음과 같은 것을 쓰기도 했다.

신의 존재의 아름다운 근거들에 대한 롱드

나타나엘이여, 가장 아름다운 시적 충동은 신의 존재에 대한 수많은 증거에 관한 충동이라는 것을 내 그대에게 가르쳐 주리라. 지

38) 이 표현은 이중의 의미를 가진다. 하나는 신에 관해 단순하고 자연스럽고 친근하게 말해야 한다는 의미이고, 다른 하나는 신에 대해 말할 때는 마치 살아서 존재하는 '자연'에 대해 말하듯이 해야 한다(자연주의적 종교관)는 의미이다. 뒤에 나오는 『새로운 양식』 2장 첫 번째 '만남'에서 신은 이 말을 "단 하나 내 마음에 드는 한마디"라고 말한다.

금은 그런 것들을 다시 이야기하거나, 특히 그것들을 그저 단순히 되풀이할 필요는 없다는 사실을 그대도 알지 않는가.(그런데 신의 존재만을 증명하는 사람들이 있다.) 우리에게 필요한 것은 신의 항구성이기도 하다.

물론 나도 잘 안다. 아, 그렇다, 성(聖) 안셀무스[39]의 논증이 있다는 것을,

그리고 완전한 행복의 섬들[40]의 우화가 있다는 것을.

그러나 오호라! 나타나엘이여, 누구나 다 그곳에서 살 수 있는 것은 아니다.

대다수의 사람들이 다 그렇게 생각한다는 것을 나도 안다.

그러나 그대는 선택된 소수의 사람이 있음을 믿고 있다.[41]

2×2는 4라는 식의 증명법이 분명 있다.

그러나 나타나엘이여, 누구나 다 셈을 잘하는 것은 아니다.

최초의 원동력의 증명이 있다.

그러나 그보다 앞선 원동력도 있는 것이다.

---

39) Anselmus(1033~1109). 노르망디의 사제를 거쳐 캔터베리 대주교를 지냈다. 특히 유명한 저서 『대어록(Proslogium)』과 『독백록(Monologium)』을 통해 신의 존재를 논증한 것으로 유명하다. 데카르트는 『방법 서설』에서 이 논증을 수용했고 칸트는 『순수 이성 비판』에서 이를 부정했다.

40) 행복한 사람들이 신들과 함께 산다는 낙원 샹젤리제.

41) '선택된 자' 혹은 '소수에 속한다'라는 느낌은 지드에게서 자주 나타난다. 어린 시절 그는 어머니에게 "나는 다른 사람과 달라요!"라고 소리쳤고 노년에도 "나는 소수의 힘을 믿는다. 세상은 몇몇 사람들에 의해 구원될 것이다."라고 말하곤 했다.

나타나엘이여, 우리가 그때 거기에 있지 못했다는 것이 유감스럽구나.

남자와 여자가 창조되는 광경을 볼 수 있었을 것을.

그들이 어린아이로 태어나지 않은 것에 놀라고

옐브루스[42]의 서양삼나무들이 벌써 빗물에 팬 산 위에서

지친 모습으로 이미 수백 년의 고목(古木)으로 태어난 것에

놀라는 광경을 볼 수 있었을 것을.

나타나엘이여! 여기에 있어 세상의 여명을 그때 눈앞에 볼 수 있었더라면! 그 무슨 게으름으로 우리는 아직도 일어나지 않고 있었던 것인가? 그대는 살기를 원하지 않았던가? 아아, 나는 분명 살기를 원했다……. 그러나 그때 신의 영(靈)은 시간 밖, 물 위에서 자고 나서 겨우 눈을 떴을 뿐이었다. 만약에 내가 그때 거기 있었더라면, 나타나엘이여, 나는 신에게 모든 것을 좀 더 광대하게 만들도록 청을 드렸을 것이다. 그러나 그대여, 그때에는 아무것도 알아차릴 수 없었을 것이라고 대답하지 말라.[43]

궁극적 목적에 의한 증명이 있다.

그러나 누구나 다 목적이 수단을 정당화한다고 믿지는 않는 것이다.

---

42) 유럽과 아시아의 경계 지역에 있는 캅카스산맥의 최정상. 해발 5642미터.

43) "둘에 둘을 합해도 넷이 되지 않는 다른 세계를 나는 얼마든지 상상할 수 있다." 알시드가 말했다. "허허, 그렇게 잘되진 않을걸." 메날크가 대답했다.(원주)

신에 대해 느끼는 사랑에 의해서 신을 증명하는 사람들이 있다. 그렇기 때문에, 나타나엘이여, 나는 내가 사랑하는 모든 것을 신이라 불렀고 그렇기 때문에 나는 모든 것을 사랑하고자 했던 것이다. 그것들을 일일이 열거하지는 않을 테니 걱정하지 말라. 게다가 그대를 먼저 꼽지는 않을 것이다. 나는 인간보다 수많은 사물들을 더 좋아했고, 내가 지상에서 무엇보다 사랑한 것도 인간은 아닐 것이다. 왜냐하면, 오해하지 말라, 나타나엘이여. 내가 지니고 있는 것으로서 가장 강한 것, 그것은 물론 선한 마음이 아니다. 그것이 내가 지닌 가장 좋은 것도 아니라고 생각한다. 인간이 지닌 것 중에서 특히 내가 존중하는 것도 선한 마음이 아니다. 나타나엘이여, 인간보다 그대의 신을 더 사랑하라. 나 역시 신을 찬양할 줄 알았다. 나는 신을 위해 송가를 불렀다. 그러다 보니 가끔 지나치게 찬양했다는 생각도 든다.

*

"체계를 세우는 것이 자넨 그렇게도 재미가 있는가?" 그가 말했다.

내가 대답하기를 "나에겐 윤리보다 더 재미있는 것이 없어. 정신의 만족을 거기서 얻을 수 있거든. 윤리를 정신에 결부시키지 않고는 나는 아무런 기쁨도 맛볼 수가 없어."

"그러면 기쁨이 커지는가?"

"그렇지는 않지만 나의 기쁨이 정당하게 되지."

물론 흔히 어떤 주의라든가 어떤 정연한 사상의 완전한 체계가 나 자신에게 내 행동을 정당화해 주는 것이 기뻤다. 그러나 때로는 그것이 내 관능의 도피처로밖에 생각되지 않기도 했다.

*

만사에는 때가 있기 마련이다, 나타나엘이여. 사물은 어느 것이나 제 필요에서 태어나는 것이므로, 말하자면 외부로 나타난 하나의 필요에 불과하다.

"나에게는 폐(肺)가 필요하다."라고 나무가 내게 말했다. "그러자 나의 수액(樹液)은 잎이 되어 호흡을 할 수 있게 되었다. 그리고 내가 호흡을 하고 나자 나의 잎은 떨어졌다. 그래도 나는 죽지 않았다. 나의 열매는 생명에 관한 나의 생각을 모두 다 간직하고 있다."

나타나엘이여, 내가 이런 교훈담의 형식을 남용하는 게 아닐까 하고 걱정하지 말라. 나도 그런 것에 그다지 찬성하지 않으니까. 나는 그대에게 생명 이외의 다른 예지를 가르쳐 줄 생각이 없다. 생각한다는 것은 크나큰 고민이기 때문이다. 나는 젊을 때 내 행동의 결과를 멀리까지 더듬어 보느라고 힘들었다. 그리하여 행동을 포기함으로써 비로소 죄를 범하지 않는다는 확신을 가질 수 있게 되었던 것이다.

그러고 나서 나는 이렇게 썼다. "오직 나의 영혼에 돌이킬 수 없을 만큼 독(毒)을 먹인 결과 나는 내 육체의 구원을 얻을 수 있었다."라고. 그런데 도대체 무슨 소리를 하려고 그런 말을 한 것인지 전혀 알 수가 없었다.

나타나엘이여, 나는 이제 더 이상 죄라는 것을 믿지 않는다.[44)]

그러나 그대는 많은 기쁨을 맛보아야 비로소 사색할 권리를 조금 얻을 수 있다는 사실을 깨닫게 될 것이다. 스스로 행복하다고 생각하며 사색하는 사람, 그 사람이야말로 진정한 강자라고 할 수 있을 것이다.

나타나엘, 각자의 불행은 항상 저마다 자기 나름으로 바라보며, 자기가 보는 것을 자기에게 종속시키는 데에서 오는 것이다. 사물들 하나하나는 우리에게가 아니라 그 사물 자체에게 중요한 것이다. 그대의 눈은 바라보이는 사물 바로 그것이어야 할 것이다.

나타나엘이여! 나는 그대의 감미로운 이름을 부르지 않고서는 단 한 줄의 시도 쓸 수 없다.

나타나엘, 나는 그대를 생명의 세계에 태어나게 해 주고 싶다.

나타나엘, 그대는 내 말의 비장함을 충분히 이해하는가? 나는 그대에게로 더욱 가까이 가고 싶다.

---

44) 『지상의 양식』 중에서도 가장 널리 회자되는 말. 이 말은 뒤를 돌아보지 않고 '과거의 물을 다시 맛보지 않으려는' 지드의 태도와 관련이 있다. 『배덕자』에서 메날크는 이렇게 말한다. "후회, 회한, 뉘우침, 이런 것은 뒤에서 본 지난날의 기쁨들이다. 나는 뒤돌아보기를 좋아하지 않는다. 그래서 나는 새가 날아가기 위해 그늘을 떠나듯이 나의 과거를 멀리 던져 버린다."

마치 엘리사가 술람의 아가씨의 아들을 소생시키기 위해 그의 위에('입에 입을, 눈에 눈을, 손에 손을 붙였듯이') 빛나는 나의 큰 심장을 아직도 어둠에 잠긴 그대의 영혼에 갖다 대고, 나의 입을 그대의 입에, 나의 이마를 그대의 이마에, 그대의 싸늘한 손을 나의 타는 듯한 손에, 그리고 두근거리는 내 가슴을 붙이고 그대의 몸 위에 내 몸을 대고 싶다…….("그리하여 어린아이의 몸에 훈훈한 온기가 돌았더라."라고 쓰여 있으니…….[45]) 그대가 쾌락 속에서 눈을 떠('그리고 나를 버려 두니') 약동하는 분방한 생(生)으로 나아갈 수 있도록.

나타나엘, 여기에 내 영혼의 모든 열기가 있나니, 그것을 가지고 가거라.

나타나엘, 내 그대에게 열정을 가르쳐 주리라.

나타나엘, 그대를 닮은 것 옆에 머물지 말라. 결코 '머물지 말라', 나타나엘. 주위가 그대와 흡사해지면, 또는 그대가 주위를 닮게 되면 거기에는 이미 그대에게 이로울 만한 것이 없다. 그곳을 떠나야만 한다. '너의' 가족, '너의' 방, '너의' 과거보다 더 너에게 위험한 것은 없다. 무엇이건 그것이 그대에게 줄 수 있는 교육만을 취하라. 그리고 거기서 철철 흘러나오는 쾌락이 그 교육을 고갈시키게 하라.

나타나엘, 내 그대에게 '순간들'을 말해 주리라. 그 순간들의 '현존(現存)'이 얼마나 힘찬 것인지 그대는 깨달았는가? 그

45) 「열왕기 하」 4장 18~37절에 나오는 예언자 엘리사가 보여 준 여러 가지 기적들 중 하나.

대가 그대 생의 가장 작은 순간에까지 충분한 가치를 부여하지 못한 것은 죽음에 대해 충분히 꾸준한 생각을 지속하지 못했기 때문이다. 매 순간이, 이를테면 지극히 캄캄한 죽음의 배경 위에 또렷이 드러나지 않고서는 그런 기막힌 광채를 발하지 못하리라는 것을 그대는 깨닫지 못하는가?[46]

만약 무슨 일이든 그것을 할 시간이 내게 얼마든지 있다고 한다면, 그것이 증명되어 있다면, 나는 더 이상 아무 일도 하려고 애쓰지 않을 것이다. 나는 어떤 일을 시작하려다가 그만두고 우선 쉬고 볼 것이다. 다른 모든 일들도 '역시' 할 시간이 있을 터이므로. 만약에 이런 형태의 삶이 끝나게 되어 있다는 것을 내가 알지 못한다면, 그리고 이 생을 살고 나서 내가 밤마다 기다리는 잠보다 좀 더 깊고 좀 더 많이 망각하는 잠 속에서 쉬게 된다는 것을 알지 못한다면, 내가 하는 일이란 그저 이래도 좋고 저래도 좋은 일밖에 못 될 것이다.

*

이리하여 나는 하나하나가 고립된 기쁨의 총체가 될 수 있

---

46) 3장 '아드리아해에서'에서도 이와 같은 생각이 반복된다. "임박한 죽음의 기다림이 순간에 부여하는 가치가 어떤 것인지를 그대가 안다면!" 결국 이런 암시는 1927년판 서문에서 볼 수 있듯이 "이 책은 그 시적(詩的) 어조 자체에 이미, 하마터면 잃어버릴 뻔했던 그 무엇인 것처럼 한사코 삶을 부둥켜안으려는 사람 특유의 과격함이 담겨 있다."라는 말과 무관하지 않을 것이다.

도록 매 순간을 내 삶으로부터 '분리시키는' 습관을 붙였다. 그 순간순간에 느닷없이 행복의 개별성을 송두리째 집약시킬 수 있도록 하기 위해서. 그 결과 나는 가장 최근의 추억까지도 잘 알아보지 못하게 되는 것이었다.

*

나타나엘이여, 그저 다음과 같이 단언하기만 해도 커다란 기쁨이 느껴지느니라.[47]

야자나무의 열매를 대추야자라고 하는데, 참으로 맛이 좋은 것이로다.

야자나무의 술은 라그미라고 하는데 그것은 수액을 발효시켜 만든 것이다. 아랍인들은 그것에 취하지만 나는 별로 좋아하지 않는다. 우아르디의 아름다운 정원에서 카빌리아[48] 목동이 내게 준 것은 한 잔의 라그미였다.

---

47) "마치 최초의 인간인 것처럼 세상의 기막히게 아름다운 것들을 열거하고 그것들에게 이름을 붙여 주는 것, 이것이야말로 삶 속으로 발을 들여놓는 사람의 찬란한 첫 과업인 것이다."(알베레스, 『앙드레 지드의 오디세이』)

48) 우아르디는 비스크라 가까이에 있는 오아시스로, 지드는 첫 번째 북아프리카 여행에 대해 "사막보다는 야자수 밑의 그늘진 길들, 우아르디의 정원 그리고 마을들이 더 좋았다."라고 기록했다. 카빌리아는 알제리 북동부 산악 지역으로 베르베르족이 원주민이었으나 차츰 아랍화되었다.

*

오늘 아침 '샘터'[49]로 가는 오솔길에서 산책을 하다가 이상한 버섯 하나를 발견했다.

하얀 막으로 덮여 있고, 마치 황갈색의 목련 열매처럼 회색빛깔의 정연한 무늬가 찍혀 있었는데 그 무늬들은 속으로부터 나온 포자분(胞子粉)임을 알 수 있었다. 나는 껍질을 까 보았다. 걸쭉한 물질이 속에 가득 고여 있고 가운데는 말간 젤리처럼 되어 있었는데 거기서 메스꺼운 냄새가 풍겼다.

그 둘레에 더 크게 벌어진 버섯들이 많았는데 고목 밑동에 돋아 있는 것을 흔히 볼 수 있는 편편한 해면질의 혹과 같았다.

(나는 이 글을 튀니스로 떠나기 전에 썼다. 무엇이든지 주의해 보기만 하면 그것이 나에게 얼마나 중대한 존재가 되는지를 그대에게 보여 주기 위해서 여기에 옮겨 적는 것이다.)

옹폴뢰르[50](거리에서)

이따금 오로지 나의 마음속에 내 개인적 삶의 감정을 증대

---

49) 프랑스 남부 님 근처 벨가르드에 있는, 지드의 삼촌 샤를 지드의 소유지. 지드는 1893년 10월 초, 첫 북아프리카 여행을 떠나기 위해 마르세유로 가기 직전 그곳에서 이틀을 머물렀다.

50) 프랑스 북부 센강 하구 좌안에 위치한 칼바도스 지방의 주도(主都)로 17세기에는 이 항구에서 많은 사람들이 아메리카와 아시아로 떠났다.

시켜 주기 위해 다른 사람들이 내 주위에서 분주하게 오가는 것처럼 느껴지곤 했다.

어제 나는 여기 있었고, 오늘 나는 저기 있다.
맙소사! 이 모든 사람들이 대체 나와 무슨 상관인가.
어제 나는 여기 있었고 오늘 나는 저기 있다고……
말하고, 말하고, 또 말하는 이 모든 사람들이.

2×2는 여전히 4라고 혼자 속으로 되풀이 말하는 것만으로도 나를 '어떤' 지복(至福)으로 가득 채워 주기에 충분했던 날들을, 그리고 테이블 위에 놓인 '나의' 주먹을 보기만 해도…….

그리고 그런 것이 내게는 아무래도 좋았던 또 다른 날들을 나는 알고 있다.

3장

빌라 보르게세[51]에서

그 수반(水盤) 속에서는 (그늘져 어스름한데) 물방울, 빛, 존재 하나하나가 쾌락 속에서 죽어 가고 있었다.

쾌락! 이 말을 나는 끊임없이 되풀이하고 싶다. 나는 이 말이 '안락(bien-être)'의 동의어였으면 좋겠다. 아니, 그저 '존재(être)'라고 말하는 것으로 충분했으면 좋겠다.

아아, 신은 단순히 그것만을 위해서 이 세계를 창조한 것이 아니라는 사실, 그것은 이렇게 저렇게 속으로 생각해 봄으로써만 이해할 수는 없는 일이다.

---

51) 로마의 한복판에 있는 거대한 공원. 보르게세 가문을 위해 건설한 이 공원은 오늘날 호수, 숲, 분수, 화단들로 이루어져 있고 그 안에는 유명한 박물관과 미술관이 있다.

그곳은 유별나게 서늘한 곳이었는데 거기서 자는 잠의 매력이 어찌나 대단한지 마치 여태껏 잠의 즐거움을 모르고 지냈던 것만 같다.

또 거기에는 감미로운 양식들이 우리가 시장해지기를 기다리고 있었다.

아드리아해에서(새벽 3시)

밧줄을 당기는 저 수부들의 노랫소리가 귀에 거슬린다.

오, 너무나 늙었으면서도 그토록 젊은 대지여, 인간의 짧은 삶의 이 쓰고도 달콤한 맛의 그윽함을 그대가 안다면, 진실로 그대가 안다면!

겉모습이라는 영원한 생각이여, 임박한 죽음의 기다림이 순간에 부여하는 가치가 어떤 것인지를 그대가 안다면!

오, 봄이여! 한 해밖에 살지 못하는 초목들은 그들의 가냘픈 꽃을 더욱 서둘러 피우는구나. 인간에게 봄은 일생 동안 한 번밖에 없다. 어떤 기쁨의 추억이 새롭게 찾아오는 행복일 수는 없다.

---

52) 이탈리아 피렌체 북동쪽 언덕에 있는 오래된 마을. 피렌체가 내려다보이는 파노라마가 뛰어난 관광의 중심지.

피에솔레[52]의 언덕에서

아름다운 피렌체, 근엄한 학업과 사치와 꽃의 도시. 무엇보다도 진지한 도시. 도금양 열매와 '날씬한 월계수' 왕관.

빈칠리아타의 언덕. 거기서 나는 처음으로 창공 속에서 구름들이 녹아 없어지는 것을 보았다. 그처럼 구름이 하늘 속으로 흡수될 수 있는 것이리라고는 생각하지 못했던 까닭에 나는 몹시 놀랐던 것이다. 구름이란 비가 되어 떨어지기까지 그대로 짙어지기만 하는 것이라고 생각했더랬다. 그런데 아니었다.(모든 구름송이들이 하나하나 사라지는 것을 나는 바라보고 있었다.) 그리하여 남은 것은 다만 창공뿐이었다. 그야말로 신기한 죽음이었다. 창공 한복판에서의 소멸이었다.

로마, 몬테 핀치오에서[53]

그날 나를 기쁘게 해 준 것은 사랑과 비슷한 그 무엇이었다. 그러나 사랑은 아니었다.(아니, 적어도 사람들이 이야기하고 찾는 것과 같은 그런 사랑은 아니었다.) 그것은 또한 미(美)에 대한 감정도 아니었다. 그것은 한 여자로부터 오는 것도 아니었고 나의 상념으로부터 오는 것도 아니었다. 그것은 그저 빛의

53) 1894년 5월 12일 지드는 그의 어머니에게 쓴 편지에 핀치오의 정원에서 보낸 날의 아름다움을 그려 보였다.

강한 발산일 따름이었다고 써 본다면, 그리고 말한다면, 그대는 이해할 수 있겠는가?

나는 그 정원에 앉아 있었다. 태양은 보이지 않았다. 그러나 마치 하늘의 푸른빛이 액체가 되어 흘러내리기나 하듯이 대기가 흐릿한 빛으로 반짝이고 있었다. 그렇다, 진정으로 빛은 물결치고 있었고 소용돌이치고 있었다. 이끼 위에는 물방울 같은 불꽃이 보였다. 그렇다, 진정으로 그 널따란 오솔길 위에 빛이 흐르고 있는 듯했다. 그리고 흘러넘치는 그 빛 속에서 금빛 나는 거품들이 나뭇가지들 끝에 맺혀 있었다.

나폴리,[54] 바다와 태양을 앞에 둔 작은 이발관. 뜨거운 둑길. 들어서며 쳐들어 올리는 발. 그러고는 몸을 맡겨 버리듯이 주저앉는다. 이런 상태가 오래 계속되려는가? 정일함. 이마에 맺히는 땀방울. 뺨 위에서 떨리는 비누 거품. 그리고 그는 수염을 깎고 나서 다듬고 다시 더욱 날렵한 면도칼로 밀더니 이번에는 더운물에 적신 작은 해면으로 피부를 어루만지며 입술을 쳐든다. 그러고는 향기로운 물로 얼얼한 피부를 씻는다. 그 다음에는 또 향유로 가라앉힌다. 아직도 움직이기 싫어서 나는 머리를 깎게 한다.

54) 지드는 1894년 4월에 나폴리를 잠시 지나쳤을 뿐이다.

아말피[55]에서(밤에)

알지 못할 그 어떤 사랑을
기다리는 밤들이 있다.

바다를 굽어보는 작은 방. 너무나 밝은 달빛이 나의 잠을 깨웠다. 바다 위에 떠 있는 달이.

창문에 가까이 갔을 때, 나는 이제 새벽이 되어 태양이 떠오르는 것을 보게 되려니 했다. 그러나 그게 아니었다. (이미 충만하고 완전하게 이루어진 것) '달', 『파우스트』 2부에서 헬렌을 맞이할 때처럼 부드럽고 부드럽고 부드러운. 황량한 바다. 죽음에 묻힌 마을. 어둠 속에서 개가 짖는다. 창문들에는 자물쇠가…….

인간이 있을 자리는 없다. 그 모든 것들이 어떻게 깨어나게 될는지 더 이상 알 수 없다. 너무나 비통한 개 짖는 소리. 날은 다시 밝아 오지 않을 것이다. 잠을 잘 수가 없다. 그대라면 자겠는가,(이것을 혹은 저것을.)

인적 없는 정원으로 나가겠는가?

해변으로 내려가서 목욕을 하겠는가?

달빛 속에서 회색으로 보이는 오렌지를 따러 가겠는가?

개를 쓰다듬어 달래 주겠는가!

(몇 번이나 자연이 나에게 어떤 몸짓을 요구하는 것을 느꼈지만 나는 어떤 몸짓을 해 주어야 할지 알 수가 없었다.)

---

55) 이탈리아 살레르노만에 위치한 살레르노 서쪽의 아름다운 휴양도시.

좀체 오지 않는 잠을 기다리다.

*

어린아이 하나가 계단을 스치도록 늘어진 나뭇가지에 매달리곤 하면서 담으로 둘러싸인 정원까지 나를 따라왔다. 계단은 그 정원을 따라 나 있는 테라스들로 인도했다. 그 안으로는 들어갈 수 없는 듯했다.

오, 나무 잎새들 아래서 내가 어루만졌던 작은 얼굴이여! 아무리 짙은 그늘일지라도 네 얼굴의 광채를 가리지는 못하리라. 네 이마 위에 늘어진 머리털의 그늘이 그래서 더욱 짙어 보인다.

덩굴과 나뭇가지에 매달리며 내 그 정원으로 내려가리라. 그리하여 새들의 보금자리보다 더 노랫소리 가득 찬 그 작은 숲에서 정다움에 사무쳐 흐느껴 울리라, 저녁이 다가올 때까지, 분수들의 신비로운 물을 금빛으로 물들였다가 이윽고 깊은 어둠 속으로 잠겨 버리게 할 밤이 다가올 때까지.

나뭇가지 밑에서 서로 끌어안은 섬세한 육체들,

내 섬세한 손가락으로 진줏빛 살결을 만져 보았어라.

소리 없이 모래 위에 내려놓는 그의 섬세한 발을 나는 보고 있었지.[56)]

---

56) 이 책에 처음 등장한 동성애 암시.

시라쿠사[57]에서

바닥이 평평한 나룻배. 낮게 드리운 하늘은 이따금 따뜻한 비가 되어 우리에게 내려온다. 물풀들 자라는 개흙 냄새, 줄기들 스치는 소리.

이 푸른 샘물이 흐드러지게 솟아오르지만 물이 깊어 보이지 않는다. 아무 소리도 들리지 않는다. 이 인적 없는 벌판에서, 이 입 벌린 천연의 수반 속에서 이건 마치 파피루스들 사이로 물이 꽃 피어나는 것 같구나.

튀니스[58]에서

온통 푸른 창공 속에 흰 것이라고는 다만 한 폭의 돛, 초록이라고는 물 위에 어리는 돛의 그림자.

밤, 어둠 속에서 빛나는 반지들.

달빛 밝은데, 사람들 헤맨다. 낮과는 판이한 상념들.

사막에 비치는 불길한 달빛. 묘지를 서성거리는 마귀들. 푸른 돌바닥을 디디는 맨발들.

---

57) 시칠리아섬의 동해안, 카타니아 남쪽 53킬로미터 되는 지점에 있으며 고대 시칠리아의 중요한 그리스 도시였다.

58) 아프리카 북부 튀니지의 수도.

몰타[59]에서

아직 매우 밝으면서도 더 이상 그늘은 지지 않는데 광장 위에 내리는 여름철 황혼의 야릇한 도취감. 아주 특이한 열광.

나타나엘이여, 그대에게 내가 본 가장 아름다운 정원들의 이야기를 해 주마.

피렌체에서는 장미꽃을 팔고 있었다. 어떤 날에는 시가 전체가 향기를 뿜어냈다. 저녁이면 나는 카시나를 산책하곤 했고 일요일에는 꽃 없는 보볼리 동산[60]을 거닐었다.

세비야[61]에는 히랄다 가까운 곳에 회교 사원의 옛 뜰이 있다. 거기에는 오렌지 나무들이 여기저기 대칭을 이루며 자리 잡고 서 있다. 뜰의 그 나머지에는 포석이 깔려 있다. 뙤약볕이 내리쬐는 날에는 아주 조그만 그늘밖에 볼 수 없다. 담에 에워싸인 네모진 뜰이다. 말할 수 없이 아름다운 곳이다. 그러나 왜 그렇게 아름다운지 그대에게 설명은 할 수가 없다.

---

59) 지중해의 작은 섬나라로 유럽과 지중해와 아프리카해의 중심에 위치해 164년간 영국의 통치를 받았다. 시칠리아 남방 93킬로미터, 아프리카 북방 288킬로미터, 여섯 개의 섬이 모여 몰타 제도를 형성하고 있다. 지드는 첫 아프리카 여행에서 돌아오며 1894년 4월 2일 이곳에 도착해 뱃멀미를 다스리는 데 필요한 기간인 이틀을 머물렀을 뿐이다.

60) 피티 광장 뒤에 있는 유명한 공원. 지드는 1894년 6월 5일 어머니에게 보내는 편지에서 이곳에서의 산책 이야기를 썼다.

61) 스페인 안달루시아 지방 최대의 도시로 로시니의 「세비야의 이발사」와 비제의 「카르멘」으로 유명하다. 지드는 어머니와 함께 1893년 3월 이곳의 성 주간 축제를 구경했다.

시가지 밖에, 철책을 둘러친 아주 큰 정원 안에는 많은 열대식물들이 자라고 있다. 나는 안으로 들어가지는 않고 철책 너머로 그저 들여다보았을 뿐이다. 뿔닭들이 뛰어다니는 것을 보면서 나는 그 안에 길들인 짐승이 많겠구나 하고 생각했다.

알카사르[62]에 관해서는 무슨 말을 그대에게 하면 좋을까? 페르시아처럼 꿈결 같은 동산. 그대에게 말을 하다 보니 내게는 그곳이 다른 어느 정원보다도 좋다는 생각이 든다. 하피즈를 다시 읽으면서 나는 그곳을 생각한다.

술을 가져오라.
옷에 얼룩이 지게 하리라,
사랑에 취해 비틀거리다 보면
그런데 사람들은 나를 현자라 한다.

오솔길에는 분수들이 설치되어 있다. 길은 대리석으로 포장되고, 도금양이며 삼목 들이 늘어서 있다. 좌우에는 대리석 연못들, 옛날 왕의 애인들이 목욕하던 곳이다. 거기에 보이는 꽃은 장미와 수선화와 월계수꽃뿐이다. 정원 저 안쪽에는 거대한 나무가 한 그루 서 있는데 그걸 보면 핀에 꽂힌 불불[63] 같

---

62) 스페인어로 요새, 궁전, 왕궁 등을 의미한다. 지드가 1893년 3월에 찾아간 이곳은 유명한 톨레도의 알카사르가 아니라 세비야의 그것으로 아랍 왕들의 궁전이었다.

63) 나이팅게일을 뜻하는 페르시아어. 지드는 하피즈가 장미를 사랑하는 자의 상징으로 사용하는 이 말을 페르시아어 그대로 즐겨 썼다.

다는 생각을 하게 된다. 궁전 곁에는 지극히 천박한 취향의 연못들이 있는데 온통 조개껍데기들로만 만든 조각상(像)들이 늘어서 있는 뮌헨 왕궁의 마당을 연상케 한다.

어느 해 봄,[64] 지칠 줄도 모르고 연주를 계속하는 군악대 옆, 5월의 향초(香草)를 넣은 아이스크림을 맛보려고 나는 뮌헨의 궁원(宮苑)으로 찾아갔다. 우아하지는 못해도 음악에 열중하는 청중. 나이팅게일의 애절한 울음소리가 오히려 흐뭇한 저녁. 독일의 시처럼 그 노래는 내 가슴을 녹였다. 감미로움이 어느 정도를 넘어서면 가슴이 벅차져서 눈물 없이 견디기가 어려워진다. 그 정원에서 느껴지는 감미로움 때문에 이 시각에 내가 여기가 아닌 다른 곳에 있을 수도 있었으리라는 생각을 하면 거의 고통스러워질 지경이었다. 여러 가지 '기온'을 특히 즐길 줄 알게 된 것은 그해 여름의 일이다. 그러한 것을 느끼기에는 눈꺼풀이 제일 적합하다. 언젠가 기차를 타고 가다가 오로지 서늘한 바람의 촉감을 음미하는 데 정신이 팔려 열어 놓은 창문 앞에서 하룻밤을 지낸 일이 생각난다. 눈을 감고 있었는데, 잠자기 위해서가 아니라 '그것' 때문이었다. 낮 동안은 종일 숨 막힐 지경으로 더웠는데, 그날 저녁에는 공기가 여전히 좀 뜨뜻하긴 했지만 그래도 나의 타는 듯한 눈꺼풀에는 서늘하게 물이 되어 흐르는 것 같았다.

그라나다에서는 헤네랄리페궁(宮) 테라스에 가 보았지만 거기에 심어 놓은 협죽도(夾竹桃)들은 꽃이 피어 있지 않았다.[65]

---

64) 1892년 봄 지드는 뮌헨에서 7주간 체류했다.

피사의 캄포 산토에도, 장미꽃이 만발했으면 싶었던 산마르코의 작은 수도원에도 꽃은 없었다.[66] 그러나 로마에서는 몬테 핀치오를 가장 아름다운 계절에 볼 수 있었다.[67] 무더운 오후가 되면 사람들이 서늘한 맛을 찾아 그곳으로 모여드는 것이었다. 그 근처에 숙소를 정하고 있던 나는 매일 그곳을 산책했다. 병든 몸이어서 나는 아무것도 생각할 수 없었다. 자연이 나의 육체 속에 배어드는 듯했다. 신경 장애 탓도 있었겠지만 이따금 내 몸의 한계를 느낄 수 없게 되곤 했다. 몸은 멀리까지 연장되어 퍼져 가곤 했다. 그러지 않으면 어떤 때는 아주 관능적으로 설탕 덩어리처럼 잔구멍이 잔뜩 뚫린 것 같아졌다. 그리하여 나는 녹아내리는 것이었다. 내가 앉아 있는 돌의자에서는 나를 피로하게 만드는 로마가 더 이상 보이지 않았다.[68] 보르게세의 정원들만 내려다보였다. 키 큰 소나무 우듬지들이 저 아래 내 발 높이만큼에 와 있었다. 오오, 테라스들이여, 공간이 내닫듯이 뻗어 나가고 있는 테라스들이여! 오, 허공중의 항해여……!

---

65) 1893년 4월 초.

66) 여기서 장미꽃은 산마르코 수도원을 벽화로 장식한 프라 안젤리코의 그림 「장미(La rose)」를 말한다.

67) 1894년 봄, 지드는 로마에서 핀치오 바로 옆 그레고리아나 거리에 살았다. 6장 중 "로마에서는 핀치오 언덕 근처 바로 길가로 열려 있는, 감옥 창문처럼 창살이 달린 나의 방 창문 옆으로 꽃 파는 여인들이 다가와 내게 장미꽃을 사라고 내밀었다." 참조.

68) 1894년 4~5월 첫 번째 로마 체류 중 정신적·육체적으로 지쳐 있던 그가 받은 인상.

나는 밤에 파르네세의 동산을 거닐고 싶었다. 그러나 그곳에 들어가는 것은 금지되어 있었다. 숨겨진 그 폐허 위에 피어난 멋진 식물들이여!

나폴리에는 방파제처럼 바다를 따라 뻗은 나지막한 공원들이 있어 해가 잘 들고 있다.

님[69]에는 수로를 따라 맑은 물이 넘치게 흐르는 라퐁텐 공원이 있다.

몽펠리에[70]에는 식물원. 어느 날 저녁 앙브루아즈[71]와 함께 마치 아카데모스의 동산[72]에서처럼 온통 사이프러스나무들로 에워싸인 어느 오래된 무덤 돌 위에 앉아 장미 꽃잎을 씹으며 천천히 이야기 나누던 일이 생각난다.

어느 날 밤 우리는 페루 공원[73] 기슭에서 멀리 달빛을 받아 은빛으로 반짝이는 바다를 보았다. 우리 곁에서는 도시의 저수탑에서 떨어지는 폭포 소리가 들렸다. 하얀 술로 목을 장식한 검은 백조들이 잔잔한 못 위에서 헤엄치고 있었다.

몰타에서는 거류민 공원으로 가서 책을 읽었다. 치비타베키아에는 아주 조그만 레몬나무 숲이 하나 있었다. '일 보스케

69) 프랑스 남부의 오래된 도시.

70) 프랑스 남부 지중해 연안의 도시.

71) 1890년 12월 몽펠리에에서 만난 시인 폴 (앙브루아즈) 발레리와의 첫 우정을 기억한다.

72) 아테네 북서쪽에 있는 공원으로 이곳 가로수 길을 제자들과 즐겨 거닐곤 했던 플라톤은 여기서 첫 아테네 철학 학파를 창립했다.

73) 몽펠리에의 공원. 지드는 발레리와 함께 이 공원에 올라가 산책을 하곤 했다.

토'라고 불리는 그곳이 우리는 좋았다. 우리는 무르익은 레몬을 깨물어 먹었다. 처음에는 시어서 견딜 수 없을 지경이었지만 차츰 시원한 향기가 입속에 남는 것이었다. 시라쿠사에서도 고대의 유물인 그 잔혹한 석굴 감옥 라토미 속에서 우리는 레몬을 깨물어 먹었다.[74)]

헤이그의 공원에는 별로 야생동물 같지도 않은 사슴들이 뛰놀고 있었다.[75)]

아브랑슈의 공원에서는 몽생미셸이 보이고,[76)] 저녁에는 멀리 모래사장이 불붙는 어떤 물질처럼 보인다. 매우 작은 도시지만 아름다운 공원들을 가진 곳들이 있다. 도시도, 그 도시의 이름도 기억나지 않는다. 그 공원을 다시 한번 보고 싶건만 다시는 찾아갈 길이 없다.

나는 모술의 공원들을 꿈꾼다. 거기에는 장미꽃이 만발해 있다고 한다. 오마르[77)]는 니샤푸르[78)]의 정원들을 노래했고 하피즈는 시라즈의 정원들을 노래했다. 우리는 니샤푸르의 정원을 영원히 보지 못하리라.

---

74) 고대 시라쿠사의 채석장으로 폭군 드니즈가 감옥으로 만들었다. 지드는 1896년 1월 그곳을 방문했다.

75) 1891년 7~8월 벨기에, 네덜란드 여행에 대한 기억.

76) 1892년 8월 지드는 어머니와 함께 브르타뉴를 여행하며 아브랑슈와 몽생미셸을 찾아갔다.

77) 오마르 하이얌(Omar Khayyam, 1048~1131). 페르시아의 철학자, 시인, 수학자.

78) 동부 페르시아에 있는 오마르 하이얌의 태생지. 지드는 사실 하피즈가 태어난 시라즈도 니샤푸르도 모술도 보지 못했다.

그러나 나는 비스크라[79]에 있는 우아르디 정원들을 안다. 아이들이 염소를 지키는 곳이다.

튀니스에 정원이라고는 오직 묘지뿐이다. 알제에 있는 에세 식물원(온갖 종류의 종려나무들이 있는)에서 나는 전에 한 번도 본 적 없는 과실을 먹었다. 그리고 블리다[80]에 관해서는, 나타나엘이여, 그대에게 무엇을 이야기하면 좋을까?

아아! 사헬의 풀은 부드럽기도 해라. 그리고 그곳 오렌지나무의 꽃이며 그 그늘! 향기 그윽한 동산! 블리다여! 블리다여! 작은 장미여! 이른 겨울이라 나는 너를 잘 알아보지 못했다. 너의 신성한 숲에는 봄이 되어도 다시 피지 않는 잎새들밖에 없었다. 그리고 거기 등나무들도 덩굴나무도 불꽃을 보려고 태우는 장작 가지 같았다. 산에서 내려오는 눈이 너에게로 가까이 날아왔다. 방 안에서도 몸을 녹일 수 없었고 너의 비 내리는 동산에서는 더욱이 그랬다. 피히테의 『과학설(科學說)』을 읽으면서 나는 다시금 종교적 감정에 사로잡히는 것을 느

---

79) 알제리 동부 오레스 산지 남서쪽 산기슭에 있는 오아시스 도시. 인구 약 17만 956명(1998년 통계). 비스크라주의 주도이며 행정·경제의 중심지이다. 사하라 사막의 출입구에 해당하며 농산물 집산지, 유목민의 교역지로 번영했다.

80) 알제리 북부에 있는 블리다주의 주도. 인구 22만 6512명(1998년 통계). 지중해 연안의 미티드자 평원의 중심 도시이다. 수도 알제의 남서쪽 50킬로미터, 16세기 안달루시아에서 이주한 아랍인이 건설해 상업지로서 발전했으며, 프랑스 식민 시대에 포도주·감귤류·채소 등의 집산지였다. 지드는 1895년 1월 말 두 번째 아프리카 여행 때 처음으로 이곳에 잠시 체류하는 동안 매우 실망했다.

졌다. 나는 온순해졌다. 사람이란 자기의 슬픔에 인종(忍從)할 수밖에 없는 것이라고 생각하며, 그러한 모든 것을 미덕으로 삼으려 노력했다. 이제 나는 그 위에 내 신발의 먼지를 털었다. 바람이 그 먼지를 어디로 싣고 갔는지 누가 알랴? 내가 예언자처럼 방황했던 사막의 먼지. 너무나 말라서 바삭바삭 부서지던 돌. 나의 발밑에서 돌은 타는 듯 뜨거웠다.(태양이 엄청나게 달구었기 때문이다.) 사헬의 풀밭에서 이제 나의 발이여, 쉬어라. 우리의 모든 말이 사랑의 말이 되기를! 블리다여!

블리다여! 블리다여! 사헬의 꽃이여! 작은 장미여! 잎새들과 꽃들로 가득 차서 따뜻하고 향기로운 너를 나는 보았다. 겨울의 눈은 사라졌다. 너의 신성한 정원에서는 하얀 사원(寺院)이 신비롭게 빛나고, 덩굴나무는 꽃들 아래서 구부러지고 있었다. 등나무가 꽃 장식처럼 뻗어 가는 그 속으로 올리브나무가 모습을 감추고 있었다. 감미로운 공기 속에는 오렌지꽃이 내뿜는 향기가 실려 있고 가냘픈 귤나무들조차 향기를 퍼뜨렸다. 추위에서 해방된 유칼리나무들은 높이 솟은 가지에서 낡은 껍질을 떨어뜨리고 있었다. 해가 나면 소용없어지는 옷처럼, 겨울에나 쓸모가 있을 나의 낡은 도덕처럼, 쓸모없는 보호막이 된 껍질이 허공에 걸려 있었다.

블리다에서

회향(茴香)의 커다란 줄기들(황금빛 일광 아래 혹은 미동도 하지 않는 유칼리나무의 쪽빛 잎새들 아래 만발한 그 녹금색(綠金色) 꽃들의 광채)은 우리가 이 초여름날 아침 사헬을 향해 걸어가는 길가에서 비길 데 없이 찬란했다.

그리고 놀란 듯한 또는 태연한 듯한 유칼리나무들.

자연에 참여하지 않는 것이 없다. 거기서 벗어날 수는 없는 것이다. 모든 것을 총괄하는 물리의 법칙. 어둠 속으로 내닫는 열차. 아침이 되면 열차는 이슬에 뒤덮인다.

갑판에서

얼마나 많은 밤들을, 아! 선실의 둥근 유리창, 닫힌 현창(舷窓)이여, 얼마나 많은 밤들을, 잠자리에서 네게 시선을 던지며 생각했던가. "저 눈[眼]이 훤하게 밝아지면 새벽이 되겠지, 그러면 나는 자리에서 일어나 이 불안을 떨쳐 버리리라. 새벽은 바다를 씻어 주리라. 그리고 우리는 미지의 땅에 닿으리라." 새벽은 왔으나 바다는 가라앉지 않았고, 육지는 아직 멀어 출렁거리는 수면 위에 나의 상념은 비틀거렸다.

온몸에서 가시지 않는 파도의 멀미, 저 넘실거리는 장루(檣樓)에 무슨 상념을 붙들어 맬 것인가 하고 나는 생각했다. 파도여, 보이는 것은 저녁 바람에 흩어지는 물뿐인가? 나는 나의 사랑을 파도 위에 파종한다. 불모의 물결 밭에 나의 상념을 파종한다. 나의 사랑은 한결같은 모습으로 연속되는 물결 속에 잠겨 버린다. 물결은 지나가고 눈은 그것들을 분간하지 못한다. 형상도 없이 언제나 동요하는 바다여, 인간 세계에서 멀리 떨어져 너의 물결은 말이 없다. 아무것도 그 흐름을 가로막지 않는다. 그러나 누구도 그 침묵의 소리를 들을 수 없다. 지극히 연약한 배 위에서도 파도는 이미 서로 부딪치고, 그 소리에 우리는 풍랑이 요란하다는 것을 안다. 커다란 파도들이 밀려와서는 소리도 없이 서로 뒤를 이어 간다. 파도는 파도를 뒤따르고, 어느 파도나 거의 자리도 옮기지 않은 채 똑같은 물방울을 밀어 올린다. 오직 형태만이 돌아다닐 뿐. 물은 휩쓸렸다가 파도와 헤어져 결코 함께 가는 법이 없다. 모든 형태는 지극히 짧은 순간 동안만 같은 존재로 나타날 뿐이다. 각각의 존재를 통해 형태는 계속되다가 다음에는 그 존재를 포기한다. 나의 영혼이여! 어떠한 사상에도 얽매이지 말라. 어느 사상이든 난바다의 바람에 던져 버려라. 바람은 네게서 그것을 걷어 내 가리라. 너 자신이 사상을 하늘에까지 가지고 갈 수는 없을 것이다.

부단히 움직이는 물결들이여! 나의 사상을 그처럼 비틀거리게 만든 것은 너희이다! 너는 아무것도 파도 위에 세울 수 없으리라. 어떤 무게로 눌러도 파도는 달아나고 만다.

이 실망스러운 표류 끝에, 이 정처 없는 방황 끝에, 다사로운 항구는 나타날 것인가? 그리하여 회전 등대 가까이 견고한 제방 위에서 마침내 안식을 얻은 나의 영혼은 바다를 바라볼 수 있을 것인가?

4장

1

> 어느 정원에서, 피렌체의 언덕 위(피에솔레를 마주 보는 그 언덕), 그날 저녁 우리는 그곳에서 한데 모였다.

그러나 너희는 모를 것이다. 알 리가 없다. 앙게르, 이디에, 티티르여,[81] 나의 청춘을 불사른 열정을, 하고 메날크는 말했다.(나타나엘이여, 이제 나는 그대에게 그것을 나의 이름으로[82] 거듭 말하는 바이다.) 시간이 달아나 버리는 것이 나는 너무나도

---

81) 나타나엘과 마찬가지로 앙게르, 이디에는 지드의 다른 작품 『위리앵의 여행(Le Voyage d'Urien)』(1893)에서 위리앵의 동반자들의 이름이고, 티티르는 『팔뤼드(Paludes)』(1895)의 주인공이다.

82) 메날크와 지드 자신을 구별하는 중요한 지적이다.

안타까웠다. 선택을 해야만 한다는 것이 나에게는 언제나 견딜 수 없는 일이었다. 선택이 내게는 고르는 것이라기보다는 고르지 않은 걸 버리는 것으로만 보였다. 시간이 좁다는 것과 시간이 하나의 차원밖에 갖고 있지 않다는 사실을 끔찍한 마음으로 깨달았던 것이다. 폭이 널따란 어떤 것이었으면 하고 바랐지만 그것은 한낱 선(線)에 지나지 않았고, 나의 욕망들은 그 선 위를 달리면서 어쩔 수 없이 서로 짓밟지 않으면 안 되었다. 나는 '이것' 아니면 '저것'밖에 할 수 없었다. 만약에 이것을 하면 곧 저것이 아쉬워져서 번번이 애타는 마음으로 두 팔을 벌린 채 아무것도 할 엄두를 내지 못했다. 잡으려고 팔을 웅크리면 무엇이든 '하나'밖에 잡히지 않을까 봐 겁이 났던 것이다. 그때부터 다른 많은 공부를 단념할 결심이 서지 않았기 때문에 무슨 공부든 한 가지를 오래 계속하지 못하는 것이 나의 일생의 과오가 되고 말았다. 무엇이든지 그러한 대가를 치러야만 살 수 있다는 것은 너무 값비싸게 생각되었고, 이론으로 나의 고민은 해결될 수 없었다. 휘황찬란한 것들이 가득한 시장에 들어섰지만 쓸 수 있는 돈이라고는 (누구의 덕분인가?)[83] 너무나 적은 액수에 지나지 않는다는 것! 쓸 수 있는 돈! 선택이란 영원히, 언제까지나, 다른 모든 것을 포기해 버리는 걸 의미했다. 수많은 그 '다른 것들'이 어떠한 하나보다도 여전히 더 좋아 보였다.

---

83) 여기서 '누구'는 대문자(Qui)로 표현되어 있는데 이는 물론 무수한 가능성들과 선택된 행동의 옹색함 사이에서 어찌할 바를 모르는 인간의 고뇌에 책임이 있다고 생각되는 '신'을 의미한다.

사실 지상에서의 '소유'가 어느 것이든 내게 반감만 자아내는 까닭은 바로 거기에 있었다. 그것밖에 소유할 수 없게 된다는 사실이 나는 두려운 것이다.

상품들이여! 저장품들이여! 수많은 진귀한 물건들이여! 왜 너희는 순순히 몸을 내맡기지 아니하는가? 지상의 재물들은 탕진되어 버리고 만다는 것을 나는 안다.(무진장으로 대치되는 것들이 있기는 하지만.) 그리고 또 나는 내가 비운 잔은, 나의 형제여, 그대에게도 비어 있다는 것을 안다.(샘터가 가까이 있기는 하여도.) 그러나 그대들, 비물질적인 상념들이여! 감금되지 않은 생의 형태, 지식, 신의 인식, 진리의 잔, 마르지 않는 잔들이여, 왜 우리의 입술에 흘러넘치는 데 그리도 인색한가? 우리의 모든 갈증으로도 그대들을 다 마셔 없애지는 못할 것이거늘, 그대들의 물은 새로 내미는 입술을 위해 언제나 신선하게 넘쳐흐를 것이거늘. 이 거대하고 신성한 샘물의 모든 물방울은 다 같이 귀중한 것임을 나는 이제 깨달았다. 가장 작은 물방울일지라도 우리를 도취시키기에 족하며 우리에게 신의 전체와 총체를 계시해 준다는 것을. 그러나 당시, 나의 광기가 무엇인들 바라지 않는 것이 있었으랴! 나는 모든 형태의 생을 부러워했다. 다른 사람이 '하는 것'을 보면 무엇이든 나도 그것이 하고 싶었다. 그것을 했다는 경험이 아니라 그것을 하고 싶었던 것이다.(내 말을 제대로 알아들어 다오.) 왜냐하면 나는 피로나 고통을 별로 두려워하지 않았으니까. 오히려 그것을 생의 수행(修行)이라 믿었던 것이다. 나는 파르메니드가 터키 말을 배우고 있던 까닭에 그를 3주일 동안 질투했다. 그 후 두 달이 지나서는 천문학을 알게 되었던 테오도즈를 질투했다. 그리하여 나는 나의 모습을 한정하지 않으려고 애쓴 나머지 나에 관해 가장 막연하고 가장 모호한 모습밖에 그려 볼 수 없게 되었던 것이다.

"우리에게 너의 삶을 이야기해 보라, 메날크여." 알시드가 말했다. 그러자 메날크가 대답했다.[84)]

"……열여덟 살에 초년기의 학업을 마치자, 정신은 공부에 지치고, 마음은 하릴없어 텅 비고, 존재는 따분해지고 육체는 구속으로 견딜 수 없어진 나는 방랑의 열기를 못 이겨 정처 없이 길을 떠났다. 그대들이 아는 모든 것을 나 역시 경험했다. 봄, 대지의 냄새, 들판에 자욱이 돋아나는 풀, 강 위에 서리는 아침 안개 그리고 초원에 번지는 저녁의 습기. 나는 수많은 도시를 지나갔고 그 어디에서도 발길을 멈추고 싶지 않았다. 나는 생각했다. 지상에서 그 무엇에도 집착하지 않고 부단한 유동성들을 뚫고 영원한 열정을 몰아가는 자는 행복하다고. 나는 미워했다. 가정을, 가족을, 사람들이 휴식을 얻을 수 있다고 생각하는 모든 곳을. 그리고 변함없는 애정, 일편단심의 사랑, 사상에 대한 집착, 올바름을 훼손할 수 있는 모든 것을. 새로운 것이 나타나면 언제든지 받아들일 수 있는 대기 상태의 자세를 갖추어야 한다고 나는 말했다.

---

84) 여기부터 4장 1 끝까지는 지드가 1896년 1월《레르미타주(L'Ermitage)》에「메날크」라는 제목으로 발표했던 글이다.

책들은 나에게 모든 자유란 잠정적인 것임을, 자유는 자기의 노예 상태, 아니면 적어도 자기 헌신을 선택하는 것에 불과하다는 사실을 가르쳐 주었다. 마치 엉겅퀴 씨가 뿌리를 내릴 기름진 땅을 찾아서 날며 헤매는 것과 같이, 자유는 한곳에 고정되어서야 비로소 꽃을 피우는 것이라고 가르쳐 주었다. 그러나 이론이 사람들을 인도할 수는 없는 것이며, 어느 이론에나 반대 이론이 성립할 수 있고 그것을 발견하기만 하면 된다는 사실 또한 학교 교실에서 배워 알고 있었기에, 나는 먼 길을 걸으며 그러한 반대 이론을 찾아보려고 애쓰기도 했다.

나는 그 어떤 미래든 미래를 끊임없이 달콤하게 기다리며 살았다. 마치 기다리는 대답 앞에 제출되는 질문처럼, 쾌락 앞에는 그 쾌락을 즐기고 싶은 갈증이 향락보다 먼저 생겨난다는 사실을 나는 알게 되었다. 하나하나의 샘은 나에게 갈증을 일으키고, 또 갈증을 달랠 수 없는 물 없는 사막에서는 내리쬐이는 폭양 아래서 맛보는 나 자신의 뜨거운 열기를 더 좋아한다는 데서 나의 행복은 생겨나고 있었다. 저녁이 되면 하루 종일 고대했기 때문에 한층 더 시원하고 황홀한 오아시스가 있었다. 나는 햇빛이 사납게 내리쬐이는 광막한 모래 위에서 마치 그 무슨 엄청난 졸음처럼(그렇게도 열기가 대단했다.) 진동하는 대기 속에서, 또한 잠들지 못하는 생의 약동이 지평선 위에서 혼절할 듯 떨리는 것을, 나의 발밑에서 사랑으로 부풀어 오르는 것을 느꼈다.

날마다, 시간시간마다, 내가 찾아 헤매던 것은 다만 갈수록 단순한 자연의 침투였다. 나 자신에게 속박되지 않는 귀한 소질을 나는 가지고 있었다. 과거의 추억이 내게 끼치는 힘이란 나의 삶에 통일성을 부여하는 데 꼭 필요한 정도에 지나지 않았다. 그것은 마치 테세우스를 그의 지나간 사랑과 이어 주되 가장 새로운 풍경들 속으로 걸어가는 데는 아무 지장이 되지 않는 그 신비로운 끈 같은 것이었다. 그 끈도 급기야는 끊어지게 되어 있었지만……. 황홀한 재생(再生)![85] 나는 흔히 아침 길을 걸으며 어떤 새로운 존재에 대한 느낌, 내 지각의 나긋나긋함을 맛보았고 '시인의 소질이여, 그대는 끊임없는 만남[邂逅]의 소질[86]이로다.' 하고 나는 소리치는 것이었다. 그리하여 나는 사방에서 무엇이건 다 맞아들였다. 나의 영혼은 문을 활짝 열어 놓은 네거리의 주막이었다.[87] 들어오고 싶어 하는 것은 무엇이나 들어올 수 있었다. 나는

---

85) 1장 2의 끝에 나오는 "나는 병에 걸렸다. 여행을 했고 메날크를 만났다. 그리하여 나의 기막힌 회복기는 그야말로 하나의 재생이었다." 참조.

86) 쾌락, 행복과 관련된 예기치 않은, 그리고 덧없는 '만남'의 테마.

87) 『지상의 양식』에서 가장 유명한 것 중 하나인 이 이미지는 4장 4에서 구체적인 이미지로 나타난다. "나는 나 자신의 속으로 되돌아가고 싶은데 하인들과 하녀들이 내 식탁에 앉아 있는 거야. 내가 끼여 앉을 조그만 자리 하나 남아 있지 않았지. 주빈석은 '갈증'이 차지하고 있더군. 다른 갈증들이 제일 좋은 자리를 차지하겠다고 서로 다투었어. 식탁 전체가 온통 싸움판이었지. 그러나 그들이 나와 맞설 때는 모두가 다 한패가 되는 거야. 내가 식탁 가까이 가려 하자 벌써 만취한 그들은 모두 내게 대들며 일어섰어. 그들은 나를 내 집에서 쫓아냈지. 나를 밖으로 끌어낸 거야." 이는 성서에 나오는 사울의 처지와 같다. 그 역시 자신이 집 안에 들인 악마들에 의해 자기 집에서 쫓겨난다.

유순하고 상냥하게 나의 모든 감각을 통해 무엇이든 받아들일 태세가 되어 있어 개인적인 생각이라곤 하나도 가진 것이 없을 만큼 귀를 기울이는 청취자, 지나가는 모든 감동의 포착자가 되었으며, 무엇에든 저항하기보다는 차라리 아무것도 나쁘게 여기지 않을 만큼 최소한의 반동만을 나타냈다. 게다가 나는 곧 추(醜)한 것에 대해 별로 혐오감을 느끼지 않는 것이 미(美)에 대한 나의 사랑의 밑받침이 되고 있음을 깨달았다.

나는 피로감을 미워했다. 피로는 권태에서 생긴다는 것을 나는 알고 있었기 때문이다. 그러므로 나는 사물의 다양성에 의지해야 한다는 생각이었다. 나는 아무 데서나 쉬었다. 나는 들에서 잤다. 벌판에서 자기도 했다. 나는 키 큰 밀 이삭들 사이에서 떨리는 여명(黎明)을 보았다. 그리고 너도밤나무 숲에서 까마귀들이 잠 깨는 것을 보았다. 아침이면 나는 풀밭에서 세수했으며 떠오르는 태양이 나의 젖은 옷을 말려주었다. 노랫소리가 울려 퍼지는 가운데 무거운 짐수레에 풍성한 수확물을 싣고 소들이 집으로 돌아가는 것을 보았던 그날보다 전원이 더 아름다웠던 때가 있었던지 누가 말할 수 있으랴?

나의 기쁨이 너무나 커서 그것을 누군가에게 전하고 싶고, 나의 마음속에서 기쁨을 살아 숨 쉬게 하는 것이 무엇인지를 가르쳐 주고 싶을 때가 있었다.

저녁때면 낯선 마을에서 낮 동안 흩어졌던 사람들이 가정으로 다시 모여드는 것을 보았다. 일하러 갔던 아버지는 피로

하여 돌아오고, 어린아이들은 학교에서 돌아오고 있었다. 집의 출입문이 한순간 방긋이 열리며 빛과 따뜻함과 웃음을 맞아들이고 나서 다시 닫히면 밤이 왔다. 방랑하는 것들은 무엇이든 더 이상 그 안으로 들어갈 수 없었다. 바람은 밖에서 파르르 떨고 있었다. 가정이여, 나는 너를 미워한다![88] 밀봉된 가정, 굳게 닫힌 문, 행복의 인색한 점유(占有). 때때로 나는 어둠에 묻혀 어느 창유리에 몸을 수그리고 오랫동안 한 집안의 관습을 엿보기도 했다. 아버지는 등불 옆에 앉아 있고 어머니는 바느질을 하고 있었다. 할아버지의 자리는 비었다. 어린아이 하나가 아버지 곁에서 공부를 하고 있었다. 그러자 나의 가슴은 그 어린아이를 불러내 길 위로 데려가고 싶은 욕망으로 부풀어 올랐다.[89]

그다음 날 나는 학교에서 돌아오는 그를 보았다. 그리고 또 그다음 날에는 그에게 말을 붙였다. 나흘 뒤에 그는 모든 것을 버리고 나를 따라왔다. 나는 찬란한 벌판 앞에서 그의 눈을 열어 주었다. 그 벌판이 그를 위해서 트여 있다는 것을 그는 깨달았다. 그리하여 나는 그의 영혼이 더욱 방랑에 맛을 들

---

88) 지드의 이 유명한 절규는 그러나 한정적인 의미로 해석해야 마땅하다. 그는 가정이 지닌 전체주의적인 경향, 즉 타인, 미지의 것, 모험, 새로움을 기꺼이 맞아들이기를 거부하거나 주저하는 폐쇄성을 미워한 것이다. 그는 자신의 가정을 결코 미워하지 않았다. 그가 겨냥한 것은 '제도'이지 사람들이 아니었다.

89) 이 이미지와 주제들은 10년 후 『탕아 돌아오다(Le Retour de l'enfant prodigue)』에서 발전된다.

여[90] 마침내 즐거움을 느끼도록 가르쳐 주었다. 이윽고 내게서마저도 떨어져서 저 스스로의 고독을 맛보도록 가르쳐 주었다.

나는 홀로 자부심의 세찬 기쁨을 맛보았다. 나는 새벽이 되기 전에 자리에서 일어나는 것이 좋았다. 나는 밀밭 위로 태양을 불렀다. 종달새의 노래는 나의 환상곡이었으며 이슬은 새벽의 화장수였다. 지나칠 정도로 검소한 식사에 만족했다. 먹는 것이 너무나 적어서 머리는 가벼워지고 모든 감각이 나에게는 일종의 도취로 변했다. 그 후 나는 어지간히도 여러 가지 포도주들을 마셔 보았지만 단식으로 인한 현기증, 태양이 떠오른 다음 낟가리 속에 파묻혀 잠들기 전에 훤하게 밝은 아침 속에서 넓은 들판이 넘실거리며 흔들리는 듯한 느낌을 맛보게 해 주는 것은 하나도 없었다.

길을 나서며 지니고 온 빵을 때로는 거의 실신 상태에 이르기까지 먹지 않고 그대로 가지고 있었다. 그럴 때면 자연이 덜 낯설게 느껴지는 듯했고 더욱더 자연이 나의 몸속으로 스며드는 것 같았다. 그것은 쇄도하는 외계의 분류(奔流)였다. 활짝 열어 놓은 내 모든 감각을 통해 나는 외계의 현존(現存)을 맞아들였다. 모든 것이 나의 내부로 초대받는 것이었다.

나의 영혼은 마침내 시정(詩情)으로 가득 차올랐지만 그것은 고독으로 인해 날카로워지고 저녁녘이 되면 피로를 느끼게

---

90) 지드는 자신의 독트린을 '배덕주의(I'Immoralisme)'라고 부르기 전에 처음에는 '유목민 근성(Nomadisme)'이라고 불렀다.

했다. 자부심으로 나 스스로를 지탱했지만 그럴 때면 지난해, 가만두면 너무 사나워지려고 하는 나의 기분을 어루만져 주던 일레르가 그리워지는 것이었다.

저녁 무렵이면 나는 그와 더불어 이야기를 나누곤 했다. 그 자신도 시인이었다. 그는 모든 조화(調和)들을 이해했다. 자연의 모든 효과는 우리에게 그 속에서 자신의 대의를 판독해 낼 수 있는 열린 언어 같은 것으로 변하는 것이었다. 우리는 나는 모습을 보고 곤충들을, 노랫소리를 듣고 새를, 모래 위에 남겨진 발자취를 보고 여자의 아름다움을 분간하는 법을 배웠다. 모험의 갈망이 또한 그의 마음을 사로잡았다. 힘이 그를 대담하게 만들었다. 우리 마음의 젊음이여! 그 어떤 영광도 너희만한 가치는 되지 못하는 것이 사실이다. 모든 것을 달콤한 기분으로 갈망하는 우리는 아무리 욕망을 지치게 하려고 해도 소용없었다. 우리의 생각 하나하나가 모두 열정이었다. 느낀다는 것이 우리에게는 그지없이 유별나게 톡 쏘는 맛을 가진 것이었다. 우리는 아름다운 미래를 기다리며 찬란한 청춘을 소모했다. 그리고 미래로 가는 길이 끝없이 긴 것으로 보이지는 않았다. 우리는 꿀맛과 그윽한 쓴맛을 입 속에 가득 채워 주는 산울타리의 꽃을 씹으면서 성큼성큼 그 길을 걸어가는 것이었다.

때로는 파리를 지나가는 길에 나는 며칠 또는 몇 시간 동안 학업에 열중하며 소년 시절을 보낸 아파트에 다시 들러 보기도 했다. 거기서는 모든 것이 고요했다. 보이지 않는 여인의 손길이 가구들 위에 덮개를 씌워 놓았다.[91] 손에 등불을 들고, 몇 년 동안 닫혀 있는 덧문을 열지도 않고 또 장뇌유 냄새가 확 풍기는 커튼을 걷어 올리지도 않고 이 방 저 방을 돌아보았다. 집 안의 공기는 무겁고 냄새가 가득 배어 있었다. 오직 내 방만이 거처하던 그대로였다. 방들 중에서 가장 침침하고 가장 적적한 서재에는 책장과 탁자 위의 책들이 내가 놓아 둔 그대로의 질서를 간직하고 있었다. 그중 한 권을 열어보았다. 그러고는 대낮인데도 켜 놓은 등불 앞에서 나는 시간을 잊은 채 행복감에 잠겼다. 또 때로는 큰 피아노를 열고 기억 속 옛 곡조의 선율을 더듬기도 했다. 그러나 불완전하게밖에 기억나지 않았다. 나는 그것을 슬퍼하기보다는 차라리 치던 손을 멈춰 버리곤 했다. 이튿날 나는 또다시 파리에서 멀리 떠나와 있었다.

본시 사랑하는 감정을 타고난 나의 마음[92)]은 마치 흐르는 물체처럼 온 사방으로 퍼져 나갔다. 어떤 기쁨도 나 자신만의 것으로는 생각되지 않았다. 나는 만나는 사람 하나하나를 그 기쁨으로 불러들였다. 그리고 혼자서 즐길 수밖에 없을 때는 굳게 자부심을 가다듬어야만 했다.

---

91) 1893년 10월 아프리카로 첫 여행을 떠난 이래 1896년 가을까지 지드는 파리 코마유 거리에 있는 자기 집에는 며칠 혹은 몇 시간밖에 머물지 않았다. 그는 어머니가 라로크나 루앙에 가 있을 때 거기에 들렀는데 아파트에는 아무도 없고 덧문은 닫혀 있고 가구에는 덮개가 씌워 있었다.

92) 반세기가 지난 뒤 지드는 그의 『일기』에 이렇게 썼다. "사랑하고 사랑받고 싶은 예외적이고 채울 길 없는 욕구, 나의 삶을 지배한 것은 바로 이것인 듯하다."(1948년 9월 3일)

어떤 이들은 나의 에고이즘[93]을 비난했다. 나는 그들의 어리석음을 힐난했다. 남자이건 여자이건 어느 한 사람을 사랑하는 것이 아니라 우정, 애정 혹은 사랑을 사랑한다는 생각이었다. 한 사람에게 사랑을 줌으로써 다른 사람에게서 그것을 빼앗는 결과가 될까 봐 나는 나 자신을 줄 뿐이었다. 어느 누구의 육체나 마음을 독점하고 싶지도 않았다. 자연에 대해 그랬듯이 여기서도 유목민인 나는 어디서도 멈추지 않았다. 내가 보기에 모든 편애는 부당한 것으로 보였다. 모든 사람에게 머물러 있고 싶었으므로 나는 어떤 한 사람에게 나 자신을 주지 않았다.

각각의 도시에 대한 추억에 나는 방탕의 추억을 붙여 놓았다. 베네치아[94]에서는 가장무도회에 한데 섞였다. 비올라와 플루트를 연주하는 나룻배 속에서 나는 사랑을 맛보았다. 다른 배들이 젊은 남녀를 가득히 싣고 뒤를 따르고 있었다. 우리는 새벽을 기다리기 위해 리도로 갔으나 태양이 떠올랐을 때는 피로하여 잠이 들어 버렸다. 음악도 그치고 말았기 때문이다. 그러나 나는 덧없는 즐거움이 남겨 주는 그 피로감까지 사랑했으며 즐거움이 시들어 버리고 말았음을 느끼게 해 주는 깨어날 찰나의 그 현기증까지도 사랑했다. 다른 항구들에

---

93) 에고이즘이라기보다는 자아 배양을 의미하는 '에고티즘(égotisme)'이 더 적당할 것이다. 그러나 타인의 눈에는 이 두 가지가 분간하기 쉽지 않을 것이다.

94) 『지상의 양식』의 필자는 아직 베네치아에 가 보지 못했다. 그는 『지상의 양식』을 발표한 뒤인 1898년 봄에야 그곳에 간다.

서는 큰 기선의 선원들과 함께 나다니기도 했다. 불빛 희미한 뒷골목으로 내려가 보기도 했다. 그러나 나는 우리의 유일한 유혹인 경험의 욕망을 마음속으로 나무랐다. 그리하여 뱃사람들을 누추한 매음굴 근처에 남겨 두고 나는 고요한 항구로 돌아오는 것이었지만, 그곳에서도 밤의 말 없는 충고는 황홀경 저 너머로부터 이상하고 비장한 소음이 밀려드는 그 뒷골목들의 추억이라고 해석되는 것이었다. 내게는 그보다 들판의 보물들이 더 좋았다.

그러나 나이 스물다섯 살에 여행에 지친 것은 아니었으나 그 유랑 생활이 키워 준 과도한 자부심에 부대낀 나머지 나는 마침내 새로운 모습을 가지기에 충분할 만큼 성숙했다고 깨닫기에 이르렀다. 아니, 그렇다고 스스로 믿었던 것이다.

왜 하고 나는 그들에게 말했다. 왜 너희는 내게 또다시 길 위로 나서라는 것이냐? 모든 길가에 새로운 꽃들이 피어 있다는 것을 나는 안다. 그러나 이제 그것들이 기다리는 것은 너희인 것이다. 꿀벌들이 꿀을 찾아다니는 것은 한철뿐이다. 그러고는 보물지기가 되는 것이다.[95] 나는 버려 두었던 아파트로 돌아왔다. 가구 위에 씌운 포장을 걷어 치우고 창문들을 열었다. 그리고 방랑자가 되다 보니 자신도 모르게 저축하게 된 저금을 이용해 사들일 수 있는 모든 귀중하거나 부서지기 쉬운 물건들, 꽃병이나 희귀한 서적들, 특히 미술에 대한 나의 지식 덕분에 헐값으로 사들일 수 있었던 그림들을 주변에 놓아둘

95) 『탕아 돌아오다』(1907)의 주제.

수 있었다. 15년 동안 나는 수전노처럼 저축했다. 있는 힘을 다해 부를 쌓았다. 그리고 지식을 닦았다. 나는 여러 가지 사용 폐지된 언어들을 배워서 많은 책을 읽을 수 있게 되었다. 여러 가지 악기를 다루는 법을 배웠다. 매일 매시간을 유익한 공부에 바쳤다. 특히 역사와 생물학에 몰두했다. 여러 가지 문학들을 알게 되었다. 나의 너그러운 마음과 어엿한 가문 덕택으로 정당하게 가질 수 있었던 우정을 쌓았다. 이 우정이야말로 다른 무엇보다도 귀중한 것이었지만 그러나 그것에도 나는 집착하지 않았다.

쉰 살[96]에 때가 왔기에 나는 모든 것을 팔았다. 나의 확실한 안목과 각각의 물건에 대한 지식 덕분에 내가 가지고 있던 물건 가운데 값이 오르지 않은 것이 없었다. 이틀 동안에 막대한 재산을 이룩했다. 나는 이 재산 전체를 언제든지 사용할 수 있도록 투자했다. 이 지상에 '개인적인' 것은 아무것도 간직하고 싶지 않았으므로 모든 것을 남김없이 다 팔아 버렸다. 사소한 지난날의 추억 하나 남기지 않았다.

나는 들로 나를 따라온 미르틸에게 말했다. '이 매혹적인 아침, 이 안개, 이 빛, 이 서늘한 공기, 네 존재의 고동, 네가 이

---

96) 초판에는 '마흔 살에……'로 되어 있었다. '스물다섯 살에…… 15년 동안'의 표현은 이 나이 계산이 정확함을 말해 준다. 그러나 지드는 1918년판에서 '쉰 살'로 수정했다. 메날크라는 인물을 당시 저자 자신의 나이와 비슷하게 맞추려 한 것일까? 그는 1925년(그의 나이 쉰다섯 살) 검은 대륙 아프리카로 긴 여행을 떠나기 전 오퇴유의 빌라와 장서 대부분을 매각하게 된다.

런 것에 송두리째 너를 바칠 줄 안다면 그것들은 너에게 얼마나 더 큰 감동을 줄 것인가. 너는 그 속에 있다고 여기지만 사실은 네 존재의 가장 귀한 부분이 갇혀 있는 것이다. 너의 아내, 너의 아이들, 너의 책들, 너의 공부가 그 귀한 부분을 놓아주지 않은 채 네가 신과 접촉하는 것을 방해하고 있는 것이다.'

'바로 이 순간에 너는 생의 벅차고 온전하고 직접적인 감동을 맛볼 수 있다고 생각하는가, 그 밖의 것을 잊어버리지 않은 채? 네 사고의 습관이 너를 방해하고 있다. 너는 과거에 살고 미래에 살고 있어서 아무것도 자연 발생적으로 지각하지 못한다. 미르틸이여, 우리는 순간에 찍히는 사진과 같은 생을 벗어나면 아무것도 아니다. 앞으로 올 것이 생겨나기도 전에 거기서 과거는 송두리째 죽어 버린다. 순간들! 미르틸이여, 너는 알게 될 것이다. 순간들의 '현존'이 얼마나 큰 힘을 가진 것인지를! 왜냐하면 우리 생의 각 순간은 본질적으로 다른 것과 바뀔 수 없는 것이니 말이다. 때로는 오직 그 순간에만 온 마음을 기울일 줄 알아야 한다. 미르틸, 네가 원하기만 한다면, 네가 알기만 한다면, 너는 이 순간 아내도 자식도 잊어버리고, 지상에서 홀로 신 앞에 있을 수 있을 것이다. 그러나 너는 그들을 기억하고, 마치 너의 모든 과거, 사랑, 지상의 모든 관심사를 잃어버릴까 봐 겁이 난다는 듯 떠 짊어지고 다니는 것이다. 나로 말하면, 내 모든 사랑이 새로운 경이를 위해 매 순간 나를 기다린다. 나는 언제나 새 사랑을 알 뿐 결코 옛사랑을 다시 알아보는 일은 없다. 미르틸, 신이 갖추게 되는 저 모든 형상들을 너는 짐작도 못 하고 있다. 그중 한 형상만을 너무 바라보고 그것에 심취한 나머지 장님이 되어 버리고 마는 것이다. 너무나 고정된 너의 숭배가 보기에 딱하다. 좀 더 사방으로 퍼진 숭배였으면 싶다.[97] 닫혀 있는 모든 문 뒤에 신은 있는 것이다. 신의 모든 형상은 사랑할 만한 것이며, 그리고 모든 것이 신의 형상인 것이다.'

……내가 이룩한 재산으로 먼저 나는 배 한 척을 빌려 친구 세 사람과 선원들과 소년 수부 네 명을 데리고 항해를 떠났다. 나는 어린 수부들 중에 제일 못난 소년에게 반했다. 그러나 나는 그의 정다운 애무보다도 커다란 파도를 바라보는 것이 더 좋았다. 저녁에 꿈나라 같은 항구로 들어가 때로는 밤새도록 사랑을 찾아 헤매고 나서 먼동이 트기 전에 그곳을 떠나곤 했다. 베네치아에서 나는 지극히 아름다운 창녀를 만났다. 나는 사흘 밤을 줄곧 그녀를 사랑했다. 그녀 곁에서는 달콤했던 나의 다른 사랑들을 까맣게 잊어버릴 지경이었으니까. 그토록 그녀는 아름다웠던 것이다. 나는 그 창녀에게 배를 팔아 버렸다. 아니, 그녀에게 주어 버렸는지도 모르겠다.

몇 달 동안 나는 코모 호숫가의 어느 궁전에서 살았다. 비길 데 없이 감미로운 악사(樂士)들이 그곳에 모였다. 거기에 나는 또한 얌전하고 화술이 능란한 아름다운 여자들을 모아

97) 1장 첫머리의 "나타나엘이여, 도처가 아닌 다른 곳에서 신을 찾기를 바라지 말라."와 비교해 볼 것.

놓았다. 저녁이면 악사들이 황홀감을 자아내는 가운데 우리는 이야기를 나누었다. 그러고는 마지막 계단들이 물에 잠긴 대리석 층계를 내려가서, 떠돌아다니는 배에 올라 조용한 노젓는 소리에 맞추어 우리의 사랑을 잠재우곤 했다. 졸음이 가시지 않은 채 돌아오는 일도 있었다. 배가 호숫가에 닿으면 놀라 잠을 깨곤 했다. 그리고 이두안은 내 팔에 매달려 말없이 층계를 올라가는 것이었다.

그 이듬해에 나는 바닷가에서 멀지 않은 방데의 어느 광대한 정원에 있었다. 시인 세 사람이 내가 그들을 나의 거처로 맞아들여 환대한 것을 노래했다. 그들은 또한 물고기와 초목이 있는 연못이며 포플러가 늘어선 큰길, 외따로 떨어져 서 있는 떡갈나무며 물푸레나무의 숲이며 아름답게 꾸며진 정원의 정연한 모습을 이야기했다. 가을이 오자 나는 가장 큰 나무들을 베어 내게 하여 내 거처를 황폐하게 만드는 즐거움을 맛보았다. 풀이 자라는 대로 그냥 버려 둔 길로 많은 사람들이 돌아다니며 거닐던 그 정원의 모습을 말해 주는 것은 이제 아무것도 없으리라. 큰길의 이쪽저쪽에서 나무꾼들이 도끼질하는 소리가 들렸다. 길가에 가로질러 쓰러져 있는 나뭇가지에 옷깃이 걸렸다. 쓰러진 나무들 위에 내리는 가을빛이 찬란했다. 그 광경이 너무나도 아름다워서 오랜 세월이 지난 뒤에도 나는 다른 것은 생각할 수가 없었다. 나는 거기서 나의 늙음을 보았던 것이다.

그 뒤 나는 오트알프스 지방의 어느 산장에서 살았다. 레몬 맛이 오렌지처럼 새콤달콤한 치타 베키아의 향기로운 숲 가까이, 몰타의 어느 하얀 궁전에서도 살았다. 달마티아에서는 사륜마차로 이리저리 떠돌았다. 그리고 지금은 여기 피렌체 언덕의 이 정원, 피에솔레와 마주 바라보는 정원에서 오늘 저녁 그대들을 모아 놓은 것이다.

내가 나의 신변에 일어난 사건들 덕택에 행복을 얻을 수 있었던 것이라고 말하지 말라. 사건들이 나에게 유리하기는 했지만 나는 그것들을 이용하지는 않았다. 나의 행복이 부유한 재산의 도움으로 이루어진 것이라고 믿지도 말라. 지상에 아무런 집착도 갖지 않는 나의 마음은 항상 가난했다. 그러므로 죽기도 수월할 것이다. 나의 행복은 열정으로 이룩된 것이다. 차별 없이 모든 것을 통해 나는 열렬하게 찬미했다."[98]

2

우리가 와 있는 웅장한 테라스는(나선 계단을 따라 올라오게 된 곳이다.) 전 시가를 굽어보고 있었는데 우거진 녹음 위에서 마치 닻을 내린 거대한 선체와 같았다. 때로는 그 배가 시가를 향해 나아가고 있는 듯했다. 올해 여름, 나는 이따금 소음으로 들끓는 거리를 지나서 이 상상의 배 갑판 위로 올라가 저녁의 명상에 잠긴 채 평정을 맛보곤 했다. 모든 소음이 솟아오르다가는 사라졌다. 소음은 마치 파도처럼 이곳으로 밀려오

98) 여기서 '메날크'의 이야기가 끝난다.

다가 도중에 부서지고 마는 듯했다. 그래도 간혹 그 물결들은 또 밀려들었고 도도한 물살을 이루며 올라와서는 담벼락에 부딪쳐 넓게 펼쳐졌다. 그러나 나는 파도가 미치지 못하는 곳으로 더 높이 올라갔다. 가장 높은 테라스 위에서는 나뭇잎들의 살랑거리는 소리와 밤의 애끓는 부름 소리밖에는 아무것도 들리지 않았다.

대로를 따라 규칙적으로 심긴 푸른 떡갈나무와 거대한 월계수들이 하늘가에 이르러 끝나고 있었고 테라스도 거기서 끝이었다. 그러나 거기서 이따금 둥그런 난간들이 앞으로 뻗어 나와서 창공에 걸린 발코니 모양을 이루고 있었다. 그곳에 가 앉아 나는 도취한 듯 스스로의 상념에 빠져들었다. 나는 배를 타고 항해하는 느낌이었다. 시가지 반대편에 솟은 어둑한 언덕 저 위로 하늘은 황금빛을 띠고 있었다. 가벼운 나뭇가지들이 내가 앉아 있는 테라스로부터 휘황한 석양을 향해 늘어지거나 어둠을 향해 거의 잎도 없이 내달아 뻗어 오르고 있었다. 시가지에서는 연기 같은 것이 피어올랐다. 그것은 공중에 떠 있는 먼지들이 빛에 반사된 것인데 더 많은 불빛으로 빛나는 광장들 저 위로 아주 약간씩 솟아오르는 것이었다. 그리고 이따금 너무나 무더운 그 밤의 황홀함 속에서 저절로 튀어나오듯 어디서 쏘는 것인지 불꽃이 내달아 마치 어떤 외치는 소리를 따라가듯 허공을 건너지르며 진동하고 빙글빙글 돌다가 마침내는 신비롭게 개화(開化)하는 음향과 더불어 스러져 버리는 것이었다. 나는 특히 연한 금빛 불티를 일으키며 천천히 떨어져 슬며시 흩어지는 불꽃들을 좋아했다. 그 불꽃들이 그렇게 사라지고 나면 별들(형언할 수 없을 만큼 아름다운) 역시 이 돌연한 선경(仙境)으로부터 생겨난 것만같이 보여서 그 불꽃들이 사라진 다음에도 별들이 여전히 남아 반짝이는 것을 보고 놀라게 되는데……. 그러고는 서서히 하나하나의 별들이 각각 제 성좌에 속해 있음을 알아차리게 되었고, 그렇게 그 황홀감은 이어지는 것이다.

"사건들이 나를 멋대로 휘두르는데 그 방식이 마음에 들지 않아." 조제프가 말했다.

"할 수 없지! 존재하지 않는 것은 존재할 수 없었던 것이려니 하고 나는 생각하고 싶어." 메날크가 대답했다.

3

그날 밤 그들이 노래한 것은 과일들[99]이었다. 메날크, 알시드 그리고 그 밖의 몇몇이 모여 있는 앞에서 힐라스[100]가 노래를 불렀다.

---

99) 『지상의 양식』 앞에 『코란』에서 인용해 붙인 제사(題詞)와 관련이 있는 '과일'의 노래.

100) 메날크, 뒤에 나오는 '가장 이름 높은 연인들의 발라드'를 노래하는 묄리베와 마찬가지로 힐라스(Hylas) 역시 베르길리우스의 『목가』에 나오는 목동들 중 하나이다.

석류의 롱드[101]

분명 석류 씨 세 알만으로도 프로세르핀[102]은
충분히 그것을 회상할 수 있었다.

그대들은 앞으로도 오랫동안 찾으리라
영혼들의 불가능한 행복을.
육체의 즐거움이여, 감각의 즐거움이여
어떤 다른 이 있어 그대들을 비난하려거든 하라,
육체와 감각의 쓰디쓴 즐거움이여,
그는 너희를 비난하라, 나는 감히 그러지 못하니.

물론 열광적인 철학자 디디에여,
그대의 사상에 대한 믿음 때문에 그대가 정신의 즐거움보다 나은 것은 아무것도 없다고 생각한다면 나도 그대를 우러러본다.
그러나 그런 사랑이 모든 사람의 정신 속에 가능할 수는 없는 것이다.
그리고 물론 나 역시 그대들을 사랑하지.

---

101) 이 '롱드'는 지드가 『지상의 양식』을 책으로 내기 전 1896년 5월 잡지 《상토르(Centaure)》에 먼저 발표했다. 이 텍스트를 쓴 것은 그보다 2년 전이다.

102) Proserpine. 로마인들이 섬겼던 지옥의 여신으로 원래 식물의 발아를 돕는 농업의 여신이었다가 곧 그리스 신화의 페르세포네(일명 코레)와 동일시되었다. 지드는 1893년부터 데메테르의 딸로서의 프로세르핀 이야기를 짧은 극적 교향시에 담고자 했다.

내 영혼의 필사적 전율들이여,
마음의 즐거움들이여, 정신의 즐거움들이여,
그러나 내가 노래하는 것은, 쾌락들이여, 그것은 바로 그대들이다.

육체의 즐거움들이여, 풀잎처럼 연하고
산울타리에 핀 꽃들처럼 귀여워라.
초원의 개자리속보다도, 건드리면 잎을 떨구는 서글픈 조팝나무 속보다도
더 빨리 시들거나 낫에 베이는 그대들.

시각(視覺), 감각 중에서 가장 애달픈 것…….
우리가 만질 수 없는 모든 것은 우리를 애달프게 한다.
우리가 눈으로 보고 탐내는 것을 손으로 붙잡는 것보다
정신은 생각을 더 쉽게 붙잡는다.
오! 그대가 바라는 것이 그대가 만질 수 있는 것이기를.
나타나엘이여, 그러니 보다 더 완전한 소유를 찾지 말라.
나의 감각의 가장 감미로운 즐거움은
목마를 때 목을 축이는 것이었다.

물론 벌판 위로 해가 뜰 때 안개는 감미롭고
태양 또한 감미롭고
젖은 땅과
바닷물에 젖은 모래는
우리의 맨발에 감미롭고

샘물은 목욕하기에 감미로웠다.

나의 입술이 어둠 속에서 닿은 알지 못하는 입술도 키스하기에 감미로웠고…….

그러나 과일들은, 과일들은, 나타나엘이여, 어떻게 말해야 좋을까?

오! 그대가 그것들을 알지 못했다니,

나타나엘이여, 그것이야말로 내게는 안타깝기만 하구나.

과육(果肉)은 미묘하고 즙(汁)이 뚝뚝 흘러

피가 마르지 않은 살처럼 맛나고

상처에서 솟는 피처럼 붉었다.

그 과일들은, 나타나엘이여, 무슨 유난스러운 목마름을 요구하지 않았다.

그저 황금 바구니에 담아 내온 것이었다.

그 맛이 처음에는 더없이 무미건조하여 구역질이 날 지경이었다.

그것은 우리네 땅에서 나는 어떠한 과일과도 같지 않았다.

너무 익은 번석류(蕃石榴)[103]의 맛을 연상케 하고

과육은 맛이 간 듯했으며

먹고 나면 입속에 떫은맛이 남았다.

다시 새로운 과일을 먹지 않고서는 그 맛이 가시지 않았다.

과즙을 맛보는 순간

겨우 즐길 수 있었던 그 과일들의 맛은 쉬 사라졌다.

그리고 먹은 다음의 무미건조한 맛이 메스꺼운 만큼

그 순간은 더욱더 상쾌하게 느껴졌다.

---

103) 아메리카나 인도에서 볼 수 있는 열대 과일.

바구니는 순식간에 비었고
마지막 한 개는 나눠 먹기보다 차라리
그냥 남겼다.
아, 나타나엘이여, 그 뒤에 우리 입술에 남은 쓰고도 얼얼한 맛이
어떠했는지를 누가 말할 수 있으랴?
그 어떤 물로도 그것을 씻어 낼 수 없었다.
그 열매들에 대한 욕망이 우리의 영혼 속까지 사무쳤더라.
사흘 동안 장터들을 헤매며 우리는 그 과일들을 찾아다녔다.
그 과일의 철은 이미 지나 버렸다.
나타나엘이여, 우리의 여로(旅路) 그 어디에
우리에게 다른 욕망들을 일깨워 줄 새로운 열매들이 있는 것일까?

*

바다를 앞에 두고, 지는 해를 앞에 두고
우리가 테라스 위에서
먹는 과일들이 있다.
리큐어를 조금 섞고 설탕을 타서
얼음에 재운 것들도 있다.

남들이 손대지 못하도록 담장 안 정원에 키운
나무에서 따다가
여름철 그늘에서 먹는 것들도 있다.
조그만 식탁들을 차려 놓아 보라,

가지를 흔들기만 하면
과일들은 우리 주위에 떨어지고
가지 위에서는 어리둥절한
파리들이 잠을 깰 것이다.
떨어진 과일들을 쟁반에 담으면
그 향기만으로도 벌써 우리는 황홀해지리라.

입술에 껍질 자국이 남기에 아주 목마를 때가 아니면 먹지 않는 것들도 있다.
우리는 그런 것들을 모래 많은 길가에서 발견했다.
가시 돋은 잎들 저 속에 반짝이고 있어
그걸 따려던 손이 가시에 찔렸다.
그래서 먹어도 갈증은 그다지 가시지 않았다.

햇볕에 익도록 두기만 해도
잼이 되는 것들이 있는가 하면
어떤 것은 겨울이 되어도 살이 단단한 채로 있어
그것을 깨물기만 해도 이가 시리다.
여름이어도 과육이 언제나 싸늘하게 느껴지는 것도 있다.
그런 것들은 조그만 선술집 저 안쪽
돗자리 위에 웅크리고 앉아 먹는다.
다시 구할 수 없게 되면
생각만 해도 목마름을 느끼게 되는 것도 있다.

*

나타나엘이여, 그대에게 석류 이야기를 해 줄까?
동방의 그 장터에서는 갈대로 엮은 발 위에 쌓아 놓고
잔돈 몇 푼에 석류를 팔았는데
먼지 속을 구르는 것들도 있어
벌거벗은 아이들이 주워 먹곤 했다.
그 즙은 덜 익은 나무딸기처럼 새콤하다.
그 꽃은 밀랍으로 만든 것 같은데
빛깔이 열매와 한 빛이다.

고이 간직한 보물, 벌집 같은 칸막이들,
풍성한 맛
오각형 건축.
껍질이 터진다, 낱알이 쏟아진다.
푸른 하늘빛 잔들 속에 담은 핏빛 낱알들.
또 다른 것들은 유약 입힌 청동 접시 속에 담은 황금 물방울.[104)]

시미안[105)]이여, 이제 무화과를 노래하라,

---

104) 이 여섯 행은 발레리의 시 「석류」(1920)와 비교해 볼 만하다.
105) 지드의 아프리카 여행 동반자였던 폴 로랑스 집안과 친구 사이인 라틸 집안이 프랑스 남부 툴롱 근처에 가지고 있는 소유지의 이름이 '시미안'이었다. 1893년 튀니지로 떠나기 전 지드는 그곳으로 가서 폴 로랑스와 합류했다.

그것의 사랑은 은밀한 것이니.

나는 무화과를 노래하네 하고 그녀는 말한다.
그것의 아름다운 사랑들은 은밀하고
꽃은 접혀서 피네.
혼례를 올리는 밀봉된 방,
아무런 향기도 그 사정을 밖으로 말해 주지 않네.
아무것도 발산되는 것이 없으니,
향기란 향기는 모두 즙이 되고 맛이 되네.
아름다움을 모르는 꽃, 환락의 열매.
잘 익은 꽃이 그대로 열매일 뿐.

나는 무화과를 노래했네 하고 그녀는 말한다.
그러면 이제 모든 꽃을 노래하라고.

물론 우리는 모든 열매를 노래하지는 않았다 하고 힐라스가 말을 이었다.

시인의 재능: 자두를 보고도 감동할 줄 아는 재능.
(내게 꽃은 열매의 약속일 때 비로소 값진 것이다.)
너는 자두에 대해서 말하지 않았다.

차가운 눈을 맞아 단맛이 드는
산울타리의 새콤한 인목 열매.
상하도록 무르익어야 먹을 수 있는 아가위 열매.

불 가까이에 묻어 터뜨리는
낙엽 빛깔의 밤.

"어느 몹시 추운 날 눈 속에서 따 온 저 산월귤 열매들이 기억나는군."

"나는 눈을 좋아하지 않아." 로테르가 말한다. "그건 땅 위에 내려와서도 아직 땅과 어울려 하나가 되지 못한 매우 신비적인 물질이야. 풍경마저 정지되어 버리는 그 엉뚱한 흰빛이 나는 싫어. 차디찬 힘으로 생명을 거부하고 있으니 말이야. 눈이 생명을 품어 보호해 준다는 건 알지만 생명은 눈을 녹이고서야만 살아날 수 있잖아. 그래서 나는 눈이 회색빛으로 더러워지고 초목들에게는 절반쯤 녹아서 거의 물과 다름없어지기를 바라는 거야."

"눈을 그런 식으로 말하지 마. 눈도 아름다워질 수 있으니까." 울리크가 말한다. "지나친 사랑 때문에 녹아 버릴 때에만 눈은 슬프고 아픈 거야. 사랑을 좋아하는 자네이니 절반쯤 녹은 눈이 더 좋겠지. 눈은 제가 압도할 수 있는 곳에서 아름답지."

"그런 데라면 우리는 가지 않아." 힐라스가 말한다. "내가 차라리 잘됐군 하고 말할 때 자네가 할 수 없지 하고 말할 필요는 없어."

*

그리하여 그날 밤 우리는 모두 한 사람씩 발라드 형식으로 노래했다. 묄리베가 노래하기를,

가장 이름 높은 연인들의 발라드

줄레이카[106]여! 술 따르는 사람[107]이 내게 부어 주는 술을
내 그대를 위해 그만 마셨다.
보아브딜이여, 그라나다에서 내 그대를 위해
헤네랄리페궁(宮)[108]의 협죽도(夾竹桃)에 물을 주었다.
발키스[109]여, 그대가 남쪽 나라로부터 와서 내게 수수께끼를 내놓았을 때 나는 솔로몬이었다.
다말이여, 나는 그대를 차지하지 못해 죽어 가던 그대의 오빠 암

106) 동방의 문학에서는 이집트 사람 보디발의 아내로 요셉을 유혹하려다가 실패한 인물이다.(「창세기」 39장 7~15절) 그러나 그녀는 동시에 하피즈의 신비적인 연인이기도 하다.
107) 괴테는 하피즈에게 술을 부어 주는 술 따르는 사람에 대해 책 한 권(『디반』)을 다 바쳤다. 또 지드의 책 『사울』 참조.
108) 헤네랄리페궁은 그라나다에 있는 무어족 왕궁이며, 보아브딜은 1492년 그라나다가 기독교 군대에 함락되기 전 마지막 왕이다.
109) 기독교와 이슬람 전통에서 시바의 여왕을 일컫는 이름. 이 여왕은 솔로몬왕의 명성을 듣고 예루살렘으로 찾아와 그를 시험하기 위해 수수께끼를 내고 솔로몬은 그에 일일이 답한다.(「역대기 하」 9장 1~2절) 그러나 시바의 여왕이 솔로몬을 사랑했다는 기록은 없다.

논이었다.[110]

밧세바여, 내 궁전의 가장 높은 테라스까지 황금 비둘기를 좇아 갔다가, 목욕 준비를 하고 다 벗은 몸으로 내려오는 그대를 보았을 때, 나는 나를 위해 그대의 남편을 죽게 한 다윗이었다.[111]

술람의 아가씨[112]여, 그대를 위해 나는 거의 종교적이라고까지 믿어질 만한 노래를 불렀다.

포르나리나[113]여, 나는 그대의 품에 안겨 애욕에 절규하던 그 사내다.

조베이드[114]여, 나는 아침에 광장으로 가는 길에서 그대가 만난

---

110) 「사무엘 하」 13장 1~29절. 다윗의 아들 암논은 그의 누이 다말에게 반했으나 "다말이 아직 처녀여서 좀처럼 만나기 어렵다는 사실을 알고 애만 태우다가 병이 나고 말았다." 그는 병든 체하고 자리에 누워 다말의 간호를 받다가 그녀를 겁탈한다. 그녀의 오빠 압살롬이 2년 뒤 암논을 살해한다.

111) 「사무엘 하」 11장 1~21절. "어느 날 저녁 다윗은 침대에서 일어나 궁전 옥상을 거닐다가 목욕을 하고 있는 한 여인을 보게 되었다. 매우 아름다운 여인이었다. 다윗이 사령을 보내어 그 여인이 누구인지 알아보게 하니 사령은 돌아와서 그 여인은 엘리암의 딸 밧세바인데 남편은 헷 사람 우리아라고 보고했다. 다윗은 사령을 보내어 그 여인을 데려다가 정을 통하고 돌려보냈다." 그는 여인이 임신한 것을 알게 되자 우리아를 전장에 내보내 죽게 만들었다. 지드는 물론 성서에 나오는 이 이야기를 알고 있었다. 그러나 그는 알제리의 비스크라에서 만난 아이 아트망에게서 들은 이야기를 여기서 활용한다. 아랍 전통에 따르면 다윗은 어떤 황금 비둘기를 따라 이 방 저 방을 쫓아가다가 테라스의 높은 곳에 이르러 우리아의 아내 밧세바를 보게 되었다고 한다.(지드의 『일기』 80쪽 참조)

112) 「아가」 7장 1절에 나오는 신부. 기독교 전통은 「아가」가 관능적인 시를 초월해 이스라엘에 대한 신의 사랑의 알레고리라고 본다.

113) 화가 라파엘로의 모델이었고 화가의 사랑을 받았던 여자.

114) 이 문단은 『천일 야화』의 한 에피소드를 충실하게 요약하고 있다.

노예다. 빈 바구니를 머리에 이고 내가 그대의 뒤를 따르는 동안 그대는 시트론과 레몬과 오이와 여러 가지 향료들과 온갖 맛난 것들을 바구니에 가득 채워 주었다. 이윽고 그대의 마음에 들게 된 내가 피곤하다고 하소연하자 그대는 나를, 그대의 두 자매와 세 왕자 승려들 곁에서 하룻밤을 묵게 해 주고자 했다. 그리하여 우리는 제각기 자기의 내력을 말하고 번갈아 다른 사람들의 이야기를 듣기로 했던 것이다. 내가 이야기할 차례가 되자 나는 말했다. 조베이드여, 당신을 만나기 전 나의 생애에는 이렇다 할 일이 없었습니다. 그러니 지금이라고 무슨 이야기가 있을 수 있겠습니까? 당신이 내 삶의 전부가 아닙니까? 그렇게 말하자 짐꾼은 과일을 마구 먹어 댔다.(아주 어릴 적에『천일 야화』에 자주 나오는 과일 당과(糖菓)를 너무나도 먹고 싶었던 일이 생각난다. 그 뒤 나는 장미 농축액으로 만든 것을 먹어 본 적이 있다. 그런데 어떤 친구는 여주 열매로 만든 당과도 있다고 말해 주었다.)

아리안이여, 나는 내 가던 길을 계속 가려고
그대를 바쿠스에게 넘기고 가는
길손 테세우스다.

나의 아리따운 에우리디케여, 그대에게 나는
귀찮게 따라오는 그대를 한 번의 눈길로 지옥에
밀쳐 버리는 오르페우스다.[115]

---

115) 시인이 자신과 동일시하는 열광적 연인들의 매우 서정적인 노래들로 이루어진 이 발라드는 불충실한 두 인물의 예로 마감된다. 그중 하나인 테세우스는 크레타에서 아테네로 돌아오면서 자신이 유혹했던 젊은 여인 아

그다음에는 모프수스[116]가 노래했다.

부동산의 발라드

강물이 높아지기 시작하자

어떤 사람들은 산 위로 피난했다.

또 다른 사람들은 생각했다. 진흙이 쌓이면 우리 밭이 기름지게 될 것이라고.

또 다른 사람들은 이제 파멸이라고 생각했다.

또 다른 사람들은 아무 생각도 하지 않았다.

강물이 범람하여 물 높이가 불었을 때도

아직 나무들이 보이는 곳이 있었다.

다른 곳에는 집 지붕들이,

종탑들이, 담벼락들이, 그리고

더 먼 곳에는 언덕들이 보였다.

또 아무것도 보이지 않는 곳도 있었다.

산 위로 가축들을 몰아 올린 농부도 있었다.

리아드네를 낙소스(바쿠스에 바쳐진 섬)에 버린다. 한편 지드는 전통적인 이미지와는 달리 귀찮게 따라오는 에우리디케를 지옥으로 밀쳐 버리는 오르페우스를 그리고 있다.

116) 힐라스와 묄리베가 그렇듯이 모프수스는 베르길리우스의 『목가』에 나오는 목동으로 메날크의 말 상대다.

어린아이들을 배에 태워 실어 간 사람들도 있었다.

패물, 식량, 서류 등속이며

물 위에 뜰 수 있는 것 중에 돈이 될 만한 것을 모두 실어 간 사람들도 있었다.

아무것도 가지고 가지 않은 사람들도 있었다.

물결에 휩쓸린 배를 타고 달아난 사람들은

한 번도 본 적이 없는 낯선 고장에서 눈을 떴다.

아메리카에서 눈을 뜬 사람들도 있었다.

어떤 사람들은 중국에서, 또 어떤 사람들은 페루 해안에서 잠을 깼다.

잠에서 깨지 않은 사람들도 있었다.

그다음에 구즈만이 노래했다.

질병의 롱드

여기에는 그 끝 대목만을 소개하겠다.

……다미에타[117]에서 나는 열병에 걸렸다.

싱가포르에서는 내 온몸에 흰빛과 보랏빛의 발진이 생기는 것을 보았다.

마젤란 군도에서는 이가 전부 빠져 버렸다.

117) 지중해에서 가까운 이집트의 도시.

콩고에서는 악어에게 한쪽 발을 뜯어 먹혔다.

인도에서는 신체 쇠약증에 걸려

피부가 기막히게 녹색으로 변하면서 마치 투명하게 비치는 듯했다.

나의 눈은 감상적으로 커다래졌다.

나는 휘황찬란한 도시에 살고 있었다. 밤마다 거기에서는 모든 범죄가 저질러졌지만 항구에서 멀지 않은 곳에는 여전히 갤리선들이 떠 있는데 인원을 채울 수 없었다. 어느 날 아침 나는 그중 한 척에 올라타고 길을 떠났다. 나의 터무니없는 뜻을 저버리지 않고 시장(市長)이 쉰 명의 뱃사람들을 붙여 주어서 우리는 나흘 낮 사흘 밤을 항해했다. 그들은 나를 위해서 놀라운 힘을 소모했다. 그 단조로운 피로가 그들의 왕성한 정력을 잠재워 놓았다. 끝없이 물결 속에 노를 젓자니 지칠 수밖에 없었다. 그들은 더욱 아름다워졌고 몽상가들로 변했다. 과거의 추억들은 망망대해로 흩어져 갔다. 그리하여 우리는 해 질 무렵, 곳곳에 운하가 누비듯 흐르는 어느 도시로 들어갔다. 황금빛 혹은 잿빛의 도시, 갈색이냐 또는 금빛이냐에 따라 사람들이 암스테르담 혹은 베네치아라고 부르는 도시였다.

4

저녁에 피렌체와 피에솔레 중간쯤인 피에솔레 언덕 기슭에 자리 잡은 정원에서, 보카치오가 살아 있던 시절 팜피네아와 피아메타[118]가 노래하던 바로 그 정원에서(너무 눈부시게 빛나던 낮이 저물어) 아직 캄캄하지는 않은 밤에 시미안, 티티르, 메날크, 나타나엘, 엘렌, 알시드, 그 밖의 몇몇이 한데 모여 있었다.

날씨가 몹시 더웠기 때문에 테라스에서 다과로 간단히 식사를 마치고 우리는 오솔길로 내려갔다. 음악도 그친 뒤, 이제 우리는 푸른 떡갈나무 숲이 가지를 드리운 샘가의 풀밭 위에 누워 대낮의 피로를 느긋이 다스리며 쉴 수 있을 때를 기다리면서 월계수며 떡갈나무 밑을 이리저리 거닐었다.

나는 이 무리에서 저 무리로 왔다 갔다 했는데, 모두들 사랑 이야기를 하고 있었으나 귀에 들어오는 것은 두서없는 말들뿐이었다.

"쾌락은 어느 것이나 다 좋은 것이니 그리고 맛볼 필요가 있어." 엘리파스가 말했다.

"그렇지만 모든 쾌락이 다 좋은 것은 아니지. 선택이 필요할 걸세." 티불이 말했다.

거기서 좀 떨어진 곳에서는 페드르와 바시르에게 테랑스가 이야기를 하고 있었다.

"나는 피부가 검고 완벽한 살집인 데다가 갓 성숙한 카빌 부족의 계집아이를 사랑했지. 그 아이는 몹시 애티가 나면서도 벌써부터 흠뻑 타락한 관능미 속에 난데없는 심각함을 간

---

118) 보카치오의 소설 『데카메론』과 『피아메타』의 등장인물들.

직하고 있었지. 그 아이는 나에게 대낮의 권태이자 밤의 환락이었어."

그리고 시미안이 힐라스에게 말했다.

"그것은 자주 먹어 달라고 졸라 대는 작은 과일이지."

힐라스가 노래를 불렀다.

우리에게는 길가의 밭에서 훔쳐 먹는 과일처럼 새콤하여 좀 더 단맛이 있었으면 싶었던 조그만 쾌락들도 있었노라.

우리는 샘가의 풀밭에 앉았다.

……내 옆에서 우는 밤새의 노랫소리가 잠시 동안 그들의 말보다도 더 나의 마음을 차지했다. 다시 귀를 기울이기 시작하자 힐라스가 말했다.

……그리고 나의 감각들에는 제각기 저마다의 욕망들이 따로 있었어. 나는 나 자신의 속으로 되돌아가고 싶은데 하인들과 하녀들이 내 식탁에 앉아 있는 거야. 내가 끼여 앉을 조그만 자리 하나 남아 있지 않았지. 주빈석은 '갈증'이 차지하고 있더군. 다른 갈증들이 제일 좋은 자리를 차지하겠다고 서로 다투었어. 식탁 전체가 온통 싸움판이었지. 그러나 그들이 나와 맞설 때는 모두가 다 한패가 되는 거야. 내가 식탁 가까이 가려 하자 벌써 만취한 그들은 모두 내게 대들며 일어섰어. 그들은 나를 내 집에서 쫓아냈지. 나를 밖으로 끌어낸 거야. 그래 나는 다시 나와서 그들에게 포도송이를 따 주러

가야만 했지.

욕망들이여! 아름다운 욕망들이여! 나는 너희에게 짓이겨 터진 포도송이를 가져다주리라. 너희의 큼직한 잔을 다시금 가득히 채워 주리라. 그러니 나를 내 집에 들어가게 해 다오.(그대들이 취해 잠들게 될 때, 내 다시금 내 머리에 금란(金襴)과 담쟁이덩굴을 두르게 해 다오.) 이마에 어리는 수심을 담쟁이덩굴 관(冠)으로 덮어 가리고 싶구나.

나는 온통 취기에 사로잡혀 더 이상 제대로 귀를 기울여 들을 수가 없었다. 이따금 새의 울음소리가 그칠 때면 밤이 고요해지며 마치 나 홀로 밤을 응시하고 있는 듯했다. 또 때로는 사방에서 여러 목소리들이 솟아 나와 그 자리에 모인 많은 사람들의 목소리에 섞이는 것 같기도 했다.

우리도, 우리도 하고 그 목소리들은 말하고 있었다.
우리 영혼의 온갖 처량한 권태들을 다 맛보았지.
욕망들은 우리가 조용하게 일하도록 버려두지 않아.

……올해 여름 나의 모든 욕망들은 갈증을 느꼈어.
마치 수많은 사막을 건너가는 것만 같았지.
그러나 나는 그 욕망들에게 마실 것을 주지 않았어.
물을 마시고 병들었다는 것을 나는 알고 있었거든.

(망각이 속에서 잠자는 포도송이들이 있었다. 꿀벌들이 꿀을 따 먹는

것들도 있었고, 햇빛이 와서 가지 않고 머무르는 듯한 것들도 있었다.)

욕망 하나가 저녁마다 내 머리맡에 와 앉아 있었어.
새벽마다 눈을 떠 보면 거기에 있어.
밤새도록 나를 지켜보고 있었던 거야.
나는 걸었어. 내 욕망을 지치게 하고 싶어서.
지친 것은 나의 육체뿐이었어.

이제는, 클레오달리즈여, 그대 노래하라.

나의 모든 욕망들의 롱드

간밤에 무슨 꿈을 꾸었는지 모르겠네.
잠을 깨니 내 모든 욕망들이 목말라했네.
그들은 자면서 사막을 건너기라도 한 것 같았지.
욕망과 권태 사이에서
우리의 불안은 망설이네.
욕망들이여! 너희는 지치지도 않는가?
오! 오! 오! 오! 지나가는 이 조그만 쾌락이여! 머지않아 지나가 버릴 쾌락이여!
오호라! 오호라! 어떻게 하면 괴로움을 연장할 수 있을지 나는 알건만 내 즐거움을 어떻게 길들여야 할지 나는 모르네.

욕망과 권태 사이에서 우리의 불안은 망설이네.

그리하여 내 눈에는 인류 전체가 잠을 이루려고 침상에서 뒤치락거리며 안식을 찾으려 하지만 한잠도 자지 못하는 병자처럼 보였다.

우리의 욕망들은 이미 수많은 세계를 편력했지.
그러나 결코 채워질 수 없는 욕망이었네.
그리고 자연 전체가
휴식의 갈망과 쾌락의 갈망 사이에서 고민하고 있네.

우리는 쓸쓸한 아파트에서
비탄에 못 이겨 부르짖었지.
우리는 탑 위로 올라갔지만
보이는 것은 어둠뿐이었네.
암캐들처럼, 메마른 강 언덕을 따라가며
괴로움에 못 이겨 울부짖었네.

암사자들처럼, 우리는 오레스 산중에서 으르렁거렸다. 그리고 염수호(鹽水糊)의 해초를 암낙타들처럼 씹어 먹었고 속 빈 줄기들의 진을 빨았다. 사막에는 물이 흔하지 않기에.
우리는 제비들처럼 식량도 없이
넓은 바다를 건넜다.
주린 배를 채우기 위해 메뚜기처럼 모조리 휩쓸어야 했네.
해초처럼 소나기가 우리를 뒤흔들었고
눈송이처럼 우리는 바람에 뒹굴었네.

오! 광막한 휴식을 위해 나는 이로운 죽음을 바란다. 그리고 마침내 쇠진한 나의 욕망이 새로운 전생(轉生)을 위해서는 아무것도 줄 것이 없어지기를 바란다. 욕망이여! 너를 나는 길 위로 이끌고 다녔다. 나는 들판에서 너를 애태웠으며 대도시에서는 너를 취하게 했다. 취하게 했을 뿐 너의 갈증을 꺼 주지 못했다. 달빛 가득한 밤 속에 너를 잠그기도 했고 사방으로 너를 끌고 다니기도 했다. 파도의 물결에 실어 너를 재우려고도 해 보았다……. 욕망이여! 욕망이여! 너를 어떻게 해야 한단 말인가? 대체 너는 무엇을 바라느냐? 너는 지칠 줄도 모르느냐?

달이 떡갈나무들 사이로 나타났다. 단조롭지만 여느 때와 다름없이 아름다운 달. 그들은 지금 무리를 지어 이야기를 나누고 있지만 나에게는 산만한 말들만 어렴풋이 들려올 뿐이었다. 내가 보기에는, 아무도 들어 주는 이가 없어도 아랑곳하지 않는 듯 저마다 다른 사람들에게 사랑을 이야기하고 있는 것 같았다.

이윽고 주고받던 말소리가 그쳤다. 때마침 달이 울창하게 우거진 떡갈나무 가지 뒤로 사라졌으므로 그들은 늘어진 잎사귀들 속에서 서로 몸을 붙이고 누워서 그래도 이야기를 계속하는 남녀들의 말을 이제는 무슨 소리인지 알아듣지도 못한 채 그저 귓등으로만 흘려보내는 것이었다. 이윽고 그 목소리마저 이끼 위로 조잘대며 흐르는 시냇물 소리에 뒤섞여서 아련하게만 들려오고 있었다.

그러자 시미안이 일어서서 담쟁이덩굴로 관을 만들었다. 찢긴 나뭇잎 냄새가 풍겼다. 엘렌은 머리를 풀어 옷 위로 늘어뜨렸고, 라셀은 축축한 이끼를 뜯어 와서 그것으로 눈을 적시며 잠을 청하는 것이었다.

달빛의 광채도 이제는 사라졌다. 나는 매혹으로 마음이 무거워지고 슬프도록 취해 가만히 누워 있었다. 나는 사랑을 이야기하지 않았다. 다시 여행을 떠나 발길 닿는 대로 길을 헤매고 싶은 생각에 아침이 되기를 기다리고 있었다. 내 지친 머리는 벌써 오래전부터 졸고 있었다. 나는 몇 시간 잠을 잤다. 새벽이 되자 나는 떠났다.

5장

1

비 많은 노르망디 땅, 잘 가꾼 들판…….

너는 말하곤 했다. 봄이 되면 우리 서로를 가지자고. 내 눈에 익은 그 나뭇가지 밑, 자욱하게 이끼로 덮인 그곳에서, 바로 그 시각에. 공기도 그렇게 부드러울 것이고 작년에 울던 새도 노래할 것이라고. 그러나 올해는 봄이 늦게 찾아왔다. 공기는 너무 서늘해서 다른 즐거움을 주었다.

여름은 노곤하고 따뜻했다. 그러나 어느 여인에게 기대를 걸었지만 그녀는 오지 않았다. 그래서 너는 말했다. 그래도 가을이 되면 이 실망을 만회하고 내 서글픔을 위로받을 것이라고. 내 짐작에 여인은 아마도 오지 않을 듯하다. 그러나 적어도 커다란 나무숲들은 붉게 물들 것이다. 아직 따뜻한 어떤 날들에는 지난해에 그렇게도 많이 나뭇잎이 떨어지던 그 연못가로 가서 나는 앉으리라. 거기서 저녁이 다가오는 것을 기다리리라……. 또 어떤 날 저녁에는 마지막 햇살이 드리운 숲 기슭으로 내려갈 것이다. 그러나 금년 가을에는 줄곧 비가 내렸다. 축축한 숲들은 물이 드는 둥 마는 둥 했고 못은 넘쳐 너는 그 언저리에 가서 앉지도 못했다.

*

금년에 나는 줄곧 땅에 마음이 쏠려 있었다. 곡식 거두기와 밭갈이를 보살폈다. 가을이 짙어 가는 것을 볼 수 있었다. 계절은 비길 데 없이 훈훈했지만 비가 잦았다. 9월 말경 무시무시한 돌풍이 열두 시간이나 그치지 않고 불어 대더니 나무들을 한쪽만 바싹 말려 놓았다. 바람을 맞지 않고 남아 있던 다른 쪽의 잎들이 얼마 뒤에 노랗게 물들었다. 나는 사람들과 멀리 떨어져 살고 있어서 그런 것도 다른 어느 사건이나 마찬가지로 중요한 이야깃거리가 될 수 있을 듯했다.

*

나날이 있고 또 다른 나날이 있다. 수많은 아침과 저녁이 있다.

무감각 상태를 벗어나지 못한 채 새벽이 되기도 전에 일어나는 아침들이 있다.(오! 가을의 회색빛 아침! 휴식을 취하지 못한 영혼이 지칠 대로 지치고 타는 듯한 불면에 시달린 나머지 좀 더 자고 싶어 하며 죽음의 맛을 헤아려 본다.) 내일 나는 추위에 떠는 이 전원을 떠난다. 풀에는 서리가 자욱이 내렸다. 굶주림에 대비해 땅속에 빵이며 뼈다귀를 갈무리해 둔 개처럼 나는 간직해 둔 그런 쾌락들을 어디에 가면 찾을 수 있는지 안다. 시냇물이 굽이돌며 오목해진 곳에 따뜻한 공기가 약간 감돌고 있음을 나는 안다. 숲의 울타리 저 위에는 아직도 잎이 지지 않은 보리수 한 그루. 학교에 가고 있는 대장간 집 어린 소녀에게 주는 미소와 애무. 조금 더 가면 자욱하게 떨어진 낙엽 냄새. 내가 웃음을 지어 보일 수 있는 어느 여인. 오막살이 곁에서 그의 어린 아기에게 입을 맞추니 가을에는 대장간 망치 소리 멀리까지 들리고……. 그뿐인가?(아! 잠이나 자자!) 너무나 보잘것없는 것 그리고 나는 너무나 지쳐서 더 이상 기대할 것이 없다.

*

새벽도 되기 전 박명 속에서의 끔찍한 출발들. 오들오들 떠는 영혼과 육체. 어지러움. 아직도 가지고 갈 만한 것이 무엇일지를 생각해 본다. 메날크여, 떠남에서 그대가 그토록 좋아하는 것은 대체 무엇인가? 그가 대답한다. 미리 느껴지는 죽음의 맛이라고.

꼭 다른 무엇인가를 보고 싶어서가 아니라 내게 필요 불가결한 것이 아닌 모든 것을 떠나자는 것뿐이다. 아! 나타나엘이여, 없어도 되는 것들이 그 밖에도 또 얼마나 많은가! 우리의 유일하고 진정한 소유인 사랑, 기대 그리고 희망으로 마침내 가득 찰 수 있을 만큼 충분히 헐벗지 못하는 영혼들.

아아! 살려면 충분히 몸담고 살 수도 있었을 그 모든 장소들! 행복이 넘쳐날 수 있을 장소들. 힘에 부치는 농장, 이루 헤아릴 수 없는 밭일들. 피로. 수면의 엄청난 정일(靜逸)…….

떠나자! 그리고 그냥 아무 곳에서나 발길을 멈추자!

2

승합 마차 여행[119)]

나는 너무 점잔을 떨도록 강요하는 내 도회의 복장을 벗어 버렸다.

*

그는 내게 몸을 기대고 있었다. 그의 심장의 고동으로 나는 그가 살아 있는 존재임을 느낄 수 있었고 그리하여 그의 작은

119) 이 글은 어떤 한 가지 여행의 기록이 아니라 명시하지 않은 몇몇 행복한 장소의 기억에 섞인 '출발'의 열광적 순간들, 여러 '주막'에서 맛본 취기, 가을 들판으로의 산책들에 대한 기록이다. 그리고 결국 저녁나절 자신의 영지인 '라로크'의 농장으로 돌아오는 것으로 마감된다.

몸의 체온이 나를 불처럼 뜨겁게 달구었다. 그는 내 어깨에 기대 자고 있었다. 그의 숨소리가 들렸다. 미지근한 그의 숨결이 거북스러웠지만 그를 깨우게 될까 봐 나는 움직이지 않았다. 우리가 비좁게 끼여 앉아 있는 마차가 흔들릴 때마다 그의 귀여운 머리가 건들거렸다. 다른 사람들도 남은 밤 시간을 아끼듯이 잠을 자고 있었다.

그렇다, 나는 사랑을 알았다. 사랑과 그 밖의 또 많은 것들을. 그러나 그때의 그 애정에 대해서 나는 아무 말도 할 수 없을 것인가?

물론 그렇다, 나는 사랑을 알았다.

*

나는 어슬렁거리며 떠도는 모든 것을 스칠 수 있기 위해 스스로 어슬렁거리며 떠도는 자가 되었다. 어디서 따뜻하게 몸을 녹여야 할지 모르는 모든 것에 대해 나는 따뜻한 정으로 반해 버렸고 그리하여 방랑하는 모든 것을 열렬하게 사랑했다.

*

4년 전, 지금 내가 지나고 있는 이 작은 도시에서 어느 날 저물어 가는 한때를 지냈던 일을 나는 기억한다. 계절은 지금처럼 가을이었다. 그때도 일요일은 아니었고 더운 시간은 지나간 뒤였다.

지금처럼 거리를 이리저리 거닐고 다니다 보니 시가지 변두리에 아름다운 경치가 내려다보이는 테라스 모양의 공원이 나타났던 것이 기억난다.

나는 지금 같은 길을 걷고 있다. 모든 것을 다 알아볼 수 있다.

나는 지난날 내가 밟았던 발자국과 그때의 감동들을 다시 밟는다……. 돌 벤치가 하나 있어 나는 거기에 앉았지.(바로 여기다.) 여기서 책을 읽고 있었는데, 무슨 책이었더라?(아! 그렇지, 베르길리우스였어.) 그리고 빨래하는 여인들의 방망이 소리가 들려오고 있었지.(지금도 들린다.) 바람은 잔잔했다, 바로 오늘처럼.

어린아이들이 학교에서 나온다, 기억난다. 행인들이 지나간다, 그때 지나가던 것처럼. 해는 저물어 가고 있었다. 그런데 바로 지금 저녁이다. 낮의 노래들은 이제 그칠 것이다…….

그뿐이다.

"하지만 그 정도로는 한 편의 시가 될 수는 없겠는데……." 앙젤이 말한다.

"그럼 그만두지." 내가 말한다.

*

우리는 새벽이 되기 전에 서둘러 일어나기도 했다.

마부가 뜰에서 말에 수레를 맨다.

물통에 가득 담은 물로 포석(鋪石)을 닦는다. 펌프 소리.

생각이 많아 잠을 자지 못한 사람의 얼떨떨한 머리. 떠나야만 하는 장소들. 조그만 방. 여기서 잠시 동안 나는 머리를 기대고 쉬었다. 나는 느꼈다. 생각했다. 밤을 새웠다. 사람들은 죽는다! 어디서든지.(살기를 그만두게 되면 거기가 곧 아무 데나이고 아무 데도 아닌 것이다.) 살았기에 나는 여기에 있었다.

두고 떠난 방들! 결코 한 번도 슬픈 것이기를 바라지 않았던 출발의 황홀함. 열광은 언제나 여기 이것을 지금 소유하는 데서 왔다.

그러므로 한순간 여기 이 창문에 기대어 내다보자……. 떠나야 하는 한순간이 오고야 만다. 지금 이 순간이 떠나야 하는 순간 직전의 순간이기를 나는 바란다……. 거의 끝나 가는 이 밤 속에서 행복의 무한한 가능성을 향해 몸을 기울이기 위해.

참한 순간이여, 광대한 창공에 여명의 물결을 부어라…….

승합 마차의 채비는 되었다. 떠나자! 나의 머릿속에 떠올랐던 모든 것이 나 자신과 마찬가지로 도주(逃走)의 어리둥절함 속으로 사라져 버리기를…….

숲의 오솔길. 향기로운 온도가 느껴지는 지대. 가장 훈훈한 지대에서는 땅 냄새가 나고 가장 싸늘한 지대에서는 퀴퀴한 나뭇잎의 냄새가 난다. 나는 눈을 감고 있었다. 다시 눈을 뜬다. 그렇다, 저기에는 나뭇잎들이, 여기에는 파헤쳐 놓은 부식토가…….

스트라스부르

오, "미친 대성당!"(허공에 솟은 너의 종탑!) 너의 탑 꼭대기에서 내려다보면 마치 일렁이는 곤돌라에서 바라보듯 지붕들 위에

기다란 다리를 가진

교조적이고 딱딱한 모습의

황새들이 보였다.

천천히, 그 긴 다리를 놀리는 것이 매우 힘드니까.

주막

밤에 나는 헛간에 가서 잤다.

마부가 건초 속에 처박혀 있는 나를 데리러 왔다.

주막

……키르슈주(酒) 석 잔을 마시자 더운 피가 나의 두개골 밑을 돌기 시작했다.

넉 잔째에는 가벼운 취기가 느껴지면서 모든 물건들이 가까워지고 팔만 뻗으면 손에 잡힐 듯했다.

다섯 잔째에는 내가 앉아 있는 방 안, 즉 세계가 마침내 숭

고한 균형을 이루고 거기서 나의 숭고한 정신이 더 자유로이 움직이는 것 같았다.

여섯 잔째에는 조금 피곤해지는 듯하더니 잠이 들어 버렸다. (우리의 모든 감각의 즐거움들은 거짓말처럼 불완전한 것이었다.)

주막

나는 주막의 텁텁한 포도주를 마셔 보았다. 바이올렛 같은 맛과 함께 되살아나서 깊은 낮잠이 들게 하는 술이다. 나는 밤의 취기도 맛보았다. 그때 그대의 강력한 사상의 무게에 눌려 지구 전체가 비틀거리는 것 같다.

나타나엘이여, 내 그대에게 도취를 말해 주리라.

나타나엘이여, 흔히 가장 단순한 만족도 나에게는 도취였다. 그토록 미리부터 나는 벌써 욕망들에 취해 있었던 것이다. 그리하여 내가 길 위에서 찾고 있었던 것은 우선 주막보다는 나의 굶주림이었다.

도취, 아주 이른 아침부터 걸었을 때, 굶주림이 식욕이 아니라 일종의 어지러움일 때, 허기의 도취감. 저녁이 되도록 걸었을 때, 목마름의 도취감.

그럴 때면 아무리 변변치 않은 식사도 나에게는 폭음, 포식인 양 과도한 것이 되어 나의 삶에 대한 진한 감각을 서정(抒情)이 넘치도록 맛보는 것이었다. 그럴 때 나의 감각들이 가져다주는 쾌락 덕분에 그 감각들에 닿는 하나하나의 물체는 내가 손으로 만질 수 있는 행복이 되는 것이었다.

나는 도취가 생각들을 약간씩 변형시켜 놓는 것을 경험해 보았다. 생각들이 마치 망원경의 통에서 나오듯이 술술 나오던 어느 날이 생각난다. 마지막에서 둘째 생각이 언제나 벌써부터 가장 오묘한 듯해 보였다. 그리고 그 생각에서 더욱 교묘한 생각이 나오곤 했다. 어느 날에는 생각들이 어찌나 동글동글해지는지 그냥 저절로 구르도록 내버려 둘 수밖에 없었던 생각이 난다. 어떤 날에는 생각들이 하도 신축성을 띠게 되어 어느 것이나 차례로 다른 모든 것의 형태를 띠게 되고 또 그 반대도 마찬가지였던 생각이 난다. 또 어떤 때는 두 개의 생각이 평행선을 이루면서 그렇게 영원무궁토록 커가려는 것 같기도 했다.

자기 자신이 더 낫고 더 위대하고 더 존경할 만하고 더 덕망이 있고 더 부유하다고 믿게 만드는 그러한 도취감도 나는 맛보았다.

가을

들에는 밭 갈아 놓은 커다란 땅들이 있었다. 저녁이면 밭고랑에서 김이 피어올랐다. 지친 말들은 발걸음이 더욱 느려졌다. 마치 처음으로 땅 냄새를 맡아 보는 것처럼 매일같이 저녁은 나를 취하게 했다. 그럴 때면 나는 숲 기슭의 낙엽에 덮인 언덕에 가 앉는 것을 좋아했다. 경작지에서 들려오는 노랫소리에 귀를 기울이고 힘을 잃은 태양이 지평선 저 너머로 잠들어 가는 것을 바라보면서.

축축한 계절. 비 많은 노르망디 땅…….

산책,(황야, 그러나 험하지는 않다.) 절벽, 숲, 싸늘한 시내. 그늘 밑의 휴식. 담소, 불그레한 고사리들.

아! 초원이여, 왜 너를 여행 중에 만나지 못했던가. 말을 타고 건너갔으면 좋았으련만 하고 우리는 생각하는 것이었다.(초원은 완전히 숲으로 둘러싸여 있었다.)

저녁의 산책.

밤의 산책.

산책

……'존재한다는 것'이 나에게는 굉장히 쾌락적인 것이 되었다. 삶의 모든 형태를 나는 맛보고 싶었다. 물고기와 식물들의 삶을. 모든 감각의 즐거움 중에서도 나는 촉감의 즐거움이 제일 탐났다.

가을날 벌판에 소나기를 맞으며 외따로 서 있는 나무. 벌겋게 물든 잎새들이 떨어지고 있었다. 깊이까지 젖은 땅속에서 물이 오랫동안 그 뿌리를 적셔 줄 것이라고 나는 생각했다.

그 나이에 나의 맨발은 젖은 땅, 웅덩이의 찰랑거리는 물결, 서늘하거나 미지근한 진흙의 촉감을 즐겼다. 내가 왜 그렇게 물을, 그리고 특히 물에 젖은 것을 좋아했는지 나는 알고 있다. 물은 공기보다도 더 뚜렷하게 가지각색으로 변화하는 그 온도의 차이를 즉각적으로 느끼도록 해 주기 때문이다. 나는 가을의 축축한 바람을 좋아했다……. 비 많은 노르망디 땅.

라로크

짐수레들이 향기로운 수확물을 싣고 돌아왔다.

헛간은 건초로 가득 찼다.

비탈에 부딪치고 수레 자국을 따라가며 흔들리는 무거운 짐수레들. 얼마나 여러 번 너희는 풀을 말리는 그 거친 젊은 녀석들과 함께 건초 더미 위에 누운 나를 들에서 싣고 돌아왔던가!

아, 나는 언제 다시 짚가리 위에 누워 저녁이 오는 것을 기다리게 될 수 있을까……?

저녁이 오고 있었다. 우리는 헛간에 이르렀다, 마지막 석양빛이 머뭇거리고 있는 농장 마당으로.

3

농장

농부여!

농부여! 너의 농장을 노래하라.

나는 잠시 거기서 쉬고 싶다.[120] 그리고 너의 헛간 곁에서 마른풀 향기가 상기시켜 주는 여름을 꿈꾸고 싶다.

그대의 열쇠들을 집어 들어라, 하나씩 하나씩. 문을 차례로 열어 다오.[121]

첫째 문은 헛간의 문이니…….

아아! 세월이 변함없는 것이기를! ……아! 왜 헛간 곁의 따뜻한 마른풀 속에서 쉬지 않았던가! ……방랑하면서 정열을 못 이겨 사막의 메마름을 극복하려 드느니 차라리! ……나는 추수하는 농부들의 노랫소리를 듣고, 걱정 없이 마음 편하게 수확물들이, 헤아릴 수 없이 풍성한 저장품들이 수레 위에 산더미처럼 쌓여 집으로 돌아오는 것을 볼 수 있었으련만, 내 욕망의 질문에 대해 기다리고 있는 대답들처럼.[122] 욕망을 채워 줄 것을 찾아 나는 벌판으로 가지 않아도 되련만. 여기서 한가로이 그 욕망들을 만족시킬 수 있으련만.

---

120) 이것이 5장 전체의 의미이다.

121) 지드는 그의 문학비평집 『프레텍스트(Pretextes)』의 「앙젤에게 보내는 편지」에서 페르시아의 문학을 마흔 개의 문들이 차례로 열리는 "황금빛 궁전"에 비유했는데 "그 첫째 문을 열면 과일들이 주렁주렁 열린 과수원이, 둘째 문을 열면 꽃들이 만발한 정원이, 셋째 문을 열면 새 사육장이, 넷째 문을 열면 가득 쌓인 보석들이…… 있지만 마흔째 문은 굳게 잠겨 있고 문 뒤의 어두운 방에는 아주 미묘한 향기 같은 것이 가득 차 있어서 그 안에 들어서는 사람은 취해 정신을 잃는다."라고 전해진다.

122) '길이 든 시골', 즉 농장으로 돌아와 즐기는 이 휴식의 시간은 그러나 욕망이 잠들어 버린 시간도 아니고 기다림을 망각한 시간도 아니다.

웃어야 할 때가 있고, 웃은 다음이 있는 것이다.

물론 웃어야 할 때가 있고, 웃은 것을 회상하는 때가 있는 것이다.

분명 나타나엘이여, 이 풀들이 넘실거리는 것을 보았던 사람은 나였다. 다른 누구도 아닌 바로 나였던 것이다.(베어진 모든 것이 다 그렇듯 지금은 시들어 건초 냄새를 풍기고 있는 이 풀들, 이 풀들이 싱싱하게 살아서 푸르렀다가 황금빛으로 물들고 저녁 바람에 흔들리는 것을.) 아! 잔디밭가에 누워서…… 흐드러진 풀이 우리의 사랑을 맞아 주던 그 시절로 어찌 돌아갈 수 없는 것인가.

들짐승들이 나무 잎새들 밑으로 돌아다니고 있었다. 오솔길은 저마다 가로수 늘어선 대로였다. 그리고 허리를 굽히고 땅바닥을 내려다보면 이 잎 저 잎에서, 이 꽃 저 꽃에서 수많은 곤충이 눈에 띄었다.

초록의 윤기와 꽃들의 종류를 보고 나는 땅의 습도를 알아볼 수 있었다. 어떤 풀밭에는 마거리트꽃들이 별처럼 피어 있었다. 그러나 우리가 좋아하고 우리의 사랑이 깃들던 잔디밭은 산형화들로 온통 하얗게 덮여 있었다. 그중 어떤 것은 가볍고 또 다른 것들은 커다란 어수리의 꽃들로 짙은 색에 아주 크게 벌어져 있었다. 저녁 무렵에는 더욱 자욱해진 풀 속에서 피어오르는 안개에 떠밀려 마치 반짝거리는 해파리들처럼 자유로이 줄기를 벗어나 허공에 떠 있는 것 같았다.

*

둘째 문은 곡식 창고의 문이다.

산더미처럼 쌓인 곡식의 낟알들이여, 내 너희를 찬양하리라. 오

곡이여, 갈색의 밀이여, 기다림 속에 묻혀 있는 보고(寶庫)여, 이루 헤아릴 수 없는 비축물이여.[123]

우리의 빵이 바닥나도 좋다! 곡식 창고들이여! 나는 너의 열쇠를 가지고 있다. 산더미처럼 쌓인 곡식의 낟알들이여, 너희가 거기 있구나. 내 굶주림이 지쳐 버리기 전에 너희를 다 먹을 수 있을 것인가? 밭에는 하늘의 새들, 헛간에는 쥐들 그리고 모든 가난한 사람들은 우리의 식탁에…… 나의 굶주림이 다할 때까지 그들은 남아 있게 될 것인가?

곡식의 낟알들이여, 나는 너희를 한 줌 간직해 두었다가 나의 기름진 밭에 뿌린다. 나는 좋은 계절에 그것을 뿌린다. 한 알이 백 알을 낳고, 또 한 알이 천 알을 낳고…….

곡식의 낟알들이여, 나의 굶주림이 충만한 곳에 너희는 넘치도록 가득하리라!

처음에는 작고 푸른 풀처럼 돋아나는 밀이여, 말하라. 너의 휘어진 줄기는 누렇게 익어 가는 그 무슨 이삭을 달고 서 있을 것인가!

황금빛의 그루터기, 깃털 장식들과 곡식 단들, 내가 뿌린 한 줌의 씨알들…….

*

셋째 문은 낙농장의 문이다.

---

123) 이 '농장'에 관한 장에는 이 같은 풍요와 부의 약속이라는 주제가 관통하고 있음을 주목할 필요가 있다.

휴식! 침묵. 치즈가 압축되고 있는 발 받침에서 끝없이 떨어지는 물방울. 금속관 속에 압착되는 버터 덩어리. 7월의 몹시 더운 날씨에는 굳어진 우유 냄새가 한결 더 신선하고 김빠진 듯…… 아니, 김빠진 듯한 것이 아니라 싸한 맛이 어찌나 은근하고 연한지 콧속 저 깊은 곳에서만 느낄 수 있어 냄새라기보다는 벌써 맛이나 다름없다.

더할 수 없을 만큼 깨끗하게 유지한 교유기(攪乳器). 배추 잎 위에 놓인 버터 덩어리. 농장 집 여인의 붉은 손. 언제나 열려 있지만 고양이나 파리들이 들어오지 못하도록 철망을 씌운 창문.

크림이 다 떠오르기까지 점점 더 노란빛을 띠어 가는 우유가 가득 찬 통들이 가지런히 놓여 있다. 크림이 천천히 떠오른다. 차츰 부풀어 주름이 잡히더니 거기서 유청(乳淸)이 생겨난다. 크림이 모두 빠지고 나면 걷어 내는데……. (그러나 나타나엘이여, 그러한 것들을 모두 다 그대에게 이야기할 수는 없다. 농사하는 친구[124]가 하나 있는데 그는 그런 것들을 훌륭하게 이야기한다. 그는 무엇이나 제각기 쓸모가 있는 것이라고 설명하면서, 그렇기 때문에 심지어 유청도 아주 버리는 것이 아님을 가르쳐 준다. 노르망디에서는 그걸 돼지에게 주지만 그보다 더 요긴히 쓰일 수도 있는 모양이다.)

*

넷째 문은 외양간의 문이다.

---

124) 낙농장을 운영하는 친구로 지드가 이 책을 헌정한 모리스 키요 혹은 그리뇽 국립농업학교에 다녔던 다른 친구 외젠 루아르(Eugène Rouart)를 암시하는 듯하다.

외양간은 견딜 수 없게 무덥지만 소들은 좋은 냄새를 풍긴다. 아! 땀이 밴 몸에서 구수한 냄새를 풍기는 농가의 어린아이들과 함께 소의 다리들 사이로 뛰놀던 그 시절로 돌아갈 수 있다면! 우리는 풀 말리는 시렁 구석에서 달걀을 찾곤 했다. 여러 시간 동안 소들을 바라보기도 했다. 우리는 쇠똥이 떨어져서 터지는 것을 바라보고 있었다. 어느 소가 제일 먼저 똥을 눌지 내기를 하기도 했다. 그리고 어느 날 나는 암소 한 마리가 갑자기 송아지를 낳을 것 같아서 겁을 잔뜩 집어먹고 달아나 버렸다.

*

다섯째 문은 과일 창고의 문이다.

해가 드는 창문 앞에는 포도송이들이 끈에 묶여 매달려 있다. 한 알 한 알이 생각에 잠긴 듯 익어 가며 은근히 햇빛을 되새김질한다. 그리고 향기로운 단맛을 빚는다.

배들. 수북이 쌓인 사과들. 과일들이여, 내 너희의 즙이 뚝뚝 떨어지는 과육을 먹었느니. 나는 어느새 땅 위에 씨를 뱉었구나. 싹이 터라! 우리에게 또다시 기쁨을 주도록.[125]

미묘한 맛의 아몬드. 경이의 약속. 인(仁). 때를 기다리며 잠들어 있는 작은 봄. 두 여름 사이의 씨앗들. 여름을 맞고 보낸 씨앗.

---

125) '한 알의 밀알이 죽지 않으면' 과일도 생명도 태어나지 못한다는 사실을 강조하는 지드의 순환적 사상이 드러나는 대목이다.

그다음에, 나타나엘이여, 싹 틀 때의 괴로움은(씨앗 밖으로 나오기 위한 풀의 노력은 가상하구나.) 나중에 생각하기로 하자.

그러나 지금은 이 경이로움을 보라. 저마다의 수태에는 쾌락이 따른다. 과일은 단맛에 싸인다. 생명을 향한 인내는 쾌락에 싸인다.

과일의 살, 사랑의 맛있는 증거.

*

여섯째 문은 압착실(壓搾室)의 문이다.

아! 나는 왜 지금 헛간 아래(더위도 한풀 꺾이는) 사과 알들을 압착하는 곳, 압착된 새콤한 사과들 가운데의 그대 곁에 있지 못한가. 아! 술람의 아가씨여, 우리는 우리 육체의 쾌락이 축축한 사과들 위에서는 (그 기막힌 냄새가 떠받쳐 주기에) 너무 쉽게 바닥나지 않고 사과들 위에서는 더 오래 연장되는 것인지 알아보려 했으련만…….

맷돌 소리가 나의 추억을 흔들어 준다.

*

일곱째 문은 증류실로 통한다.

어슴푸레한 빛. 불타는 아궁이. 컴컴한 기계. 구리 대야들이 어둠 속에서 떠오른다.

증류기. 귀하게 고이고이 받아 모은 신비로운 진.(나는 또한 송진을, 고무 진을, 탄력 있는 무화과나무의 젖을, 머리를 자른 야자수의 술을 받아 모으는 것을 본 적이 있다.) 주둥이가 조붓한 유리병. 도취가 물결을 이뤄 네 안으로 모여 출렁거린다. 열매 속의 가장 감미롭고 실한 것, 꽃 속에서 가장 달콤하고 향기로운 모든 것을 지닌 에센스.

증류기. 아! 이제 곧 스며 나올 황금 물방울.(버찌를 졸여 만든 즙보다도 더 맛이 진한 것들이 있다. 초원처럼 향기로운 것들도 있다.) 나타나엘이여! 이야말로 황홀한 광경이다. 온 봄이 이곳에 압축되어 있는 것만 같다……. 아! 나의 도취는 이제 연극적으로[126] 전개된다. 이 지독하게 어둡고 더 이상 내 눈에 보이지도 않게 될 방 속에 들어앉아 나는 마시고 싶다. (나의 육체에게, 그리고 나의 정신을 해방시키기 위해) 내가 바라는 저 다른 곳의 환영을 다시 부여할 수 있을 만한 것을 마셔 보고 싶다…….

*

여덟째 문은 차고(車庫)의 문이다.

아! 나는 내 황금 잔을 깨 버렸다. 나는 깨어난다. 도취란 행복의 한낱 대용품에 지나지 않는다. 마차들이여! 모든 도망이 가능하다. 썰매들이여, 싸늘한 얼음 나라여, 나는 너희에게 나의 욕망의 마차들을 매단다.

나타나엘이여, 우리는 온갖 사물들을 향해 갈 것이다. 차례차례

---

126) 마치 무대 위에서처럼.

로 우리는 모든 것에 도달할 것이다. 나는 안장에 달린 주머니에 황금을 지니고 있다. 궤짝 속에는 추위가 그리워질 것만 같은 모피가 들어 있다. 바퀴들이여, 달리는 동안 너희가 몇 번 회전했는지 누가 셀 수 있을 것인가? 마차들이여, 가벼운 집들이여, 날듯 떠오르는 우리의 환희를 위해 제멋대로 노는 우리의 마음이 너희를 휘몰아 가기를! 쟁기들이여, 우리의 밭 위로 소들이 너희를 이리저리 끌고 다니기를! 말굽 깎는 칼처럼 땅을 파라. 헛간 속에 버려둔 보습들이 녹슬고 있다. 그리고 저 모든 연장들이……. 너희, 우리 존재의 하염없는 모든 가능성들이여, 너희는 괴로움 속에서 기다리고 있다.(더없이 아름다운 고장들을 갈망하는 자를 위해.) 그 어떤 욕망의 마차가 너희에게 매이기를 기다리고 있다.

우리의 쏜살같은 속도가 일으키는 눈보라 먼지가 우리 뒤를 자욱하게 따르게 되기를! 썰매들이여, 나는 너에게 내 모든 욕망의 마차를 매단다.[127]

마지막 문은 광야를 향해 열려 있었다.[128]

---

127) 또다시 나타난 '출발'의 이미지.

128) 앞의 문장들이 모두 현재형인 데 비해 여기서 갑자기 동사가 반과거로 변한 것을 주목하자. 이렇게 하여 농장의 '방문'이 한순간인 듯 끝나 버리고 시인이 문을 열자마자 그는 이미 떠나 버리고 없다는 느낌을 준다.

6장

린세우스[129]

온갖 것 보러 태어났건만
온갖 것 보아서는 안 된다 하더라.
—괴테 『파우스트』 2부

신의 계명(誡命)들이여, 너희가 나의 영혼을 아프게 했다.
신의 계명들이여, 너희는 열인가 스물인가?
어디까지 너희의 한계를 좁히려는가?[130]

---

129) 일명 루케우스라고 하는 그리스 신화 속의 영웅으로 그 이름이 '살쾡이(lynx)의 눈을 가진 사내'라는 뜻인바 땅속이나 마루 밑을 투시하는 능력을 가졌다. 괴테의 『파우스트』 2부에 나오는 이 인물은 '망을 보는 임무를 맡아 잘 보기 위해 태어난' 존재다. 6장은 부제와 괴테의 인용인 제사로 알 수 있듯 '탑을 지키는 자 린세우스'를 위해 쓰인 것이다. 자신을 그 인물과 동일시하는 지드는 6장에서 시각 동사 '보다'를 다섯 번이나 반복해 사용하고 있다.
130) 지드는 아프리카로 여행을 떠나기 얼마 전인 1893년 말, 『일기』에 이렇게 쓰고 있다. "금년에 나는 이런 어려운 일에 모든 노력을 쏟아부었다. 내가 물려받은 종교가 내 주변에 부려 놓은, 너무나 무용하고 너무나 편협하고 나의 천성을 너무나도 제한하는 모든 것에서 드디어 벗어나는 일 말이

항상 더 많은 금지된 것들이 있다고 너희는 가르치려는가?

지상에서 아름다워 보이는 모든 것에 대한 목마름에는 또 새로운 벌(罰)이 약속되어 있다고 가르치려는가?

신의 계명들이여, 너희가 나의 영혼을 병들게 했다.

너희는 내가 목을 축일 수 있는 유일한 물 주위를 벽으로 막아 놓았다.

……그러나 나타나엘이여. 이제 나는 연민을 금할 길 없다. 인간들의 미묘한 과오에 대해.[131)]

*

나타나엘이여, 모든 것은 기막히게 자연스럽다는 사실을 내 그대에게 가르쳐 주리라.

나타나엘이여, 내 그대에게 모든 것에 대해 이야기해 주리라.

어린 목자여, 내 그대 손에 쇠붙이 없는 지팡이를 쥐여 주리라. 그리하여 우리는 어디를 가나 아직 그 어떤 주인의 뒤도 따른 적이 없는 어린양들을 고이 인도하리라.

다."

131) 2장 각주 46 참조. "나타나엘이여, 나는 이제 더 이상 죄라는 것을 믿지 않는다."

목자[132]여, 내 지상에 있는 모든 아름다운 것으로 그대의 욕망들을 인도하리라.

나타나엘이여, 내 그대의 입술을 새로운 갈증으로 불타게 하리라. 그리고 시원함으로 가득 찬 잔들을 가까이 가져가리라. 나는 마셨다. 목마른 입술을 축일 수 있는 샘들을 나는 알고 있다.

나타나엘이여, 내 너에게 샘물들을 이야기해 주리라.

바위에서 솟는 샘들이 있다.

빙산 밑에서 솟아나는 샘들도 있다.

너무나 푸르러서 더욱 깊어 보이는 샘들도 있다.

(시라쿠사의 시아네 샘은 그래서 신기하다.)

하늘빛 샘. 아늑한 수반. 파피루스 우거진 속에서 솟아나는 물. 우리는 쪽배에서 몸을 굽혔다. 청옥(靑玉) 같은 조약돌 위로 하늘빛 물고기들이 헤엄치고 있었다.

자구완의 님프 동굴 샘에서는 옛날 카르타고 사람들이 마시던 물이 솟고 있다.[133]

---

132) 『지상의 양식』 전체에서 저자와 그의 제자 나타나엘이 같이 목자로 등장하는 유일한 대목.

133) 자구완(Zaghouan)과 카르타고 사이에는 물을 카르타고로 끌어 왔던 거대한 수로의 유적이 남아 있다. 그러나 지드는 그 동굴을 보지 못했다.(『한 알의 밀알이 죽지 않으면』 참조)

보클뤼즈[134]에서는 물이 땅에서 솟는데 오래전부터 흐르고 있는 듯이 풍성하다. 그것은 벌써 강이라고도 할 만하여 땅속으로 그 강을 거슬러 올라갈 수도 있다. 물은 동굴들을 지나 어둠에 젖는다. 횃불이 펄럭이며 꺼져 버릴 듯 불안하다. 이윽고 어느 곳은 너무나 어두워서 이런 생각이 들 지경이다. 아니, 도저히 더 이상 거슬러 올라갈 수 없겠는걸.

철분 많은 샘들이 있어 바위들을 화려하게 물들인다.

유황이 많은 샘들도 있어 초록빛 나는 더운물이 처음에는 독을 풀어 놓은 것 같지만, 나타나엘이여, 그 물로 목욕을 하면 살결이 기막히게 부드러워져서 나중에 손으로 만지면 그 촉감이 한결 더 감미롭다.

저녁이면 안개가 피어오르는 샘들도 있다. 밤에 그곳 둘레에 드리웠다가 아침이 되면 사라져 버리는 안개.

이끼와 골풀 들 속에서 창백하게 퇴색한 지극히 순박한 샘들.

여인들이 빨래를 하러 찾아오고, 또 방아를 돌리는 샘들.

마르지 않는 수원(水源)! 물의 용솟음. 샘들 저 밑의 풍부한 물. 숨겨진 저장 탱크들. 입 벌린 항아리. 굳은 바위도 폭발할 것이다. 산은 작은 관목들로 뒤덮이리라. 메마른 고장들도 기쁨을 누릴 것이며 사막의 모든 쓰라림도 꽃을 피우리라.

---

134) 아비뇽에서 25킬로미터 지점에 있는 라퐁텐 드보클뤼즈는 소르그강의 발원으로서 수량이 매우 풍부한 샘이다.

우리의 갈증으로는 다 마실 수 없을 만큼 무수한 샘들이 땅에서 솟아나고 있다.

끊임없이 새로 나오는 물, 하늘에서 떨어지는 수증기.

벌판에 물이 부족하면 벌판이여, 산으로 가서 물 마셔라! 그렇지 않으면 땅 밑의 수로들이 산의 물을 벌판으로 흐르게 하라, 그라나다의 그 경이로운 관개(灌漑), 저수지들. 님프 동굴의 샘들, 물론 샘 속에는 대단한 미녀들이 살고 있다. 수영장, 수영장들이여! 우리는 너희 속에서 깨끗한 몸이 되어 나오리라.

태양이 여명 속에 씻기고
달이 밤이슬에 씻기듯
너희의 흐르는 물속에
우리는 피로한 팔다리를 씻으리라.

샘물에는 비상한 아름다움이 있다. 그리고 땅 밑으로 스며드는 물. 그러고 나면 그 물은 마치 수정 속을 지나온 것처럼 한없이 맑아져서 솟는다. 그 물을 마시는 비상한 즐거움. 그것은 공기처럼 창백하고, 마치 존재하지 않는 것처럼 무색무취하다. 지극히 시원한 감촉으로밖에는 느껴지지 않는다. 그것은 물의 숨겨진 미덕 같은 것이다. 나타나엘이여, 물 마시고 싶어지는 심정을 알겠는가?

내 감각의 가장 큰 기쁨은
목마를 때 물 마시는 것이었다.

내 이제 그대에게 말해 주리라, 나타나엘이여.

물로 축인 목마름의 롱드[135]

넘치도록 가득한 잔으로 다가가려고 내민 우리의 입술은
사랑의 키스를 향하는 것보다 더 간절하였으니
넘치도록 가득 찼던 잔도 순식간에 비워졌더라.

내 감각의 가장 큰 기쁨은
물을 마셔 끄는 갈증이었다.

*

오렌지를 즙을 내어 만드는
음료들이 있다.
시트론과 레몬 따위,
새콤하고도 달콤하기에
목을 시원하게 축여 주는 것들.

이가 닿기도 전에
입술에 눌려 부서질 것만 같은

---

135) 이 '롱드'는 여러 가지 음료, 음료를 담는 여러 가지 그릇 그리고 여러 가지 마시는 방법을 노래한 다음 맑은 물, 싸늘한 물, 환기가 잘된 물의 찬양으로 맺는다. 물의 테마는 이 책에서 가장 풍부한 것들 중 하나이다.

엷은 잔으로 마시기도 했다.
그 속에서는 음료가 더욱더 맛있어 보인다.
입술과 그것 사이에 놓인 것이 거의 아무것도 없기에.
술을 입술까지 가져오려고
내 고무로 된 잔들을
두 손으로 움켜잡아 마셨더라.
햇빛 속에서 온종일 걷고 난 저녁이면
주막의 투박한 유리잔으로 걸쭉한 시럽을 마셨더라.
때로 물통 속 차디찬 물을 마시고 나면
저녁의 어둠이 한결 더 가까이 느껴졌다.
기름 먹인 염소 가죽 냄새가 가시지 않은
부대 속에 간직했던 물도 마셨다.

거의 엎어질 듯이 기슭에 엎드려서
목욕이라도 하고 싶어지는 시내의 물도 마셨다.
벌거숭이 팔뚝을 맑은 물속 깊숙이
하얀 조약돌 어른거리는 밑바닥까지 잠그면서……
그러면 시원한 맛 어깨로도 스며들더라.

목동들은 두 손으로 물을 떠먹고 있었다.
나는 그들에게 밀짚으로 빨아 먹는 법을 가르쳐 주었다.
어떤 날에는 뜨거운 태양 밑을
여름철 한창 무더운 때에
심한 갈증을 끌 수 있을 곳을 찾아 걷기도 했다.

기억하는가, 벗이여. 그 고된 여행 중 어느 날 밤 땀에 흠뻑 젖은 채 자리에서 벌떡 일어나 토기 물병 속에서 차가워진 물을 마시던 일을?

물받이 웅덩이, 여인들이 찾아 내려가는 숨겨진 우물들. 햇빛을 본 적이 없는 물. 응달의 맛. 환기가 잘된 물.

비정상적일 만큼 투명한 물, 더욱 싸늘하게 보이도록 하늘빛, 아니 차라리 초록빛이었으면 싶었던, 그리고 옅은 아몬드 맛이 났으면 싶었던 물.

내 감각의 가장 큰 기쁨은
물로 축인 갈증이었다.

아니다! 하늘에 있는 모든 별, 바다에 있는 모든 진주, 물굽이 언저리에 있는 하얀 새의 깃털, 나는 아직도 그것들을 모두 다 세지 못했다.

나뭇잎들의 모든 속삭임도, 여명의 모든 미소도, 그리고 여름의 모든 웃음도. 이제 또 무어라 말할 수 있으랴? 나의 입이 말하지 않는다고 나의 마음이 쉬고 있는 줄 아는가?

오! 창공에 잠긴 들판!
오! 꿀에 젖은 들판!

꿀벌들은 올 것이다. 밀랍을 무겁도록 지니고…….

활대와 돛들이 문살처럼 어른거리는 뒤에 새벽이 숨어 있는 컴컴한 항구들을 나는 보았다. 아침에 커다란 기선들의 선복(船腹) 사이로 슬며시 떠나가는 쪽배의 출발. 늘어진 닻줄 밑을 지날 때면 허리를 굽혀야만 했다.

나는 밤에 수많은 범선들이 어둠 속으로 잠겨 들며, 낮을 향해 잠겨 들며 떠나가는 것을 보았다.

*

그것들은 진주처럼 반짝이지는 않는다.[136] 물처럼 번들거리지도 않는다. 그렇지만 오솔길의 조약돌들도 반짝인다. 걸어가는 응달진 길에서 빛의 정다운 접대.

그러나 야광(夜光)에 관해서는, 나타나엘이여. 아아! 그대에게 무엇이라 말하면 좋을까? 물질은 정신이 무한히 스며들 수 있는 잔구멍들을 열어 유순하게 모든 법칙을 받아들이는 것! 사무치도록 투명한 것이다. 그 회교 도시의 성벽들이 저녁에 붉게 물들고 밤에 어렴풋이 빛을 받는 모습을 그대는 보지 못했지. 낮 동안에 빛이 쏟아지던 깊숙한 성벽들. 한낮에는 금속처럼 하얗게 바래는 성벽들.(거기에 빛이 고인다.) 밤에 너희는 그 빛을 다시 이야기하며 그것을 소곤소곤 말해 주는 것 같았다. 도시들이여, 내 눈에 너희는 마치 투명한 것만 같았다! 저기 멀리 언덕에서 바라다보면, 아늑한 밤의 깊은 어둠 속에서

136) 시인(지드)은 여기서부터 한동안 하루의 여러 시점에 있어서의 빛, 다양한 사물들, 잠자리에서 일어나기 그리고 잠에 대해 노래한다.

너희는 빛나고 있었다. 마치 신앙심 깊은 마음의 상징인 하얀 빈 등잔들처럼, 기공으로 스며들듯 가득히 들어차는 빛을 위해, 우유처럼 그 광채가 둘레로 흘러내리는 빛을 위해.

그늘 속에서 하얗게 빛나는 길가의 조약돌들. 빛의 보금자리. 광야의 황혼 속에 희게 드러나는 히스. 회교 사원의 대리석 바닥 돌들. 바다의 동굴 속에 피는 꽃, 아네모네……. 흰 것이란 모두가 예약해 둔 광채.

나는 빛을 받아들이는 능력에 따라 모든 존재들을 판단할 줄 알게 되었다. 낮에 햇빛을 맞아들일 수 있었던 어떤 것들은 밤이 되면 빛의 세포들처럼 보였다. 한낮에 벌판을 흐르는 물이 더욱 멀리 어두운 바위들 밑으로 흘러들어 수북하게 쌓인 금빛 보물들을 철철 넘쳐나게 하는 것을 나는 보았다.

그러나 나타나엘이여, 나는 여기서 그대에게 오직 '사물들'에 대해서만 말하고 싶다.(눈에 보이지 않는 현실에 관해서는 말할 수가 없다.) 왜냐하면

……저 신기한 해초들처럼 그것을 물에서 꺼내면, 금세 빛을 잃어버리고 마는 것이기에……

그러므로 …… 등등.

풍경들의 무한한 변화는 우리가 아직도 행복의 모든 형식들을, 즉 그것들이 지닐 수 있는 명상이나 슬픔을 경험하지 못하고 있다는 사실을 보여 준다. 나는 알고 있다. 어릴 적, 브르타뉴의 황야에서 가끔 슬픔에 잠기곤 하던 어떤 날이면 나는 갑자기 내 슬픔이 나에게서 빠져나갔음을, 그토록 슬픔은

제가 풍경 속에 포함되고 그 속에 흡수되었다는 것을 느낄 수 있고, 그리하여 나는 내 눈앞의 슬픔을 감미롭게 바라볼 수 있었던 것임을.

끊임없이 되풀이되는 새로움.

그는 매우 간단한 일을 한다. 그리고 이렇게 말한다.

나는 '그것'이 여태껏 만들어진 적도, 생각된 적도, 말해진 적도 없다는 사실을 깨달았다. 그러자 갑자기 모든 것이 나에게는 완전한 처녀성을 지닌 것 같았다.(현재의 순간 속에 완전히 흡수된 세계의 모든 과거.)

7월 20일 오전 2시

기상(起床) – 신(神)은 될 수 있는 대로 기다리게 하지 말아야 한다 하고 나는 자리에서 일어나면서 외쳤다. 아무리 일찍 일어나도 언제나 생명이 순환하고 있음을 볼 수 있다. 생명은 더 일찍 자리에 들었기 때문에 우리로 하여금 그를 덜 기다리게 했던 것이다.

새벽이여, 너희는 우리의 가장 귀중한 즐거움이었다.
봄이여, 여름의 새벽들이여!
나날의 봄들이여, 새벽들이여!
무지개가 떴을 때

우리는 아직 일어나지도 않고 있었다…….
……아침에 일찍 일어나지도 못했고
그렇다고 달을 볼 수 있을 만큼
저녁 늦도록 자지 않고 있는 것도 아니었다…….

낮잠

여름철 한낮의 잠을 나는 맛보았다.(한낮의 잠을.) 너무 이른 아침부터 시작한 일을 끝마치고 쓰러져 자는 잠.

2시 – 잠든 어린아이들. 숨 막힐 듯한 정적. 음악을 연주할 수도 있지만 그만두고. 사라사 커튼 냄새. 히아신스와 튤립. 널려 있는 빨래.

5시 – 땀에 젖어 눈을 뜨면, 두근거리는 심장. 문득 몸서리쳐진다. 가벼운 머리. 후련한 육체. 기공(氣孔)이 수없이 열려 있어 저마다의 사물이 너무나 감미롭게 밀려드는 듯한 느낌. 낮게 걸린 해. 노란 잔디밭. 해 저물 무렵에 뜨인 눈. 오, 저녁 사색의 그윽한 술 맛! 눈앞에 펼쳐지는 저녁의 꽃들. 미지근한 물로 이마를 씻고. 외출……. 과수장(果樹牆)들. 둘러친 울타리 속에서 햇볕을 받고 있는 정원. 길. 목장에서 돌아오는 가축들. 볼 필요도 없는 낙조, 찬탄은 이미 충분하다.

귀가. 등불 옆에서 다시 일손을 잡는다.

나타나엘이여, 잠자리에 관해서는 그대에게 무엇을 말할까?

나는 짚가리 위에서 잠을 잤다. 밀밭 고랑에서 자기도 했다. 풀밭에서 햇빛을 받으며 자기도 했다. 밤에는 건초 쌓인 헛간에서 잤다. 나뭇가지에 해먹을 달아매기도 했다. 물결에 흔들리며 자기도 했다. 배의 갑판 위에서도 잤다. 얼빠진 눈 같은 선창(船窓)을 마주 보며 선실의 비좁은 침상에 누워 자기도 했다. 창녀들이 나를 기다리는 잠자리도 있었다. 내가 어린 소년들을 기다렸던 잠자리도 있었다. 너무나도 부드럽게 드리운 천이 내 육체처럼 사랑을 위해 분위기를 마련하는 것 같은 잠자리도 있었다.[137] 나는 들에서, 마룻바닥에서 타락하듯이 잠을 자기도 했다. 달리는 기차 속에서 잠시도 움직임의 감각에서 헤어나지 못한 채 자기도 했다.

나타나엘이여, 잠을 훌륭하게 준비할 수도 있다. 상쾌하게 잠을 깰 수도 있다. 그러나 훌륭한 잠은 없는 것이다. 그렇기에 꿈도 현실이라고 여겨질 때만 좋은 것이다. 아무리 아름다운 잠일지라도

깨어나는 순간만은 못한 것이니까.

나는 활짝 열어 놓은 창가에서 마치 하늘 바로 밑에 누운 것같이 잠자는 습관을 붙였다. 7월의 무더운 밤이면 달 아래서 벌거벗고 자기도 했다. 새벽이 되면 종달새 노랫소리가 잠을 깨웠다. 나는 찬물에 뛰어들어 목욕을 하고 아주 일찍 하

137) 지드는 여기서 자신이 잠잤던 여러 장소들을 환기시킨다. 그중에는 북아프리카 여행 때의 추억과 관련 있어 보이는 관능적 쾌락의 장소들도 있다.

루를 시작하는 것을 자랑으로 여겼다. 쥐라산 지방[138]에서 나의 창문은 골짜기로 나 있었다. 이윽고 그 골짜기도 눈으로 덮였다. 내 침대에서 숲 기슭이 보였다. 까마귀며 까치 떼가 날고 있었다. 아침 일찍 가축들의 방울 소리가 잠을 깨웠다. 집 근처에는 샘터가 있어서 목동들이 소를 몰고 물을 먹이러 왔다. 그 모든 것이 다 기억난다.

브르타뉴의 주막들에서 나는 거친 시트와 냄새가 좋은 세탁물들의 촉감을 좋아했다. 벨일에서는 뱃사람들의 노랫소리가 잠을 깨우곤 했다. 나는 창가로 달려가서 멀어져 가는 배들을 바라보았다. 이윽고 나도 바닷가로 내려가는 것이었다.[139]

멋들어진 집들이 있다. 그러나 어느 집에서도 나는 오래 머무르고 싶지 않았다. 닫히는 문들이, 함정들이 두려운 것이다. 정신을 가둔 채 닫히는 밀실(密室), 유랑 생활은 목자들의 생활이다.(나타나엘이여, 그대에게 내 지팡이를 맡길 터이니 이제는 그대가 나의 양들을 지켜 다오. 나는 피로하다. 자, 이제 그대는 출발하라. 산천들은 활짝 열려 있고 만족을 모르는 양 떼는 언제나 새로운 풀을 찾아 울고 있다.)

나타나엘이여, 이따금 신기한 거처들이 나를 붙들려 하기도 했다. 숲속에 있기도 하고 또 어떤 것들은 물가에 있기도

---

138) 1894년 10~11월 스위스 쥐라산 지방의 라브레빈에서 보낸 두 달간의 추억. 이곳에서 그는 『팔뤼드』의 집필을 마쳤으며, 이곳은 또한 『전원 교향곡』의 무대가 되기도 한다.

139) 1892년 8~9월에 앙리 드레니에와 함께 이곳을 여행했던 추억. 지드는 특히 이곳의 벨일이 매우 아름답다고 생각했다.

했다. 널찍한 것들도 있었다. 그러나 습관에 젖어 그것들을 유심히 보지 않게 되면, 또 창문을 통해 보이는 것들에 끌려 그 거처들에 대한 경탄을 그치고 다시 생각을 하기 시작하면, 나는 곧 그곳들을 떠나는 것이었다.

(나타나엘이여, 이 새로움을 찾는 극성스러운 욕망을 그대에게 설명할 수는 없다. 무엇이든 내가 건드리고 나면 시들어 버린다고 생각되는 것은 아니었다. 다만 나의 급격한 감각은 처음부터 하도 강렬한 것이어서 그다음에는 아무리 되풀이해도 커질 수가 없었던 것이다. 그래서 내가 흔히 같은 도시들, 같은 장소들을 다시 찾아가게 되는 것은 잘 아는 윤곽 속에서 더 잘 느껴지는 세월의 또는 계절의 변화를 그곳에서 느끼기 위해서였다. 그리고 내가 알제에 살고 있을 때 매일 같은 무어인의 카페를 찾아가 저물어 가는 시간을 보낸 것은 저녁마다 달라지는 각 존재의 미묘한 변화를 감지하기 위해서였고 시간이 아주 작은 같은 공간을 서서히 변화시키는 모습을 바라보기 위해서였다.)

로마에서는 핀치오 언덕 근처 바로 길가로 열려 있는, 감옥 창문처럼 창살이 달린 나의 방 창문 옆으로 꽃 파는 여인들이 다가와 내게 장미꽃을 사라고 내밀었다. 피렌체에서는 식탁에서 일어서지도 않은 채 노란빛 도는 아르노강이 넘쳐흐르는 것을 볼 수 있었다. 비스크라의 테라스에서는 메리엠[140]이 밤의 깊고 엄청난 정적 속에 달빛을 받으면서 찾아왔다. 그

140) 1894년 1월, 북아프리카 여행 중 지드에게 성적인 쾌락을 맛보게 해 준 젊은 원주민 여자로 이 책에서는 단 한 번 언급되고 있다.(『한 알의 밀알이 죽지 않으면』 참조)

녀는 웃음 지으며 유리문 안으로 들어서면서 온몸을 감싸고 있던 큼직한 흰빛의 찢어진 하이크[141]를 슬쩍 떨어뜨렸다. 방 안에는 맛있는 과자들이 그녀를 기다리고 있었다. 그라나다에서는 나의 방 벽난로 위에 촛대 대신에 수박 두 개가 놓여 있었다. 세비야에는 '파치오'들이 있었다. 그건 그늘과 시원한 물이 모자람 없이 가득한 흰 대리석이 깔린 마당들을 두고 하는 말이다. 흐르는 물은 마당 한가운데 있는 수반 속에서 잔물결을 일으키며 찰랑거린다.[142]

북풍을 막고 남쪽의 빛을 흡수하는 두꺼운 벽. 남방의 혜택을 투명하게 받아들이는 방랑하며 떠도는 집…….[143] 나타나엘이여, 우리에게 방이란 무엇이겠는가? 어느 풍경 속에서 비바람을 막아 주는 한갓 은신처.

내 그대에게 또다시 창에 대해 말해 주리라. 나폴리의 발코니 위에 앉아서 주고받던 이야기들, 밤에 여자들의 밝은 옷자락 곁에서 잠기던 몽상. 반쯤 늘어진 커튼이 우리를 소란한 무도장 안의 사람들과 격리시켜 주었다. 난처할 지경으로 섬세하게 신경을 쓰며 이야기를 주고받고 나면 얼마 동안 말없이 가만히 앉아 있는 것이었다. 이윽고 정원에서 견딜 수 없이 강렬한 오렌지꽃 냄새와 여름밤의 새소리가 올라왔다. 그러다가 간간이 그 새소리마저 그치곤 했다. 그러면 파도 소리가 희미

---

141) 아프리카 사람들이 바느질하지 않은 채 온몸에 두르는 커다란 천.

142) 1893년 봄 안달루시아 여행에 대한 추억.

143) 목동의 집.

하게 들려왔다.

발코니. 등나무와 장미꽃 바구니. 저녁의 휴식. 따뜻한 기온.

(오늘 저녁에는 처량한 돌풍이 흐느낌 소리를 내며 내 유리창에 비를 뿌린다. 나는 그것을 다른 무엇보다도 더 사랑해 보려고 애를 쓴다.)

나타나엘이여, 내 그대에게 도시들에 대해 말해 주리라.

나는 스미르나[144]가 자리에 누운 어린 계집아이처럼 잠자는 것을 보았다. 음란한 욕녀(浴女) 같은 나폴리를, 그리고 새벽이 가까워지면 빰을 붉히는 카빌리아의 목동 같은 자구완을 보았다. 알제는 해가 비칠 때는 사랑에 떨고 밤이면 사랑에 혼절한다.

북쪽 지방에서 나는 달빛 속에 잠든 마을들을 보았다. 집의 벽들은 푸른빛과 노란빛이 교차하고 있었다. 그 주변에는 벌판이 펼쳐져 있었다. 밭에는 커다란 짚가리들이 여기저기 흩어져 있었다. 인적 없는 들로 나갔다가 잠들어 있는 마을로 돌아온다.

도시들 그리고 또 도시들이 있다. 때로는 어떻게 거기에 그 도시들이 세워지게 되었는지 알 수가 없다, 오! 동방, 남방의

144) 터키의 항구. 이 책을 쓸 때 지드는 아직 이 항구에 가 본 적이 없었다. 그는 1914년 5월에야 그곳에 간다.(『일기』 416쪽)

도시들. 밤이면 정신 나간 여인들이 와서 몽상에 잠기는 평평한 지붕, 하얀 테라스의 도시들. 환락. 사랑의 향연. 이웃 언덕에서 내려다보면 어둠 속에 인광(燐光)처럼 빛나는 광장의 등불들.

동방의 도시들! 불타는 축제. 거기, '성스러운 거리'라고 불리는 거리. 카페에는 창녀들이 가득하고 지나치게 날카로운 음악에 맞춰 그녀들이 춤을 춘다. 흰옷 입은 아랍인들이 오가고, 아이들, 벌써부터 사랑을 알기에는 너무 어려 보였는데, 어떤가?(어미 품속의 새끼 새보다 더 따뜻한 입술을 가진 아이들도 있었다.)

북쪽 지방의 도시들! 선창. 공장들. 연기가 하늘을 덮는 도시들. 기념비들. 넘실거리는 탑. 거만한 아치들. 대로를 달리는 마차 행렬. 분주한 군중. 비 그친 뒤의 번들거리는 아스팔트. 마로니에들이 시들어 가는 가로. 언제나 기다리는 여인들. 밤들 그리고 또 밤들, 너무나 나른하여 조그맣게 부르는 소리만 들어도 넋을 잃을 것만 같은 밤들.

11시 – 폐점 시각, 철문이 닫히는 날카로운 소리. 밤에 쓸쓸한 거리를 지나노라면 쥐들이 쪼르르 하수도를 찾아 들어가곤 했다. 지하실의 환기창으로 절반쯤 벌거벗은 남자들이 빵을 만들고 있는 것이 보였다.

오, 카페들이여! 우리의 광란이 밤늦도록 계속되던 곳. 술과 말의 취기가 마침내 졸음을 쫓아 버렸다. 카페들이여! 으리으리한 그림들과 거울들이 가득 차 있고 지독히 우아한 사람들만 보이는 카페들이 있었다. 사람들이 익살맞은 가사의 노래를 부르고 여자들이 치마를 높이 추켜올리며 춤을 추는 또 다른 작은 카페들도 있었다.

이탈리아에서는 여름철 저녁이면 광장 여기저기에 자리를 잡고 거기서 맛있는 시트론 아이스크림을 먹는 카페가 있었다. 알제리에는 사람들이 대마초를 피우곤 하는 카페가 하나 있었는데 거기서 나는 하마터면 맞아 죽을 뻔했다.[145] 그 이듬해에 경찰이 그 카페를 폐쇄해 버렸다. 수상한 사람들만 모여든다는 것이었다.

그리고 또 카페들……. 오! 무어인들의 카페들이여! 때로는 이야기꾼 시인이 장황하게 옛날이야기를 늘어놓는다. 무슨 소리인지 알아듣지도 못하면서 내 몇 번이나 찾아가 그의 이야기에 귀를 기울였던가! ……그러나 그 모든 것들보다도 분명 나는 네가 좋더라. 침묵과 하루가 저무는 황혼의 자리, 흙으로 빚은 오두막 밥 엘 데르브의 작은 카페여.[146] 오아시스가 끝나는 곳이었지. 조금만 더 가면 광막한 사막이 시작되니까. 거기서 나는 유난히 숨 막히는 하루 낮이 끝난 뒤에 한결 더 평화로운 밤이 내리는 것을 보았다. 곁에는 단조로운 피리 소

---

145) 1895년 1월 어느 날 저녁에 있었던 일.(『한 알의 밀알이 죽지 않으면』 참조)

146) 지드는 원주민 소년 아트망과 함께 찾아가곤 했던 비스크라 근처의 이 카페를 『여행 노트(Feuilles de route)』와 『일기』에서 여러 번 언급했다.

리가 자지러지게 할 듯이 울려오고 있었다. 또 나는 너를 생각한다, 시라즈의 작은 카페여, 하피즈가 찬미했던 카페여. 작부가 따라 주는 술과 사랑에 취해 장미꽃 향기 그윽하게 풍겨오는 테라스에서 말이 없는 하피즈, 잠든 작부 곁에서 시를 지으며 기다리는, 밤새도록 날이 밝기를 기다리는 하피즈.

(노래할 것도 없이 그저 모든 것을 열거하기만 하면 되는 그러한 때에 나는 시인으로 태어났으면 좋겠다. 나의 찬탄이 사물들 하나하나에 차례로 내려 찬송이 나의 찬탄을 증거했을 것이고 그것으로 충분한 이유가 될 수 있었을 터이니.)

*

나타나엘이여, 우리는 아직 나뭇잎들을 함께 바라본 적이 없구나. 나뭇잎의 모든 곡선들을…….

나무의 잎새들. 사방으로 출입구가 뚫린 녹색의 동굴들. 가녀린 미풍에도 자리를 바꿀 밑바탕. 유동성. 형상의 소용돌이. 갈가리 찢어진 벽면. 가지들의 탄력적인 틀. 둥그스름한 흔들림. 미세한 엽층(葉層)과 작은 구멍들…….

들쭉날쭉 흔들리는 가지들…… 잔가지들의 제각기 다른 탄력성이 바람에 대한 저항력을 달리하면서 그것은 또 바람이 가지들에게 일으키는 충동 또한 가지각색으로 만들기 때문이니…… 등등.(화제를 바꾸어 보자면…… 무슨 이야기를 할

까?) 애당초 구성의 의도가 없었으니 여기서는 선택도 필요가 없을 터이다. 무엇에든 얽매이지 말아야 한다! 나타나엘이여, 얽매이지 말아야 하느니라!

그리하여, 모든 감각에 돌연하고 '동시적인' 긴장을 통해서 (이야기하기는 어렵지만) 그 생명감의 느낌 자체를 외계와의 접촉 전체의 집중된 감각으로 만들 것…….(또는 그 반대도 가능하다.) 나는 거기 있다. 거기서 그 구멍을 차지하고 있다. 그리고 쑥 들어가는 것은

나의 귀에는

끊임없는 저 물소리. 저 소나무들 사이로 지나가는 저 바람의 커졌다 잔잔해졌다 하는 소리. 간헐적으로 들려오곤 하는 메뚜기 소리 등등.

나의 눈에는

시냇물 속에 반사하는 저 햇빛. 소나무들의 너울거림……. (저것 봐, 다람쥐가 한 마리……) 저 이끼 속에 구멍을 파고 있는 나의 발…….

나의 살에는

(느낌) 이 축축한 것의, 이끼의 이 부드러움의,(아! 어느 나뭇가지가 나를 찌르지……?) 내 손에 묻은

내 이마의, 내 이마 위에 얹은 내
손의, 등등…….

나의 코에는

……(쉬! 다람쥐가 다가온다.) 등등.

그리하여 그 모든 것이 '다 함께' 등등, 다 하나의 작은 꾸러미가 되어. 이것이 생(生)이다. 그것뿐일까? 아니다! 항상 또 다른 것들이 있다.

그렇다면 그대는 내가 감각들의 집합소에 지나지 않는다고 생각하는가? 나의 생은 언제나, 그것 더하기 나 자신이다. 언젠가 '나 자신'에 대해 너에게 이야기해 주리라. 오늘은 그대에게 이야기하지 않으리니.

정신의 여러 가지 형태의

롱드도

또

가장 좋은 벗들의

롱드도

그리고

모든 해후의

발라드도

이 발라드 가운데에는 이런 구절이 있었다.

코모에도, 레코에도 포도가 무르익었다. 나는 고성(古城)들이 쓰러져 가고 있는 높다란 언덕으로 올라갔다. 거기서는 포도 냄새가 너무나도 달콤해 나는 불편할 지경이었다. 그 냄새는 무슨 맛처럼 콧구멍 깊숙이 파고들어 그 뒤에는 먹어 봐도 이렇다 할 새로운 맛이 나지 않았다. 그러나 나는 하도 굶주리고 목말랐기에 몇몇 송이만으로도 충분히 도취할 수 있었다.

……그러나 그 발라드에서 나는 특히 남자들과 여자들에 대해 이야기했다. 지금 그것을 그대에게 말하지 않는 까닭은, 이 책에는 인물을 등장시키고 싶지 않기 때문이다. 그대도 알아차렸겠지만 이 책에는 '아무도' 등장하지 않았으니까.[147] 나 자신까지도 이 책에서는 환영에 불과하다. 나타나엘이여, 나는 저 탑을 지키는 린세우스와도 같다.[148]

어지간히도 오랫동안 밤은 계속되었다. 저 높은 탑 위에서, 새벽들이여, 나는 그토록 너희를 불렀다. 아무리 찬란하게 밝아도 지나치지 아니한 새벽들이여!

나는 밤이 끝나기까지 빛의 새로움에 대한 희망을 간직하고 있었다. 지금은 아직 앞이 보이지 않지만 나는 기대한다. 어느 쪽에서 동이 틀 것인지 나는 알고 있다.

물론 많은 사람들이 채비를 하고 있다. 탑 꼭대기까지 거리의 소음이 들려온다. 해가 떠오를 것이다. 축제 속에 들끓는

147) 8장의 마지막 말("내 무어라 말할까? '진정한 것들', 타자(他者), '그의' 삶의 중요성. 그에게 말할 것…….") 참조. 『지상의 양식』에는 수많은 인물들이 지나간다.(4장의 경우) 그러나 그들은 현실적인 존재감이 느껴지지 않는 추상적인 모습들에 불과하다.
148) 6장 부제 '린세우스'의 각주 참조.

군중이 벌써 태양을 마중하러 나아가고 있다.

밤은 어떠한가? 네가 보기에 밤은 어떠한가, 파수꾼이여?

한 세대가 올라오고 한 세대가 내려가는 것이 보인다. 무장을 하고 올라오는, 생을 향한 기쁨으로 단단히 무장을 하고 올라오는 어마어마한 한 세대가 보인다.

탑 위에서 무엇이 보이는가? 무엇이 보이는가, 나의 형제 린세우스여?

오호라! 오호라! 다른 예언자는 우는 대로 내버려 두라. 밤이 오지만 낮 또한 오는 것.

그들의 밤이 오고 또한 우리의 낮이 온다. 자고 싶은 자는 자라. 린세우스여! 이제는 너도 탑에서 내려오너라. 날이 밝아 온다. 벌판으로 내려오너라. 하나하나의 사물을 더 가까이에서 보라. 린세우스여, 오라! 가까이 오너라. 이제 날이 밝았다. 우리는 낮을 믿는다.

7장

아민타스,[149] 살색이야 검은들 어떠리.
—베르길리우스

항해
1895년 2월[150]

마르세유에서 출발.

사나운 바람. 찬란한 대기. 철 이른 훈기. 넘실거리는 돛대들.

새털같이 물거품 이는 호기로운 바다. 물결에 희롱당하는 선박들. 호기로움 일색의 인상. 과거의 모든 출발의 추억.

---

149) 기원전 4세기 마케도니아 왕의 이름. 이 제사는 베르길리우스의 『목가』 10~38에 나오는 말의 인용이다. 지드는 여기서 오직 '검은' 살색만을 주목했다. "내 마음을 끄는 것은 검게 탄 피부에 남은 햇빛이었다: 베르길리우스가 '아민타스, 살색이야 검은들 어떠리…….'라고 한 것은 바로 나를 위해서 한 말이나 마찬가지이다."(『한 알의 밀알이 죽지 않으면』 참조)

150) 지드가 어머니에게 보낸 편지에 따르건대 1895년 두 번째 아프리카 여행의 시작인 마르세유와 알제 사이의 이 너무나도 힘들었던 '항해'는 2월이 아니라 정확하게 1월 21~22일의 일이었다. 거센 풍랑으로 인한 이때의 고통은 이미 3장 끝부분에서 언급했으므로 여기서는 다소 줄여서 표현하고 있다.

항해

내 몇 번이나 새벽을 기다렸던가…….

……기가 죽은 바다 위에서…….

그리고 새벽이 찾아오는 것을 나는 보았건만 바다는 그래도 잔잔해지지 않았다.

관자놀이에 흐르는 땀. 무기력. 자포자기.

바다에서의 밤

악착같은 바다. 갑판 위로 끼얹는 물결. 추진기의 구르는 듯한 진동…….

오! 흐르는 진땀!

터질 듯한 머리 밑의 베개…….

오늘 저녁 갑판에 비친 달은 가득하고 찬란했다. 그런데 나는 갑판에 있지 않아서 그걸 보지 못했다.

파도를 기다림. 집채 같은 물이 갑자기 부서지는 소리. 숨막힘. 떠올랐다가 다시 떨어지고, 나의 무력함. 여기 있는 나는 무엇이란 말인가? 병마개 같은 것, 파도 위에 떠 있는 하잘것없는 병마개.

파도의 망각 속에 몸을 내맡기다. 체념의 쾌감. 한 물체처럼 존재하는 것.

밤의 끝

아직 너무나도 싸늘한 새벽인데 물통으로 바닷물을 퍼 올려 갑판을 닦는다. 환기, 나의 선실까지 나무 바닥을 긁는 거친 브러시 소리가 들려온다. 엄청난 충격이 몇 번, 나는 선실의 창문을 열어 보려 했다. 이마와 땀에 젖은 관자놀이에 들이치는 너무나 강한 바닷바람. 나는 다시 창문을 닫으려 했다……. 침대, 거기에 쓰러져 버린다. 아! 항구에 도착하기 전의 이 모든 지긋지긋한 곤두박질. 흰 선실 벽에 어른거리는 빛과 그림자의 난무. 비좁음.

보는 것에 지쳐 버린 나의 눈…….

밀짚 빨대로 나는 이 싸늘한 레모네이드를 빨아 마신다…….

그러다가 새로운 땅 위에서 마치 회복기의 환자처럼 잠을 깨는 것이다. 꿈에도 보지 못했던 것들.

알제

아침에 해변 모래밭에서 잠을 깨다.

밤새도록 파도에 흔들리고 나서.

언덕들이 와서 엎드린 고원 지대.

날마다 낮이 잦아드는 석양들.
배들이 밀려드는 바닷가 모래밭.
우리의 사랑이 와서 잠자는 밤…….
밤은 넓은 항만처럼 우리에게로 오리라.
상념들도, 광선들도, 우울한 새들도,
거기에 와서 낮의 광채를 벗어나 쉬리라.
그늘이 온통 고요해지는 총림 속…….
풀밭의 잔잔한 물, 풀이 우거진 샘.

……그리고 기나긴 여행에서 돌아오는 길.
잔잔한 기슭, 항구에 든 배들.
우리는 보리라, 가라앉은 물결 위에
떠도는 새와 닻을 내린 배가 잠드는 것을.
우리에게로 온 저녁이
침묵과 우정의 광대한 항만을 활짝 여는 것을.
바야흐로 모든 것이 잠드는 시각이다.

1895년 3월[151)]

블리다여! 사헬의 꽃이여! 겨울에는 멋없고 시든 너였지만, 봄에 보는 너는 아름다웠다. 비 내리는 어느 날 아침이었지. 무기력하고 부드럽고 서글픈 하늘. 그리고 너의 꽃 핀 나무들의 향기가 너의 긴 오솔길들에 감돌고 있었다. 고요한 너의 수반 위에 솟는 분수. 멀리 병영의 나팔 소리.

여기 다른 정원이 있다. 올리브나무 밑에 하얀 회교 사원이 희미하게 빛나고 있는 버려진 숲, 성스러운 숲! 오늘 아침 한없이 피곤한 나의 상념과 사랑의 불안으로 진이 빠진 나의 육체가 이곳에 와서 쉰다. 덩굴나무들이여. 지난해에 너희를 보았던 나는 너희가 이렇게 황홀하게 꽃 피울 줄은 생각도 못했다. 뻗어 나간 가지들 사이에 보랏빛 등나무꽃, 기울어진 향로 같은 꽃송이 다발, 오솔길 금빛 모래 위로 떨어지는 꽃잎들, 물소리, 축축한 소리들, 연못가에 찰랑대는 잔물결, 거대한 올리브나무, 하얀 조팝나무, 우거진 라일락의 총림. 가시덤불, 장미 숲. 이곳에 홀로 와서 겨울을 회상하고 있노라면 하도 노곤하게 느껴져서 봄도 놀랍지 않게 여겨진다. 그리고 좀 더 근엄한 그 무엇을 바라는 마음까지 일어난다. 아! 그토록 대단한 우아함이 고독한 자를 부르며 미소 짓더니 겨우 텅 빈 오솔길들에 늘어선 비굴한 행렬 같은 욕망들로만 가득하니 말이다. 그리고 이 너무나도 고요한 연못 속에 살랑거리는 물소리 끊이지 않아도 그 옆의 주의 깊은 정적은 이 자리에 없는 것들을 너무나 또렷하게 말해 주고 있다.

---

151) 지드가 알제의 블리다를 다시 찾아가게 된 것은 1895년 3월 말이었다. 이때 그는 두 달 전에 처음 이곳에 갔을 때보다 더 좋은 인상을 받았다. 이 글과 그 뒤에 이어지는 10여 행의 시는 지드가 《젊은 예술(L'Art jeune)》 9월호에 「두 편의 단장」이라는 제목으로 발표한 것이다.

*

나는 내 눈꺼풀을 시원하게 적시러 갈 샘터를 알고 있다.
성스러운 숲, 나는 그 길을 알고 있다.
그곳 나뭇잎들을, 그 숲속 빈터의 서늘함을.
나는 가리라. 저녁녘에, 모든 것들이 거기서 고요해질 때
그리고 벌써 애무하는 미풍이
우리를 사랑보다도 잠으로 이끌어 줄 때.
밤이 온통 내려 덮일 싸늘한 샘.
이윽고 아침이 뿌옇게 떨며 투명하게 어릴 얼음 같은 물. 순결의 샘.
새벽빛이 나타나면 내 아직도 놀란 눈으로 거기서
광채와 사물을 보던 그때의 맛을
여명 속에 다시 찾게 될 것 아닌가?
내가 그곳으로 가서 나의 뜨거운 눈꺼풀을 씻게 될 때.

나타나엘에게 보내는 편지[152]

이처럼 빛을 마음껏 마시는 것 그리고 이 집요한 더위가 가져다주는 육감적 황홀감이 나중에 어떻게 될 것인지, 나타나엘이여, 그대는 상상도 못 하리라. 하늘로 뻗은 한 줄기 올리

152) 이 '편지'는 지드가 1895년 4월 3일 알제에서 어떤 친구에게 보냈던 편지를 다듬어 삽입한 것이다.

브 나뭇가지. 언덕들 위에 드리운 하늘. 어느 카페 문으로 흘러나오는 피리 소리……. 알제가 너무나 덥고 축제로 떠들썩해서 나는 사흘쯤 그곳을 떠나고 싶었다. 그러나 몸을 피해 온 블리다에서도 내가 본 것은 꽃이 만발한 오렌지나무들이었다.

나는 아침부터 밖으로 나가서 산책을 한다. 애써 보려 하지 않아도 다 보인다. 신기로운 교향곡이 형성되어 나의 마음속에는 들어 보지 못한 감각들이 엮어진다. 시간이 지나간다. 태양이 중천에서 수직으로 내리쬐지 않을 때에는 걸음이 느려지는 것처럼 나의 감동도 느려진다. 이윽고 나는 사람이건 사물이건 내가 열중할 수 있는 것을 선택한다. 그러나 되도록 움직이는 것으로 정한다. 나의 감동은 고정되어 버리면 곧 생기를 잃어버리니까. 그럴 때면 나는 새로운 순간마다 아직 아무것도 보지 못하고 맛보지 못한 것 같다는 생각이 든다. 나는 잡을 수 없는 것들을 마구 좇아다니느라 정신이 없어진다. 어제 나는 태양을 좀 더 오래 보겠다고 블리다가 내려다보이는 언덕 꼭대기로 달려 올라갔다. 해가 지는 광경이며 타는 듯한 구름이 흰 테라스들을 물들이는 모습을 보고 싶었던 것이다. 나는 또한 나무들 밑의 그늘과 정적을 훔쳐본다. 밝은 달빛 속으로 이리저리 거닐기도 한다. 흔히 나는 헤엄을 치고 있는 듯한 느낌이다. 그토록 휘황하고 훈훈한 대기가 나를 감싸며 슬며시 쳐들어 올리는 것만 같은 것이다.

……내가 걷고 있는 길이 '나의' 길이라는 생각이 들고 내가 그 길을 옳게 걷고 있다는 느낌이다.[153] 나는 어떤 드넓은

신뢰의 습관을 지니고 있다. 그것이 선서된 것이라면 아마 신앙이라고 부를 수도 있을 것이다.

비스크라[154]

여자들이 문 앞에서 기다리고 있었다. 그들 뒤로 곧은 층계 하나가 뻗어 오르고 있었다. 여자들은 우상처럼 분칠을 하고, 동전들을 꿰어서 만든 관을 쓰고 거기 문간에 심각한 표정으로 앉아 있는 것이다. 밤이면 그 거리는 활기를 띠었다. 층계 위에는 램프에 불이 켜져 있었다. 여자들은 제각기 층계를 따라 내리비치는 그 빛의 둥지 속에 가만히 앉아 있었다. 금빛으로 번쩍거리는 관 밑에서 얼굴은 그늘에 잠겨 있다. 어느 여자나 다 나를, 특히 나를 기다리고 있는 듯했다. 계단을 올라가려면 머리에 쓴 관에 금화 한 닢을 더 보태야 했다. 지나가면서 창녀는 램프 불을 껐다. 그러면 그녀의 좁은 방 안으로 들어가게 된다. 조그만 잔으로 커피를 마시고 나서 일종의 나지막한 장의자 위에서 몸을 섞는 것이었다.

---

153) 『지상의 양식』의 끝, 「찬가: 결론을 대신하여」를 참조할 것.

154) '울라드 나일의 무리', 다시 말해서 창녀들이 진을 치고 있는 비스크라의 거리를 원주민들은 '성스러운 거리(rues Saintes)'라고 부른다. 이곳의 오랜 전통에 따라 울라드 나일족의 딸들은 결혼 준비를 위해 몸을 팔아서 지참금을 마련한다.

비스크라의 정원들

아트망[155]이여, 너는 나에게 편지를 써 보냈다. "당신을 기다리는 야자수들 밑에서 나는 양 떼를 지키고 있습니다. 다시 와 주세요! 봄이 나뭇가지들 사이에 와 있을 것입니다. 같이 산책을 합시다. 그러면 모든 시름을 잊어버리게 될 것입니다……."

아트망이여, 이제는 야자수 밑으로 가서 양 떼를 지키는 자여, 나를 기다리며 혹시 봄이 오지 않는가 보고 있을 필요가 없다. 내가 왔으니. 봄은 나뭇가지들 속에 모습을 나타냈다. 우리는 지금 함께 산책하고 있고 시름도 다 잊어버렸다.

---

155) 로랑스와 지드가 첫 번째 아프리카 여행 때 비스크라에 도착 즉시 심부름꾼으로 채용한 아랍인 소년. 그는 『지상의 양식』에 이때부터 여러 차례에 걸쳐 등장한다. "그 애는 겨우 열네 살이었다. 그러나 학교 공부를 마치고 우리가 있는 테라스로 와서 구슬치기나 팽이치기를 하며 놀곤 했던 다른 아이들보다는 매우 키가 크고 유난히 건장한 편이었다."(『한 알의 밀알이 죽지 않으면』) 아트망은 지드가 산책하는 곳이면 어디나 따라다녔고 이내 너무나도 친해진 나머지 지드는 그 이듬해 그를 파리로 데려올 생각을 했다. 그러나 지드 어머니의 완강한 반대로 뜻을 이루지 못했다. 아트망은 만국 박람회가 열리던 1900년에야 파리에 왔다. 자크 에밀 블랑슈가 그린 큰 그림 속에도 그는 지드, 앙리 게옹, 외젠 루아르, 시인 샤를 샹뱅 등의 저명 문인들 사이에 섞여서 등장한다. 지드는 그가 보낸 편지와 시를 귀중하게 간직했고 그중 얼마간은 『일기』에 인용하고 있다. 1954년 다시 비스크라에 갔을 때 지드는 애타게 그를 찾았으나 허사였다. 그는 아트망이 언제 어떻게 죽었는지 결코 알지 못했다.

비스크라의 정원들

오늘의 흐린 날씨. 향기를 머금은 미모사……. 축축한 온기. 두툼하거나 큼직한 빗방울들이 지금 허공에서 맺히는 중인 양 떠 있다……. 나뭇잎에 매달려 지그시 내리누르는 듯하더니 갑자기 떨어지는 것이다.

……어느 여름날의 비가 생각난다.(그러나 그것도 비였을까?) 종려나무 우거져 초록빛, 장밋빛으로 아롱진 그 정원 위에 그렇게 큼직하고 무겁게 떨어지던 미지근한 물방울들. 너무도 무겁게 쏟아져서 잎이며 꽃이며 가지들이 마치 물 위에 한꺼번에 확 풀린 사랑의 꽃다발 선물처럼 쏟아져 내렸다. 먼 곳으로의 번식을 위해 시냇물들이 꽃가루를 실어 갔다. 그 물이 노랗게 탁해져 있었다. 못 속의 물고기들이 어리둥절해졌다. 잉어들이 수면으로 떠올라 입을 벌리고 뻐끔거리는 소리가 들렸다.

비 오기 전, 헐떡거리는 남풍이 뜨거운 김을 땅속 깊이 불어넣더니 이제 오솔길들은 나뭇가지 밑에서 수증기로 가득하고 미모사 꽃들은 잔치가 한창인 벤치들을 아늑하게 가려 주려는 듯 가지를 늘어뜨리고 있었다. 그것은 향락의 정원이었다. 모직 옷을 입은 남자들, 줄무늬 하이크를 두른 여자들이 습기가 몸에 배어들기를 기다리고 있었다. 그들은 여전히 벤치에 앉아 있었으나 모든 목소리는 잠잠해지고 누구나 소나기 소리에 귀를 기울이면서 한여름에 지나가는 빗물이 옷을 무겁게 적셔 주고 육체를 씻어 주는 대로 내맡기고 있었다.(공기는 축축하고 나뭇잎은 무성해 나도 사랑을 거역하지 못하고 그들 곁 벤치 위에 앉아 있었다.) 그리고 비가 그친 뒤에 가지들만이 번들거릴 때, 사람들은 저마다 구두며 샌들을 벗고서 맨발로 젖은 땅을 밟으며 그 육감적인 부드러움을 음미하는 것이었다.[156]

*

산책하는 사람이 아무도 없는 어느 정원으로 들어간다. 흰 모직 옷을 입은 두 소년이 나를 그리로 안내해 준다. 매우 길쭉한 정원인데 그 안쪽에 문이 나 있다. 더욱 큰 나무들. 더욱 낮은 하늘이 나무들 위에 걸려 있다. 담장. 여러 마을들이 비를 맞고 있다. 그리고 저 먼 곳에는 산들. 시내를 이뤄 흐르는 물. 나무들의 자양. 엄숙하고도 황홀한 수정(受精). 떠도는 향기.

위를 덮어 놓은 시내. 운하(뒤섞인 잎들과 꽃들), 거기서는 물이 느리게 흐르기 때문에 운하를 '세기아스'[157]라고 부른다.

위험한 매력을 지닌 가프사[158]의 수영장들. Nocet

---

156) 자연과 직접 맞닿는 촉각의 중요성을 강조. 1장 3 중 "바닷가의 모래가 부드럽다는 것을 책에서 읽기만 하면 다 되는 것이 아니다. 나는 내 맨발로 그것을 느끼고 싶은 것이다. 감각으로 먼저 느껴 보지 못한 일체의 지식이 내게는 무용할 뿐이다." 참조

157) 물을 대기 위해 만들어 놓은 관개 수로.

158) 튀니지의 남쪽 도시.

cantantibus umbra.(밤은 노래하는 사람들에게는 위험한 것.)[159]
밤은 이제 구름도 없이 깊고 안개조차 거의 없다.

(아랍인의 풍습대로 흰 모직 옷을 입은 매우 어여쁜 소녀은 이름이 아주스라고 하는데 그리운 님이란 뜻이다. 또 다른 소년의 이름은 우아르디라고 하는데 그것은 장미의 계절에 태어났다는 뜻이다.)

그리고 우리의 입술을 적신
공기처럼 따뜻한 물은…….

어둠 속에 잠겨 분간조차 할 수 없던 어두운 물, 떠오른 달빛을 받아 은빛으로 빛나기 전까지는. 물은 나뭇잎들 사이에서 생겨나는 듯했고 밤 짐승들이 그곳에서 들썩거렸다.

비스크라: 아침에

새벽부터 밖으로 나가다, 솟구치다, 온통 새로워진 공기 속으로.

협죽도의 가지가 몸서리치는 아침 속에 부르르 떨 것이다.

159) 지드는 여기서 베르길리우스의 『목가』에 나오는 한 구절을 요약해 인용하고 있다.

비스크라: 저녁에

그 나무에는 노래하는 새들이 있었다. 아! 새들이 그렇게 노래할 수 있으리라고는 생각도 할 수 없으리만큼 큰 소리로 노래하고 있었다. 나무 자체가 소리치는 것 같았다.(나뭇잎 전체로 소리치는 것 같았다.) 새들은 보이지 않았으니까. 나는 생각했다. 저 새들이 저러다가는 죽고 말지. 너무 극성스러운 열정이구나. 도대체 오늘 저녁에 무슨 일이 있는 것일까? 밤이 지나가면 새로운 아침이 태어난다는 것을 저 새들은 모른단 말인가? 영영 잠들어 버리게 될까 봐 겁나는 것일까? 하루 저녁에 사랑을 바닥내자는 것인가? 마치 앞으로는 끝없는 밤 속에서 살아야 된다는 듯이. 늦은 봄의 짧은 밤이여! 아! 여름 새벽이 그들을 깨워 줄 때의 그 즐거움. 그래서 다음 날 저녁이 되면 그들은 자다가 영영 죽어 버리면 어쩌나 하는 두려움이 조금 덜해질 만큼만 그들의 잠을 기억하게 될 것이다.

비스크라: 밤에

고요한 덤불숲. 그러나 주위의 사막은 메뚜기들이 우짖는 사랑의 노래로 떨리고 있다.

셰트마

낮이 길어진다. 거기에 눕는다. 무화과나무의 잎들도 더욱 넓어졌다. 손으로 비비면 손에 향기가 난다. 줄기에서는 우유 같은 진이 흐른다.

더위가 다시 심해진다. 아! 저기 나의 염소 떼가 몰려온다. 귀여운 목동의 피리 소리가 들린다. 나에게로 오려는가? 그렇지 않으면 내가 가까이 갈까?

시간의 느린 걸음, 작년에 말라 버린 석류 열매가 아직도 가지에 매달려 있다. 완전히 터져서 말라 오그라들었다. 바로 같은 나뭇가지에 벌써 새로운 꽃망울이 부풀어 오르고 있다. 산비둘기가 종려나무 사이로 지나간다. 꿀벌들이 초원에서 분주히 날아다니고 있다.

(랑피다 근방에 아름다운 여자들이 내려가던 우물이 있었던 것을 나는 기억한다. 거기서 그리 멀지 않은 곳에 회색과 장밋빛의 거대한 바위가 하나 있다. 그 꼭대기에는 꿀벌들이 찾아온다고 하더니 정말 무수한 꿀벌들이 윙윙거리고 있다. 벌집들이 바위 속에 있다. 여름이 오면 더위로 터져 버린 벌집들에서 꿀이 흥건히 새어 나와 바위를 따라 흘러내린다. 랑피다 사람들이 찾아와 그 꿀을 딴다.) 목동이여, 오라! (나는 무화과나무 잎을 씹는다.)

여름! 녹아내리는 황금, 흐드러짐, 더욱 많아진 빛의 찬란함, 사랑의 엄청난 범람! 누가 꿀을 맛보려는가? 밀랍 집들이 녹아 버렸다.

그리고 그날 내가 본 가장 아름다운 것은 우리가 데리고 돌아가던 양 떼였다. 종종걸음 치는 그 양들의 작은 발들이 쏴 하고 소나기 쏟아지는 소리를 냈다. 사막에서 해가 지고 있었고 양들은 먼지를 일으키며 달려가고 있었다.

*

오아시스! 그것들은 사막 위에 섬들처럼 떠 있었다. 멀리서부터 야자수들의 푸른빛이 그 뿌리가 물을 빨아올리고 있는 샘이 있음을 말해 주었다. 때로는 샘물이 풍부하여 협죽도들이 그리로 가지들을 기울이고 있었다. 그날 10시경 우리가 거기에 도착했을 때 처음에는 더 멀리 가고 싶지 않았다. 그 동산의 꽃들이 너무 아름다워 그것들을 떠나고 싶지 않았던 것이다. 오아시스!(아메트가 그다음의 오아시스는 훨씬 더 아름답다고 내게 말해 주었다.)

오아시스. 다음 것은 훨씬 더 아름다웠고 더 많은 꽃들과 살랑거리는 나뭇잎 소리가 더 가득했다. 더 큰 나무들이 더 풍부한 물 위에 가지를 늘이고 있었다. 정오였다. 우리는 목욕을 했다. 그러고는 다시 그곳도 떠나지 않으면 안 되었다.

오아시스! 또 그다음 것에 관해서는 무어라고 말하면 좋을까? 그것은 더한층 아름다웠고 우리는 거기서 저녁을 기다렸다.

정원들이여! 그래도 나는 한 번 더 말하고 싶다. 저녁이 되기 전 너희의 그 감미로운 정일(靜逸)이 어떠한 것이었던지를. 정원들이여! 그 안에 있으면 몸이 씻기는 듯이 여겨지는 정원들이 있었다. 살구가 익어 가는 단조로운 과수원에 지나지 않는 것 같은 정원들도 있었다. 또 어떤 것들에는 꽃과 꿀벌들이 가득하고 그곳에 감도는 향기가 하도 강해서 마치 무슨 음식을 먹는 듯하고 리큐어처럼 우리를 취하게 하는 것이었다.

이튿날이 되자 나는 벌써 오직 사막만을 사랑하게 되었다.

우마크

그 오아시스는 바위와 모래 속에 있었다. 우리는 정오에 그리로 들어갔는데 너무나 뜨거운 열기에 지쳐 버린 마을은 우리를 기다리고 있는 것 같지도 않았다. 종려나무들은 흔들리는 기색도 없었다. 노인들이 문간의 우묵한 곳에서 이야기를 나누고 있었다. 남자들은 꾸벅꾸벅 졸고 어린아이들은 학교에서 재잘거리고 있었다. 여자들은 보이지 않았다.

흙으로 된 그 마을의 거리들이여, 낮에는 장밋빛, 저녁에는 보랏빛, 대낮에는 인기척이 없어도 저녁이 되면 너희도 활기를 띠게 되리라. 그러면 카페에는 사람들이 한가득 모여들고 어린아이들은 학교에서 돌아오고 노인들은 또다시 문간에서 이야기를 나누고 햇볕은 누그러지고, 베일을 벗고 꽃들처럼 테라스 위에 나타난 여인들은 장황하게 서로의 시름을 이야기할 것이다.

정오가 되면 알제의 그 거리에는 아니스 술과 압생트 술 냄새가 풍긴다. 비스크라의 무어인 카페들에서 마실 것이라고는 오직 커피, 레모네이드 아니면 차[茶]뿐이었다. 아라비아 차. 후추 냄새가 나는 단맛. 생강. 더욱 과격하고 더 극단적인 동방을 연상시키는 음료.(그런데 별맛이 없다.) 잔 밑바닥까지 다 마시기란 도저히 불가능하다.

투구르트의 광장에는 향료 상인들이 있었다. 우리는 그들에게서 여러 가지 나무진을 샀다. 어떤 것은 냄새를 맡아 보았고 어떤 것은 씹어 보았다. 또 어떤 것들은 태우는 것이었다. 태우는 것들은 흔히 사탕 모양인 것들이었다. 불을 댕기면 매캐한 연기가 자욱하게 퍼져 나오는데 거기에는 지극히 미묘한 향기가 섞여 있었다. 그 연기는 종교적 법열을 자아내는 데 도움이 되는 것으로 회교 사원에서 의식을 거행할 때 피우는 것이다. 씹어서 맛을 보는 향료는 금방 입속에 쓴맛을 가득 채우고 불쾌하게 이에 달라붙었다. 뱉어 버리고 꽤 오랜 시간이 지나도 그 맛이 잘 가시지 않았다. 냄새를 맡는 향료는 그저 냄새를 풍길 뿐이었다.

테마신의 회교도 은자(隱者)의 집에서 식사가 끝난 뒤에 향료가 든 과자를 대접받았다. 금빛, 잿빛 또는 장밋빛의 나뭇잎으로 장식된 그 과자는 빵 부스러기를 반죽하여 만든 것 같았다. 입 속에서 모래처럼 부스러졌다. 그러나 거기에는 어떤 맛이 있었다. 장미 냄새가 나는 것도 있고 석류 냄새가 나는 것도 있고 또 아주 김이 빠져 버린 듯한 것도 있었다. 그런 식사를 할 때는 담배라도 자꾸 피우지 않고서는 도취감을 맛볼 수가 없었다. 엄청나게 가짓수가 많은 요리들이 접시에 담겨 돌아가는 것이었는데 접시가 바뀔 때마다 화제도 달라졌다. 그러고는 흑인 하나가 손잡이가 달린 병을 기울여 손가락에 향수를 부어 주었다. 향수는 수반 속으로 떨어졌다. 그리고 그곳에서는 여자들도 사랑이 끝난 뒤에 그런 식으로 남자를 씻어 주는 것이다.

투구르트

광장에 야영하고 있는 아랍인들. 화톳불. 저녁 하늘에 거의 보이지 않는 연기.

대상(隊商)들이여! 저녁에 도착한 대상들. 아침에 출발한 대상들. 지긋지긋하게 피로하고 신기루에 취해 이제는 절망해 버린 대상들! 대상들이여! 왜 나는 그대들과 함께 떠날 수 없는가!

백단(白檀)과 진주, 바그다드의 꿀 과자, 상아와 자수(刺繡)를 찾아 동방으로 떠나는 대상들이 있었다.

호박(琥珀)과 사향(麝香), 금가루와 타조의 깃털을 찾아 남방으로 떠나가는 대상들도 있었다.

서방을 향해 저녁에 출발해 눈부신 마지막 석양빛 속으로 사라지는 대상들도 있었다.

나는 대상들이 기진맥진해 돌아오는 것을 보았다. 낙타들이 광장에서 다리를 접고 엎드렸다. 마침내 무거운 짐이 부려졌다. 두꺼운 헝겊으로 만든 고리짝들이었는데 속에는 무엇이 들어 있는지 알 수 없었다. 또 다른 낙타들은 가마처럼 생긴 것 속에 몸을 감춘 여자들을 태우고 있었다. 또 다른 낙타들은 천막 재료를 운반하고 있었는데 밤에 대비해 그것들이 펼쳐졌다. 오, 가없는 사막의 찬란하고 광대한 피로여! 저녁 식사를 위해 광장에 불들을 피운다.[160]

아아! 얼마나 여러 번 이른 새벽부터 일어나, 영광보다 더 찬란한 빛이 가득히 퍼져 붉게 물든 동방을 향해, 얼마나 여러 번, 생명이 더 이상 사막을 이겨 내지 못한다는 듯 마지막 야자수들도 기운을 잃고 있는 오아시스 끝에서, 벌써 너무나 찬란하여 시선으로 감당할 수 없는 그 빛의 근원으로 몸을 기울이듯이, 빛에 젖고 타는 듯한 열기에 젖은 광대한 벌판이여, 얼마나 여러 번 나는 너에게로 내 욕망들을 뻗쳤던가? ……사막의 열화(熱火)도 능히 이겨 낼 만큼 얼마나 고조된 황홀감, 얼마나 억세고 얼마나 뜨거운 사랑이었던가!

혹독한 땅, 선의도 온정도 없는 땅, 열정과 열광의 땅, 예언자들이 사랑했던 땅. 아! 고통스러운 사막, 영광의 사막이여,

160) 지드는 우선 비스크라를, 셰트마를, 오아시스들을, 정원들을…… 노래한다. 그리고…… "그다음 날에는 나는 오직 사막밖에는 아무것도 사랑하지 않는다."

나는 너를 열렬히 사랑했다.

나는 보았다, 신기루 어른거리는 염수호(鹽水糊) 위에 흰 소금 밭이 덮여 수면처럼 보이는 것을.(거기에 쪽빛 하늘이 반영된다는 것은 알 수 있는 일이지만.) 바다처럼 푸른 염수호 그러나 자욱한 골풀 그리고 좀 더 저쪽의 무너져 가는 편암석(片岩石)의 절벽은 무엇이며, 둥실 떠 있는 저 배들의 모습 그리고 좀 더 저쪽의 궁전같이 생긴 것은 무엇이란 말인가? 일그러진 모양으로 그 가공의 깊은 물 위에 떠 있는 그 모든 것들.(염수호 기슭에서 풍기는 냄새는 구역질이 날 지경이었다. 그것은 소금이 섞인 것인지 쓰라린 끔찍한 진흙탕이었다.)

나는 보았다, 비낀 아침 햇살을 받아 아마르카두의 산들이 장밋빛으로 변하면서 마치 불타고 있는 무슨 물질 같아지는 것을.

나는 보았다, 바람이 저 멀리 지평선 끝에서 모래를 불러일으켜 오아시스를 헐떡이게 하는 것을. 오아시스는 폭풍우에 허우적거리는 배와도 같았다. 폭풍으로 뒤집힐 것만 같았다. 그리고 작은 마을의 거리거리에서는 비썩 마른 벗은 남자들이 열병의 지독한 갈증에 못 이겨 몸을 뒤틀고 있었다.

나는 보았다, 황폐한 길을 따라 너저분한 낙타의 해골들이 하얗게 바래는 것을. 너무나 지쳐서 더 이상 제 몸도 끌고 갈 수 없었던 대상들이 버리고 간 낙타, 처음에는 파리 떼에 뒤덮여 지긋지긋한 악취를 퍼뜨리며 썩고 있던 낙타들.

나는 보았다, 벌레들의 날카로운 울음소리가 전부인 노래가 이야기해 주던 밤들을.

나는 좀 더 사막 이야기를 하고 싶다.

알파[161]가 무성하고 구렁이 득실거리는 사막. 바람에 넘실거리는 푸른 벌판.

돌의 사막. 불모(不毛). 편암(片岩)들이 반짝인다. 길앞잡이 벌레들이 난다. 골풀들이 마르고 있다. 모든 것이 햇볕에 달아 타닥거리고 있다.

진흙의 사막. 약간의 물만 흘러도 여기서는 모든 것이 살 수 있을 것이다. 비가 오면 곧 모든 것이 푸르러진다. 너무나 말라 버린 땅이 웃음을 잊어버린 듯하지만 거기서는 풀들이 다른 곳보다 더 부드럽고 더 향기로워 보인다. 씨를 맺기도 전에 태양에 시들어 버리게 되지나 않을까 두려워 이곳의 풀은 더욱 서둘러 꽃을 피우고 향기를 뿌린다. 사랑은 너무나도 바쁜 것일 수밖에 없다. 태양이 다시 나타나면 땅은 터지고 부스러지고 사방으로 물이 빠져나간다. 무참하게 갈라진 땅. 큰비가 내리면 물은 모두 계곡으로 새어 나간다. 조롱당한 땅, 물을 붙잡아 둘 힘이 없는 땅. 절망적으로 고갈에 시달리는 땅.

---

161) 아프리카 나래새.(화본과 식물)

모래의 사막, 바다의 물결처럼 넘실대는 모래. 끊임없이 자리를 바꾸는 모래언덕들. 피라미드 같은 모래언덕들이 이곳저곳 흩어져 있어 대상들을 인도해 준다. 어느 모래언덕 꼭대기에 올라가면 지평선 저 끝에 다른 언덕 꼭대기가 보인다.

바람이 불면 대상은 행진을 멈춘다. 낙타 몰이꾼들은 낙타 밑으로 기어 들어가 몸을 가린다.

모래의 사막, 거부된 생명. 거기에는 꿈틀대는 바람과 더위밖에 없다. 모래는 그늘 속에서 비로드처럼 부드러워진다. 저녁에는 불에 타오르고 아침에는 재와 같아진다. 모래언덕과 언덕 사이에는 온통 하얀 골짜기들이 있다. 우리는 그곳을 말을 타고 지나가곤 했다. 지나가고 나면 모래가 우리의 발자국을 덮어 버렸다. 너무나 피곤해 새로이 모래언덕이 나타날 때마다 넘어갈 수 없을 것만 같은 생각이 들었다.

모래의 사막이여, 나는 너를 열렬히 사랑할 수도 있었을 것을. 아! 너의 가장 작은 모래알일지라도 그만의 자리에서 우주의 전체를 이야기해 주는 것을! 먼지여, 너는 그 무슨 삶을 추억하는 것인가? 그 무슨 사랑에서 생겨난 삶인가? 먼지는 우리가 저를 찬양해 주기를 바란다.

내 넋이여, 모래 위에서 너는 무엇을 보았는가?

백골이 되어 버린 뼈들, 빈 조가비들…….

어느 날 아침, 태양을 가려 줄 수 있을 만큼 높직한 모래언덕 기슭에 당도했다. 우리는 그곳에 앉았다. 그늘은 거의 서늘한 정도였고, 골풀들이 가느다랗게 자라고 있었다.

그러나 밤에 대해, 밤에 대해 무어라고 말할 수 있을까?

그것은 느린 항해와도 같다.

바다의 물결도 사막만큼 푸르지는 못하다.

사막은 하늘보다도 더 환하게 빛나고 있었다.

별 하나하나가 저마다 유난히 아름답게 보이던 그러한 밤을 나는 알고 있다.

*

사막에서 나귀들을 찾고 있는 사울이여, 그대의 나귀들을 그대는 찾지 못했다. 그러나 그대가 찾으려고 하지 않았던 왕국을 그대는 찾았다.[162)]

자기 몸에 이를 기르는 즐거움.

---

162) 「사무엘 상」 9장에는 사울이 그의 아버지의 잃어버린 암나귀들을 찾으러 떠났다가 찾지 못하고, 선견자 사무엘을 만나 야훼께서 자신에게 이스라엘의 왕관을 마련해 두었다는 계시의 말을 듣는 이야기가 나온다. 지드는 1897~1898년에 사울의 신화를 주제로 최초의 극작품을 썼다. 가톨릭에서는 언제나 그들이 찾고자 하는 것을 찾게 된다. 이는 성모 신앙 특유의 보호와 안전의 심리를 반영한다. 반면에 개신교도는 모험을 감행한다. 그는 암나귀들을 찾아 나섰다가 날이 선 돌들과 가시 돋은 식물들만 가득할 뿐 길이 없는 사막이 부르는 소리를 듣는다. 은총은 예측이 불가능한 것이다. 우리는 오직 우리가 찾으려 하지 않았던 것만을 찾는 법이다. 여기서 사울의 신화는 지드의 '무상행위(無償行爲, acte gratuit)'와 밀접하게 관련된다. 다만 여기서 무상행위는 인간이 아니라 신의 것이다.

우리에게 생(生)은

야성적인 것, 돌연한 맛[163)]

그리고 나는 여기서 행복이
죽음 위에 피는 꽃과 같음을 사랑한다.[164)]

---

163) 기대하지 않았던, 찾으려고 노력하지 않았던 것을 찾게 되는 일의 경이로움.

164) 항구적이고 위협적인 죽음의 존재는 순간의 즐거움과 쾌락을 더욱 절박하고 더욱 귀중하게 만들어 준다는 지드 특유의 통찰. 2장 끝부분 "그대가 그대 생의 가장 작은 순간에까지 충분한 가치를 부여하지 못한 것은 죽음에 대해 충분히 꾸준한 생각을 지속하지 못했기 때문이다. 매 순간이, 이를테면 지극히 캄캄한 죽음의 배경 위에 또렷이 드러나지 않고서는 그런 기막힌 광채를 발하지 못하리라는 것을 그대는 깨닫지 못하는가?" 참조. 5장 1의 끝부분 "메날크여, 떠남에서 그대가 그토록 좋아하는 것은 대체 무엇인가? 그는 대답한다. 미리 느껴지는 죽음의 맛이라고." 참조.

8장

빛을 발광체와 분리할 수 없듯이 우리의 행위들은
우리와 불가분의 관계를 맺고 있다. 그 행위들이 우리를
찬란하게 빛내 주는 것은 사실이지만, 그것은
오직 우리 자신의 소진에 의해 가능한 것이다.[165)]

나의 정신이여, 꿈같은 산책 중에 너는 유별나게 열광했다.

오, 나의 마음이여! 나는 너를 넉넉하게 적셔 주었다.

나의 육체여, 나는 너를 사랑으로 도취하게 했다.

지금 휴식에 잠겨 나는 내 재산을 헤아려 보고자 하지만 헛된 노릇이구나. 나에게는 재산이 없다.

이따금 나는 과거 속에서 한 무리의 추억들을 찾아 그것으로 마침내 이야기를 꾸며 보려고 하지만 거기서 나는 내 모습을 알아볼 수가 없고 나의 삶은 그 추억들로 넘쳐난다. 나는 항상 새로운 순간 속에서만 즉시 살 뿐이라는 느낌이 든다. 이른바 마음을 가다듬어 명상에 잠긴다는 것은 나에게는 불가

165) 1장 각주 18 참조.

능한 구속이다. 나는 이미 '고독'이라는 말의 의미를 알 수 없게 되었다. 나의 내면 속에 홀로 있다는 것은 아무도 아닌 것이 된다는 뜻이다. 나의 내면은 존재로 가득 차 있다.[166] 게다가 나는 도처(到處)에서가 아니면 내 집에 있는 것 같지가 않다. 그런데 언제나 욕망이 나를 거기서 몰아낸다. 가장 아름다운 추억도 나에게는 행복의 잔해에 지나지 않아 보인다. 아주 조그만 물방울이라도, 그것이 눈물 한 방울일지라도, 나의 손을 적셔 주면 곧 나에게는 더 귀중한 현실이 된다.

메날크여! 나는 너를 생각한다.

말해 다오! 파도의 거품으로 얼룩진 너의 배는 어느 바다를 향해하려는가?

메날크여, 이제 너는 도도한 보물을 싣고 내 욕망이 그것을 새삼 갈구함을 기뻐하며 내게로 돌아오지 않으려는가? 이제 나는 휴식한다 하더라도 네 풍성함 속에서의 휴식은 아니리라……. 결코 그것은 아니리라.(너는 나에게 결코 휴식하지 말라고 가르쳐 주었다.) 너는 아직도 그 지긋지긋한 방랑 생활에 지쳐 버리지 않았는가? 나는 가끔 고통스러워 고함칠 적도 있었지만 무엇에도 피곤해하지는 않았다. 그리고 나의 육체가 지치면 나 자신의 약한 마음을 질책한다. 내 욕망들은 내가 좀 더 용감하기를 원했다. 물론 오늘 내가 무엇이든 후회하는 것

---

166) 4장 4 힐라스의 교훈적인 우화와 비교해 볼 것. 여기서 지배적인 감정은 기쁨, 득의만면 같은 것이다.

이 있다면 그것은 숱한 과일들을, 네가 나에게 내밀어 준 과일들을, 우리에게 자양을 주는 사랑의 신(神)을 실컷 깨물어 보지도 않은 채 못 쓸 것이 되어 내게서 멀어져 가는 대로 버려두었다는 것이다. 복음서 속에서 사람들이 나에게 읽어 주던 바에 따르면, 오늘 갖지 못한 것은 장차 백배로 불어난 그것을 다시 찾게 된다고 하였으니……. 아! 나의 욕망이 껴안을 수 있는 것보다 더 많은 재물이 나에게 무슨 소용이 있단 말인가? 왜냐하면 내가 이미 맛본 쾌락만 하더라도 너무나 강해서 조금만 더했더라면 그것을 제대로 맛볼 수도 없을 것이었으니.

멀리서 들리는 말에 의하면 내가 속죄하고 있단다.
그러나 내게 참회가 무슨 소용이 있단 말인가?

—사디[167]

물론 그렇다! 나의 청춘은 참으로 어두운 것이었다.
나는 그것을 후회한다.
나는 맛보지 않았다, 땅의 소금도

167) 102세까지 살다가 1291년에 사망했다는 페르시아의 대시인. 그는 『장미 정원(The Gulistan)』의 저자인데 지드는 열 번째 「앙젤에게 보내는 편지」에서 이 책을 읽을 것을 권했다. 우리는 『지상의 양식』과 이 책 사이에서 어떤 구성상의 닮은 점을 느낄 수 있다. 이 사디의 인용과 지드가 이미 인용한 코란(『지상의 양식』 전체의 머리에 붙인 제사) 그리고 하피즈의 인용(1장 머리에 붙인 제사)을 종합해 볼 때 그가 동방의 문학에서 주목한 것은 행복에의 초대, 지상의 과일을 즐길 것, 참회의 거부 등임을 알 수 있다.

짠맛을 지닌 큰 바다의 소금도.[168)]

나는 내가 땅의 소금인 줄 알았다.

그리하여 나의 맛을 잃을까 두려워했다.

바다의 소금은 그의 맛을 잃지 않는다. 그러나 나의 입술은 이미 늙어 그 맛을 느끼지 못한다. 아! 나의 영혼이 갈망할 때 왜 나는 바닷바람을 마음껏 들이마시지 않았던가? 그 무슨 포도주가 이제 나를 취하게 하기에 족할 것인가?

나타나엘이여, 아! 그대의 영혼이 미소를 보낼 때 그대의 기쁨을 만족시켜라. 그리고 그대의 입술이 입 맞추기 좋게 아름다울 때 그리고 그대의 포옹이 즐거울 때에 그대의 사랑의 욕망을 만족시켜라.

그대는 생각하겠지, 그대는 말하겠지. 과일들이 거기에 있었다. 그 무게에 가지는 휘어 이미 지쳤다. 나의 입은 거기에 있었지만 욕망으로 가득 찬 것이었다.(그러나 나의 입은 닫힌 채였으며 나의 두 손은 기도를 위해 모아져 있어서 내밀 수 없었다.) 그리고 나의 영혼과 육신은 절망적으로 목말라 있었다. 시간은 이미 절망적으로 지나가 버렸다.

(그것이 정말이런가, 그것이 정말이런가, 술람의 아가씨여?[169)] 너

---

168) 이 같은 지드의 후회가 바로 앞에 붙인 제사에서 인용한 사디의 말과 모순을 일으킨다면, 그것은 지드가 오로지 윤리와 금욕과 참회의 거리낌으로 자신의 젊은 시절을 어둡게 만들었음을 후회하기 때문이다.

169) 이미 2장과 4장, 5장에도 등장했듯이 이 술람의 아가씨는 「아가」(7장 1절)에 나오는 신부로 신선하고 순수한 모습의 육체적 쾌락을 상징한다.

는 나를 기다리고 있었건만 나는 그것을 알지 못했구나! 너는 나를 찾았건만 가까이 오는 네 발소리를 나는 듣지 못했다.)

아! 청춘, 사람이 그것을 가지는 것은 한때뿐, 나머지 시간은 그것을 회상하는 것.

(쾌락이 나의 문을 두드리고 있었다. 나의 마음속에서 욕망이 그에 응답하고 있었다. 나는 문을 열지도 않고 무릎을 꿇고만 있었다.)

흘러 지나가는 물은 아직 수많은 벌판들을 적셔 줄 수 있고 수많은 입술들이 거기서 갈증을 껐다. 그러나 그 물에 대해 내가 무엇을 알 수 있겠는가?(내게 그것이 지나가는 서늘한 맛 그리고 지나가고 나면 갈증만 더욱 타오를 뿐인 서늘한 맛 외에 무엇이겠는가?) 내 쾌락의 겉모습들아, 너희는 물처럼 흘러갈 것이다. 만약 다시 이곳에 물이 새로워진다면 그것은 부디 영구히 서늘한 맛을 가져다주기 위해서이기를.

강물의 다함없는 서늘함이여, 시냇물의 끝없는 용솟음이여, 너희는 지난날 내가 손을 잠그어 움켰다가 잠시 뒤 서늘한 맛이 없어졌기에 버리고 말았던 그 얼마간의 물이 아니다. 손안에 움킨 물이여, 너희는 인간의 예지와도 같도다. 인간의 예지여, 너희에게는 강물의 다함없는 서늘함이 없다.

불면

기다림. 기다림. 애타는 열정. 가로수 길처럼 늘어선 젊음의 시간들……. 너희가 죄악이라고 부르는 모든 것에 대한 불타

는 갈증.[170]

개가 달을 향해 처량하게 짖고 있었다.

고양이는 우는 어린아이 같았다.

도시는 이튿날 새로워진 모든 희망들을 되찾기를 기대하며 이제야 약간의 고요를 맛보려는 참이었다.

나는 가로수 길처럼 늘어선 시간들을 회상한다. 돌바닥을 딛는 맨발. 나는 발코니의 젖은 쇠 난간에 이마를 기댔다. 달빛 아래 나의 육체는 무르익어 곧 따야 할 희한한 과일과도 같이 광채를 발하고 있었다. 기다림들이여! 너희는 우리를 시들게 했다……. 너무 익어 버린 과일들이여! 우리의 목마름이 너무나 괴로워져 타는 듯한 갈증을 더 참을 수 없게 되었을 때에야 비로소 우리는 너희를 깨물었다. 상해 버린 과일들이여! 너희는 우리의 입을 독이 든 것 같은 심심한 맛으로 가득 채우고 우리의 영혼을 깊이 어지럽혔다. 아직 젊었을 적에, 무화과들이여, 아직도 싱싱한 너희의 살을 깨물고, 더 기다리지 않고 사랑의 향기 풍기는 너희의 액즙을 빨고…… 그러고 나서 길 위로, 우리가 힘겨운 날들을 마감하게 될 길 위로 뛰쳐나간 자들은 행복하여라.

(물론 나는 내 영혼의 잔혹한 소모를 막기 위해 가능한 한 모든 일을 했다. 그러나 나는 나의 감각들을 소모시킴으로써만 나의 영혼

170) 2장 "나타나엘이여, 나는 이제 더 이상 죄라는 것을 믿지 않는다." 참조. 이 말은 뒤를 돌아보지 않고 '과거의 물을 다시 맛보지 않으려는' 지드의 태도와 관련이 있다.

을 그의 신에게서 떼어 놓을 수 있었다. 나의 영혼은 밤낮을 가리지 않고 신만 생각하고 어려운 기도를 드리느라 갖은 애를 쓰며 열심히 자신을 소모하는 것이었다.)

오늘 아침 나는 무슨 무덤에서 빠져나온 것인가? (바닷새들이 날개를 펼치고 목욕하고 있다.) 나에게 삶의 이미지란, 아! 나타나엘이여. 욕망으로 가득 찬 입술 위에서 한없는 진미 가득한 과실인 것이다.

잠을 이룰 수 없었던 밤들이 있다. 커다란 기대들이 있었다.(흔히 무엇을 기다리는 것인지도 모르는 기대들이.) 사지는 피로하고 마치 사랑으로 인해 휘어진 듯한데 청해도 청해도 잠이 오지 않는 침대 위에서. 그리하여 때로는 육체의 쾌락을 초월하여 더욱 깊이 숨겨진 제2의 쾌락 같은 것을 찾으려고도 했다.

……나의 갈증은 물을 마실수록 시시각각 더욱 커 갔다. 나중에는 하도 격렬해져서 욕망에 못 이겨 나는 울기라도 하고 싶을 지경이었다.

……나의 감각들은 투명하게 비칠 만큼 다 닳아 버렸다. 그리하여 내가 아침의 거리로 내려갔을 때는 하늘의 창공이 나의 속으로 배어들었다.

……입술 껍질을 벗길 듯이 끔찍하게 시큰거리던 이들, 끝

이 모조리 닳아 버린 듯했다. 무엇인가가 안에서 빨아들이듯 쑥 들어간 관자놀이, 꽃 핀 양파밭의 냄새에도 공연히 나는 구토(嘔吐)를 일으킬 지경이었다.

불면

……절규하며 우는 어떤 목소리가 어둠 속에서 들려왔다. 아! 목소리는 울고 있었다, 아! 이것이 바로 그 고약한 꽃들의 열매. 달콤하구나. 앞으로 나는 내 욕망의 막연한 시름을 길 위로 끌고 다닐 것이다. 방풍이 잘된 너의 방들 속에서는 숨이 막히고 너의 침대들도 이제는 만족스럽지 않구나. 너의 끝없는 방황들에 이제는 더 이상 목표를 찾을 생각을 하지 말라…….

우리의 목마름이 너무나도 격심해졌기에 그 물을 잘 살펴보지도 않고 벌써 한 잔 가득히 마셨더니 아, 얼마나 구역질 나는 물이었던가.

……오, 술람의 아가씨여! 그대는 내게 닫혀 있는 좁은 정원들의 그늘 속에서 물씬 익은 열매들과도 같았다.

아! 나는 생각했다, 온 인류가 수면의 목마름과 쾌락의 목마름 사이에서 애태우고 있는 것이라고. 그 무시무시한 긴장, 뜨거운 집중에 뒤이어 육체의 환멸……. 잠자고 싶은 생각뿐이다.(잠이여!) 아! 만약에 욕망들의 새로운 소스라침이 우리를 다시금 생(生)을 향해 깨워 주지 않는다면야.

그리하여 온 인류는 조금이라도 고통을 덜기 위해 잠자리에서 몸을 뒤치는 병자처럼 꿈틀거릴 뿐.

……이윽고 몇 주일 동안의 노역 끝에 영원한 휴식.

……마치 죽어서도 옷을 입고 있을 수 있을 것처럼! (단순화.) 그리고 우리는 죽으리라, 잠자기 위해서 모든 것을 벗어 버리는 사람처럼.[171]

메날크여! 메날크여! 나는 너를 생각한다!

나는 말했다, 그렇다, 알고 있다. 무슨 상관인가? 여기든 거기든 우리는 어디서든지 마찬가지로 좋을 것이라고.

……이제 거기서는 해가 저물어 가고 있었다…….

……오! 시간이 그 원천으로 거슬러 올라갈 수 있는 것이라면! 그리고 과거가 돌아올 수 있는 것이라면! 나타나엘이여, 나는 그대를 데리고 가고 싶구나. 내 청춘의 그 사랑의 시절, 생명이 꿀처럼 내 안으로 흘러들던 그 시절로. 그렇게도 많은 행복을 맛본 것으로 영혼이 달래질 수 있을 것인가? 나는 거기, 그 정원들에, 다른 사람 아닌 내가 그곳에 있었던 것이니. 나는 그 갈대들의 노래에 귀를 기울이고 있었다. 그 꽃들의 향기를 들이마셨다. 나는 그 아이를 바라보았고 쓰다듬었

171) 여기까지의 긴 글은 '수면의 목마름과 쾌락의 목마름 사이에서 애태우며' 잠 못 이루는 밤의 고뇌를 그리고 있다.

다.(그리고 물론 그러한 것들은 모두 새봄이 돌아올 적마다 벌어지는 유희들이기는 하다.) 그러나 그때의 나, 그 '타인', 아! 어찌하면 나는 다시 한번 그가 되어 볼 수 있을 것인가! (지금 도시의 지붕들 위에는 비가 내리고 있다. 나의 방은 고독하다.) 그곳에서는 로시프[172]의 양 떼가 돌아오던 바로 그 시각이다. 양들은 산에서 돌아오고 있었다. 사막은 석양빛을 받아 금빛으로 가득했다. 저녁의 고즈넉함…… 지금.(이맘때다.)

6월의 밤
파리

아트망이여, 나는 너를 생각한다. 비스크라여,[173] 나는 너의

172) 이 목동은 『배덕자』(1부 4장)에 다시 등장한다. "피리를 불던 그 염소지기가 거기 있었다. 나는 그에게 다가가서 말을 걸었다. 그는 자기 이름이 로시프라고 했는데 겨우 열두 살밖에 되지 않은 잘생긴 아이였다. 그는 내게 자기 염소들의 이름을 말해 주었고 물 흐르는 수로는 '세기아스'라고 부른다고 했다."

173) 지드가 다양한 행복의 순간들을 맛보았던 북아프리카의 여러 장소들을 되돌아보는 이 일종의 '신도송(信徒頌)'에서 『지상의 양식』, 『아맹타스』, 혹은 『한 알의 밀알이 죽지 않으면』에 자주 등장하는 지명들은 분명하게 구별되는 두 그룹으로 구성되어 있다. 그 하나는 튀니지의 자구완, 랑피다, 수스, 케루앙이고 다른 하나는 알제리, 더 정확하게 말해서 엘칸타라 남쪽, 비스크라에서 투구르트에 이르는 가도에 면해 있는 도시와 오아시스들, 즉 지드가 잘 알고 있는 셰트마, 우마크, 드로, 셰가, 므레예, 메가린 그리고 투구르트 약간 남쪽의 테마신이다.

종려나무들을 생각한다. 투구르트여, 너의 모래를……. 오아시스여, 거기에는 아직도 사막의 메마른 바람이 너의 수선스러운 종려나무 가지들을 흔들고 있는가? 더위에 익어서 터진 석류들이여, 너희는 새콤한 씨를 땅 위에 떨어뜨리고 있는가?

셰트마여, 너의 시원하게 흐르는 물과 곁에 가 서면 땀이 나던 너의 더운 샘물을 나는 기억한다. 황금의 다리, 엘칸타라여, 나는 기억한다, 너의 낭랑한 아침들이며 황홀한 저녁들을. 자구완이여, 너의 무화과나무들, 협죽도들이 눈에 선하다. 케루앙이여, 너의 선인장들이. 수스여, 너의 올리브나무들이 눈에 선하다. 무너져 버린 도시, 늪에 에워싸인 성벽들, 우마크여, 나는 너의 황량한 모습을 꿈에 그린다. 그리고 독수리들이 어른거리는 처참한 마을, 황량한 골짜기, 음울한 드로여, 너의 황량한 모습을 꿈에 그린다.

드높은 셰가여, 너는 여전히 사막을 굽어보고 있는가? 므레예여, 너는 지금도 염수호 속에 너의 가냘픈 버들가지를 잠그고 있는가? 메가린이여, 너는 여전히 염분이 섞인 물을 마시고 있는가? 테마신이여, 너는 여전히 태양 밑에서 메말라 가고 있는가?

랑피다 근처에 있는 메마른 바위 하나를 나는 기억한다. 봄이면 거기서 꿀이 흘러내렸다. 근처에 우물이 하나 있어 무척 아름다운 여인들이 거의 나체에 가까운 자태로 물을 길러 오곤 했다.[174)]

---

174) 7장 '셰트마'에 대한 글에서 지드는 이 여인들에 대해 말한다. "랑피다

아트망의 조그만 집이여, 너는 여전히 그곳에서 지금쯤 달빛을 받으며 여전히 절반쯤 폐허가 된 모습으로 서 있는가? 거기서 너의 어머니는 피륙을 짜고, 암우르의 아내인 너의 누이는 노래를 하거나 옛이야기를 들려주고 있었다. 그리고 산비둘기 새끼들이 어둠 속에서 나직이 지저귀고 있었다, 흐릿한 모습으로 조는 물가에서.

오, 욕망이여! 나는 얼마나 많은 밤을 잠 못 이루었던가. 그토록 나는 잠 대신에 몽상에 잠겼던 것이다! 오! 저녁 안개가 서린다면, 종려나무 밑에서 피리 소리가 들려온다면, 오솔길 깊숙이 흰옷들이 어른거린다면, 뜨거운 빛 근처에 부드러운 그림자가 비친다면…… 나는 가리라…….

흙으로 만든 작은 기름등잔이여! 밤바람이 너의 불꽃을 흔드는구나, 창문도 사라지고 단순한 하늘 구멍. 지붕들 위에 고요한 밤. 달빛.

인기척 끊어진 길 저 안쪽에서 이따금 승합 마차 한 대, 자동차 한 대가 굴러가는 소리 그리고 저 멀리 도시를 버리고 떠나는 기차들이 기적을 울리는 소리, 그 기차들이 달아나는 소리가 들려온다. 큰 도시는 이제 사람들이 잠 깨기를 기다린다…….

방의 마룻바닥 위에 드리운 발코니의 그림자, 책의 흰 페이지 위에 어른거리는 불꽃, 숨소리.

달도 이제 모습을 감추었다. 내 앞의 정원은 초록의 수반

근방에 아름다운 여자들이 내려가던 우물이 있었던 것을 나는 기억한다."

같다……. 흐느낌. 꼭 다문 입술. 너무나 큰 확신들. 상념의 고뇌. 내 무어라 말할까? '진정한 것들',(타자(他者)) '그의' 삶의 중요성. 그에게 말할 것…….[175)]

---

175) 『지상의 양식』을 마감하는 이 마지막 행에서 '타자'의 등장은 특히 주목된다. 앞의 6장 끝부분에서 지드는 나타나엘에게 이렇게 말한다. "……그러나 그 발라드에서 나는 특히 남자들과 여자들에 대해 이야기했다. 지금 그것을 그대에게 말하지 않는 까닭은, 이 책에는 인물을 등장시키고 싶지 않기 때문이다. 그대도 알아차렸겠지만 이 책에는 '아무도' 등장하지 않았으니까. 나 자신까지도 이 책에서는 환영에 불과하다. 나타나엘이여, 나는 저 탑을 지키는 린세우스와도 같다." 따라서 '아무도', 즉 그 어떤 '타자'도 등장하지 않는 이 책의 자아주의적(égotiste) 고독은 잠정적인 것, 다시 말해서 일종의 고의적이고 방법론적인 선택의 의미를 지닌 것이다. 그렇기 때문에 지드는 이제부터 '진정한 것들'인 '타자'의 중요성을 강조하고자 한다.

찬가:

결론을 대신하여

M. A. R. G.에게[176)]

그 여자는 이제 막 떠오르기 시작하는 별들 쪽으로 눈길을 돌렸다. 그리고 말했다. "나는 저 모든 별들의 이름을 알아요.

---

176) 이 헌사는 매우 중요하다. 이는 저자인 앙드레 지드와 그가 사랑하는 마들렌 롱도(장차 그의 아내가 될 외사촌 누이)의 머리글자를 서로 교착시켜 놓은 것이기 때문이다.(『아맹타스』와 『좁은 문』에서처럼 『지상의 양식』의 어떤 판본에서는 그냥 'M. A. G.'로 표기한 경우도 있다.) 사실 지드는 아직 마들렌과 결혼하지 않았던 1894년 12월 29일자 편지에 '별들에게 보내는 찬가(Hymne aux étoiles)'라는 제목을 붙인, 약간 다른 이 글을 적어 보냈는데 그에 대한 마들렌의 반응과 답장은 열광적인 것이었다. "내가 너의 '별들에게 보내는 찬가'를 다시 읽었지 뭐니! 그래서 나는 르아브르에서 한시 빨리 돌아오고 싶었단다! 그 글은 더할 수 없을 만큼 맘에 들었어. '나는 저 모든 별들의 이름을 알아요. 저마다의 별에는 여러 가지 이름이 있지요. 별들은 각기 다른 덕목들을 가지고 있어요. 등등…… 어떤 내밀한 의지가 저들을 충동하고 인도하고 있어요. 저들은 미묘한 열광에 불타올

저마다의 별에는 여러 가지 이름이 있지요. 별들은 각기 다른 덕목들을 가지고 있어요. 우리 눈에는 고요해 보이는 저들의 운행은 빠르고 그래서 별들이 타는 듯이 뜨거워지는 것이랍니다. 저들의 불안하고 뜨거운 열 때문에 별들은 급격하게 움직이고 그 결과 찬란하게 빛나지요. 어떤 내밀한 의지가 저들을 충동하고 인도하고 있어요. 저들은 미묘한 열광에 불타올라 마침내 타 버려요. 그래서 별들이 휘황찬란하고 아름다운 거예요."

"별들은 모두가 서로서로 그들의 미덕이요, 힘인 어떤 유대에 의해 이어져 있지요. 그래서 하나의 별은 다른 별에 의존하고 다른 별은 또 모든 별에 의존하지요. 각자의 길이 정해져 있어서 각자는 제 길을 찾지요. 각각의 길은 각각의 다른 별이 차지하고 있으므로 저마다의 별은 길을 바꿀 수가 없어요. 그러면 다른 별을 혼란에 빠뜨릴 테니까요. 그리고 각각의 별은 그가 따라가도록 되어 있는 것에 따라 자기 길을 택하지요.

라 마침내 타 버려요. 그래서 별들이 휘황찬란하고 아름다운 거예요. …… 그리고 각각의 별은 그가 따라가도록 되어 있는 것에 따라 자기 길을 택하지요. 그 별은 반드시 택해야 하는 것을 스스로 원해야 합니다. 우리가 보기에 숙명적이라고 여겨지는 그 길이 각각의 별에게는 그가 선호하는 길이지요. 저마다의 길은 완전한 의지에 따른 것이니까요.' 나는 그 글을 다 암송할 수 있을 정도야." 지드가 자신이 느끼는 어떤 숙명의 감정을 피력하고 있는 이 텍스트에 마들렌이 기꺼이 동의한다는 사실은 의미심장하다. 그녀가 이 책 전체를 다 읽었다면 그 '숙명'에 전체적으로 동의할 수는 없었을 것이다. 그러나 이 글을 마들렌에게 바친다는 것은 지드에게 있어서 아주 젊을 때부터 그녀의 주저하는 태도에도 불구하고 이런 충만함과 기쁨의 세계로 그녀를 이끌고 가겠다는 결의를 나타내는 것이다.

그 별은 반드시 택해야 하는 것을 스스로 원해야 합니다. 우리가 보기에 숙명적이라고 여겨지는 그 길이 각각의 별에게는 그가 선호하는 길이지요. 저마다의 길은 완전한 의지에 따른 것이니까요. 어떤 눈부신 사랑이 별들을 인도하고 있는 것입니다. 그들의 선택이 법칙을 확정하게 되니 우리는 그 법칙에 좌우됩니다. 우리는 도망갈 길이 없어요."

헌정하는 말

나타나엘이여, 이제 나의 책을 던져 버려라. 너 스스로를 해방시켜라. 나를 떠나라. 나를 떠나라.[177] 나는 이제 네가 귀찮다. 너는 나를 붙잡는구나. 너를 위해서 내가 과대평가했던 사랑이 너무 거추장스럽다. 누군가를 교육시키는 체하는 것도 지쳤다. 네가 나를 닮기를 바란다고 내 언제 말했더냐? 나는 네가 나와 다르기 때문에 너를 좋아했다. 나는 너에게서 나와 다른 점만을 좋아한다.[178] 교육시키다니! 나 자신 이외에 내가 대체 누구를 교육시킨단 말이냐? 나타나엘이여, 네게 말해 줄

177) 이 책의 「서문」의 말("그러므로 나의 이야기를 읽은 다음에는 이 책을 던져 버려라. 그리고 밖으로 나가라.")을 반복한 것이다.
178) 1장 첫머리에 나오는 말("어떤 사람을 만날 때면 나는 오직 그의 남들과 다른 면 때문에 흥미를 느낄 뿐이었다.")과 각주 14 참조.

까? 나는 나 스스로를 끝없이 교육시켰다. 지금도 계속이다. 나는 나 자신에게서 내가 할 수 있는 것만을 존중한다.

나타나엘이여, 나의 책을 던져 버려라. 거기에 만족하지 말라. 너의 진실이 어떤 다른 사람에 의해 찾아진다고 믿지 말라. 그 점을 그 무엇보다도 부끄럽게 생각하라. 내가 너의 양식들을 찾아낸다 하더라도 너는 그걸 먹을 만큼 배고프지 않을 것이다. 내가 너의 침대를 마련한다 하더라도 너는 거기에서 잠잘 만큼 졸리지 않을 것이다.

내 책을 던져 버려라. 이것은 인생과 대면하는 데서 있을 수 있는 수많은 자세 중 하나에 불과하다는 것을 명심해라. 너 자신의 자세를 찾아라. 너 자신이 아닌 다른 사람도 할 수 있었을 것이라면 하지 말라. 너 자신이 아닌 다른 사람도 말할 수 있었을 것이라면 말하지 말고, 글로 쓸 수 있었을 것이라면 글로 쓰지 말라. 너 자신의 내면 이외의 그 어느 곳에도 있지 않은 것이라고 느껴지는 것에만 집착하고, 초조하게 혹은 참을성을 가지고 너 자신을 아! 존재들 중에서도 결코 다른 것으로 대치할 수 없는 존재로 창조하라.

새로운 양식
(1935)

1장

1

내가 이미 이 지상의 소리를 듣지 못하고 내 입술이 이 지상의 이슬을 마시지 못하게 될 때 태어날 그대[1](어쩌면 훗날 나의 책을 읽게 될지도 모를 그대) 내가 이 글을 쓰는 것은 그대를 위해서이다. 아마도 그대가 산다는 것에 대해 충분한 경의를 느끼지 못할 것이기에, 그대의 삶이라고 하는 그 경탄할 만한 기적을 제대로 찬탄하지 못할 것 같기에 말이다. 가끔 내게는, 그대가 나의 목마름을 가지고 물을

---

1) 『새로운 양식』의 시인이 말을 걸고 있는 상대인 그의 '제자'는 이름이 없으며 장차 올 미래의 인물이다. 뒤에 나오는 말, "훗날, 내 열여섯 살 적의 모습과 비슷하면서도 더 자유롭고 더 성숙한 젊은이가 그의 가장 가슴 두근거리는 의문에 대한 답을 여기서 발견할 수 있도록 하기 위해 나는 이 글을 쓴다." 참조. 심지어 지드가 쉰 살 되는 1920~1921년경에 썼을 것으로 추정되는 이 단장은 거의 끝난 것으로 간주되는 한 생애의 저 너머를 향해 던지는 어떤 시선을 느끼게 한다.

마시려는 것만 같고, 그대로 하여금 저 다른 존재를 애무하며 그에게로 쏠리게 하는 것은 이미 다름 아닌 나 자신의 욕망인 것만같이 생각되는 것이다.

(일단 사랑에 빠지게 되면 욕망이란 얼마나 불분명한 것이 되어 버리는지에 나는 감탄하지 않을 수 없다. 나의 사랑이 너무나도 어렴풋이, 너무나도 동시적으로 그의 전신을 감싸는 것이어서 나는 유피테르처럼 자신도 모르게 구름으로 변해 버린 것만 같아지는 것이었다.)

*

떠도는 미풍이[2)]
꽃들을 쓰다듬었네.
나는 온 마음으로 그대의 노래를 듣네,
이 세상 첫 아침의 노래를.

아침의 취기여,
갓 태어난 광선이여,
리큐어에 담뿍 젖은 꽃잎이여…….

너무 오래 기다리지 말고
가장 정다운 충고에 따라

---

2) 1911년 5월 20일 《라 팔랑주(La Phalange)》에 발표된 시 「네 편의 노래(Quatre chansons)」 중 첫째 '노래'이다.

미래가 서서히
너를 독차지하게 하라.

햇빛의 다사로운 애무가
이리도 은밀하게 찾아오니
가장 겁 많은 영혼도
이제는 사랑에 빠져들리라.

*

인간이 행복해지기 위해 태어났음을
물론 자연의 모든 것이 가르쳐 주고 있거늘.[3]

어떤 어수선한 기쁨이 대지를 적신다, 태양이 부르는 소리에 대지에서 새어 나오는 기쁨이. 대지가 이 흥분된 대기를 만들듯이, 원소가 이미 생기를 얻고 아직은 고분고분하지만 처음의 엄정함에서 벗어나는 이 대기를……. 뒤얽힌 법칙들에서 매혹적인 복잡성이 생겨남을 알겠다. 계절들, 들고 나는 밀물과 썰물. 딴전을 피우고 있다가 다시 흐름으로 돌아오기, 수증기. 나날들의 고요한 교차. 바람의 주기적인 순환. 이미 생기를 발하는 모든 것에는 조화로운 리듬이 깃들어 있다. 모든 것은 기쁨을 만들어 낼 준비를 갖추니 바야흐

3) 이 제사는 앞서 발표된 『지상의 양식』의 정신을 요약하고 있는 듯하다. 이 뒤에 이어지는 단편(斷片)은 지드가 1919년 초현실주의 잡지 《문학(Litterature)》에 발표한 일곱 편 중 첫째 것에 해당된다.

로 그 기쁨은 이내 생기를 얻어 나뭇잎들 속에서 제멋대로 파닥거리고 이름을 가지고 나뉘어 꽃 속에서 향기가 되고 과일 속에서 맛이 되고 새 속에서 의식과 목소리가 된다. 이렇게 하여 생명의 순환, 정보, 상실은 햇빛 속으로 증발했다가 이윽고 또다시 모여 소나기가 되는 물의 순환을 모방한다.

저마다의 동물은 한 뭉치의 기쁨에 지나지 않는다.

모든 것은 존재하기를 좋아하고 모든 존재는 기뻐한다. 그 기쁨이 단맛이 들면 그대는 과일이라 부르고 그 기쁨이 노래가 되면 새라고 부른다.

인간이 행복해지기 위해 태어났음을 물론 자연의 모든 것이 가르쳐 주고 있거늘. 식물이 싹 트게 하고 벌집에 꿀을 채우고 인간의 마음에 선의를 채워 놓는 것은 모두가 쾌락을 향한 노력인 것이다.

*

나뭇가지들 속에서 기뻐 어쩔 줄 모르는 산비둘기 — 바람에 흔들리는 잔가지들 — 하얀 조각배들을 기울이는 바람 — 가지들 저 너머로 빛나는 바다 위에 — 하얀 포말이 이는 물결 — 그리고 웃음 그리고 창공과 이 모든 것의 광채 — 누이여, 내 마음이 지금 제 속내를 말하고 있다 — 너의 행복에게 저의 행복을 말하고 있다.[4)]

---

4) 이 8행의 시는 1911년 《라 팔랑주》에 발표한 「네 편의 노래」 중 둘째 노래에 해당된다. 그 잡지에는 각각의 행을 바꾸어 가며 표기했다.

*

누가 나를 이 지상에 낳아 놓았는지 나는 도무지 알 수가 없구나.[5] 하느님이 그렇게 했다는 말을 들었다. 만약 그것이 하느님이 아니라면 대체 누구겠느냐?

사실 존재한다는 기쁨이 어찌나 생생하게 느껴지는지 때로는 태어나기도 전에 내가 이미 존재하기를 갈망했던 것이나 아닌지 의심되기도 한다.

그러나 이런 신학적 토론은 놓아두었다가 겨울에나 하자. 이 점, 마음을 써야 할 것이 한두 가지가 아니니 말이다.

백지화. 나는 과거를 일소해 버렸다. 이제 다 되었다! 나는 다시 채워 넣어야 할 텅 빈 하늘 앞에, 처녀지에 벌거숭이로 서 있다.

흥! 너로구나, 태양이여! 서리 덮인 잔디밭 저 위로 너는 네 풍성한 머리털을 늘어뜨리고 있구나. 해방의 활을 가지고 오너라.[6] 너의 황금빛 광선이 내 감은 눈꺼풀을 뚫고 들어와 그늘에 닿으며 승리를 거두고 마음속의 괴물을 정복한다. 나의 살에 색채와 열정을, 내 입술에 목마름을, 내 마음에 눈부심을 가져다 다오. 네가 하늘 꼭대기에서 지상으로 던져 주는 명주실 사다리들 중에서 나는 가장 참한 것을 거머쥐리라. 나는 이제 더 이상 지상에 애착이 없다. 나는 어떤 광선의 끝에 매달려 흔들리고 있다.

---

5) 《문학》에 발표한 일곱 편의 단편 중 둘째 것.
6) 여기서 '태양'은 '포이보스(Phoibos)' 즉 아폴로이다. 이 빛의 신은 델포이와 그 주변을 휩쓸며 어지럽히는 괴사(怪蛇, Python)를 그의 화살로 죽였다.

오, 내가 사랑하는 그대, 어린아이이여![7] 너를 데리고 내 도망의 길을 달려가고 싶구나. 어서 한 손으로 이 광선을 붙잡아라, 별이 있지 않느냐! 무거운 짐을 버려라. 아무리 가벼운 과거의 짐이라 하더라도 거기에 매이지 말라.

*

더 이상 기다리지 말 것! 더 이상 기다리지 말 것! 오, 붐비는 길이여! 나는 무시하고 그냥 간다. 이젠 내 차례이다. 저 광선이 내게 손짓한다. 나의 욕망이 가장 확실한 길잡이이니 나는 오늘 아침 모든 것을 사랑한다.[8]

수없이 많은 빛의 실들이 내 가슴 위에서 교차하며 오간다. 수없이 많은 미세한 지각들로 내 신기한 옷을 짜나니. 신은 사무치게 웃고 나는 신에게 미소 짓는다. 저 위대한 목신이 죽었다고 누가 말했던가? 나의 입김 저 너머로 나는 그를 보았다. 나의 입술이 그를 향해 달려간다. 오늘 아침 "뭐 하고 있는 거야?" 하고 속삭이는 것이 바로 그가 아닌가?

나는 정신으로 손으로 모든 베일들을 걷어 버린다. 내 앞에 오직

---

7) 이 '어린아이'는 사실상 젊은 마르크 알레그레(Marc Allégret)를 가리킨다. 『새로운 양식』 각주 12 참조.

8) 여기서 시인은 지체 없이 욕망에 몸을 맡기는 기쁨을 열광적으로 노래한다. 『지상의 양식』 2장 처음의 둘째 단편, "내 쾌락의 솔직함이, 나타나엘이여, 나에게는 가장 중요한 길잡이다." 참조. 그다음에 이어지는 시는 1911년에 발표한 「네 편의 노래」 중에서 셋째 것에 해당하는데 '나른함으로 가득한 봄'에 몸을 맡기는 감미로움과 아늑함을 노래한다.

빛나는 것, 벌거벗은 것밖에는 아무것도 남지 않게 될 때까지.

*

나른함으로 가득한 봄이여,
내 그대의 너그러움을 청하노라.

무기력으로 가득한 그대에게
내 마음을 맡기노라.

갈피를 잡지 못하는 내 사념은
바람 부는 대로 떠돌고.

다사롭게 흐르는 빛이
꿀처럼 내 몸에 스며드는구나.
아, 오직 꿈속에서만
보고 들을 뿐,
눈꺼풀 틈으로
내 그대의 빛을 받아들이나니,

나를 애무해 주는 태양이여,
내 게으름을 용서하라…….

너그러움으로 가득한 태양이여,

무방비 상태의 내 가슴을 마셔라.

*

오늘 새로운 아담이 되어 만물에 이름을 붙이는 것은 나이다. 이 강물은 나의 목마름이요, 이 작은 숲 그늘은 나의 잠이요, 이 벌거숭이 소년은 나의 욕망이니. 나의 사랑은 새소리를 통해서 목소리를 가진다. 나의 심장은 저 벌통 속에서 잉잉댄다. 자꾸만 움직이는 지평선이여, 나의 한계가 되어 다오. 기우는 광선 아래서 또다시 물러나고 더욱 어렴풋해지고 푸르러지는구나.

*

여기가 사랑과 사상의 미묘한 합류점이다.[9)]

백지가 내 앞에서 빛을 발한다.

그리고 신이 자신을 인간으로 만들었듯이 나의 사고도 리듬의 법칙에 따른다.

내 완전한 행복의 이미지로, 나는 재창조하는 화가로서 여기에 가장 떨리고 가장 생동하는 색채를 펼친다.

나는 오직 날개로만 말을 붙잡으리라. 그대인가, 내 기쁨의 산비둘기여? 아, 아직은 하늘로 날아가지 말아 다오. 여기에 내려앉아 잠

---

9) 《문학》에 발표한 단편들 중 셋째 것으로 '백지' 앞에 앉아 창조에 골몰하는 시인을 환기시킨다. "나는 오직 날개로만 말을 붙잡으리라."

시 쉬어라.

나는 땅바닥에 눕는다. 내 옆에는 빛나는 과일들이 주렁주렁 달린 나뭇가지가 풀에 닿도록 휘늘어져 있다. 가지가 풀밭의 가장 부드러운 잔디를 스치며 쓰다듬는다. 산비둘기 울음소리의 무게로 가지가 흔들린다.

*

훗날, 내 열여섯 살 적의 모습과 비슷하면서도 더 자유롭고 더 성숙한 젊은이가 그의 가장 가슴 두근거리는 의문에 대한 답을 여기서 발견할 수 있도록 하기 위해 나는 이 글을 쓴다.[10] 그러나 대체 그의 의문이란 무엇일까?

나는 시대와 별 접촉이 없다. 그래서 동시대 사람들의 유희가 내게는 별로 재미있지 않았다. 나는 현재의 저 너머에 관심이 있다. 나는 더 멀리 간다. 나는 오늘날 우리에게 사활이 걸린 것처럼 보이는 것이 거의 이해가 되지 않게 될 어떤 시대가 오게 된다고 예감한다.

나는 새로운 조화를 꿈꾼다. 보다 더 미묘하고 보다 더 꾸밈없는, 수사적인 면이 없으며 아무것도 증명하려 들지 않는 어떤 언어 예술을.

아! 그 누가 나의 정신을 논리의 무거운 쇠사슬에서 해방시켜 줄 것인가? 나의 가장 솔직한 감동도 그것을 표현하려고만 하면 곧 거짓이 되어 버린다.

---

10) 《문학》에 발표한 단편들 중 넷째 것.

인생이란 사람들이 동의하는 것보다 더 아름다울 수 있다. 지혜는 이성 속에 있는 것이 아니라 사랑 속에 있는 것이다. 아! 나는 오늘날까지 너무 조심스럽게 살았다. 새로운 법을 물리치기 위해서는 법 없이 살아야 한다. 오, 해방이여! 오, 자유여! 나의 욕망이 다다를 수 있는 곳까지 나는 가리라. 오, 내가 사랑하는 그대, 함께 가자꾸나, 그곳까지 그대를 데리고 가리라, 그대가 더욱 멀리 갈 수 있도록.

만남[11]

하루 종일 우리는 무엇을 하든 언제나 조화롭고 리듬에 따라서만 하겠다고 결심한 체육 교사처럼 우리 삶의 온갖 행위들을 춤추듯이 수행하기를 즐겼다. 마르크[12]는 연구 끝에 터득한 리듬에 맞추어 샘터로 가서 펌프질을 하여 물통을 들고

---

11) 《문학》에 발표한 단편들 중 다섯째 것.

12) 마르크 알레그레. 지드는 『일기』에서 'M' 혹은 '미셸(Michel)'이라는 이름으로 지칭했던 인물의 실제 이름을 여기서는 그대로 쓰고 있다. 1880년 아버지가 사망한 뒤 앙드레 지드의 후견인으로 지명된 이래 지드 집안의 오랜 친구인 엘리 알레그레 목사의 여섯 자녀 중 셋째 아들. 지드는 자신보다 30여 년 아래인 마르크(1900년생)의 교육에 많은 관심을 기울였다. 그러나 1917~1918년의 『일기』에서 볼 수 있는 바와 같이 그 '관심'이 너무나 치열해진 나머지 그의 일생에서 처음으로 진정한 마음의 관계와 관능적 동성애의 쾌락이 한데 뒤얽히게 되고 완전한 행복을 맛보게 되었다. 1919년에 발표한 일곱 편의 단편들은 같은 시기에 기록된 『일기』의 수많은 페이지들과 마찬가지로 그때의 희열을 표현하고 있다.

올라왔다. 우리는 지하실로 내려가서 병을 찾아 그 마개를 열고 마시는 데 필요한 모든 동작을 알고 있었다. 우리는 그 동작들을 분해해 보았다. 우리는 박자에 맞추어 건배했다. 우리는 또한 인생의 여러 가지 어려운 상황에서 헤어나는 스텝들을 고안해 내기도 했다. 마음속의 동요를 뚜렷이 드러내는 스텝도, 그것을 교묘히 감추는 스텝도 고안했다. 조위(弔慰)의 파스피에 스텝[13]도 있었고 축하의 스텝도 있었다. 터무니없는 희망의 리고동 스텝도 있었고 소위 정당한 동경이라 일컫는 미뉴에트 스텝[14]도 있었다. 유명한 발레에서처럼 갈등의 스텝, 불화의 스텝 그리고 화해의 스텝이 있었다. 우리는 군무(群舞)가 장기였다. 그러나 완전한 짝꿍의 스텝은 혼자 추는 것이었다. 우리가 고안해 낸 것 중에서 가장 재미있는 것은 모두 함께 광대한 초원을 따라 목욕하러 내려가는 스텝이었다. 그것은 몹시 빠른 동작이었다. 땀에 흠뻑 젖어서 도착하고자 했으니까. 그것은 점프를 하며 추는 춤이었는데 풀밭이 비탈져 있어서 껑충껑충 큰 걸음으로 내려가기가 쉬웠다. 전차를 잡아타려고 뒤따라 달리는 사람들처럼 한 팔은 앞으로 내밀고 다른 팔로는 펄럭이는 가운을 거머쥐고 우리는 헐레벌떡 물가에 이르러 말라르메의 시구절을 읊조리며 깔깔대는 가운데 곧장 물속으로 뛰어들었다.

그러나 그런 모든 것은 서정적이 되기에는 좀 자유방임의

13) 매우 빠른 3박자의 옛날 춤동작.
14) 매우 빠른 2박자의 옛날 춤동작.

일면이 부족하다고 할지 모르지만……. 아! 그리고 참 한 가지, 우리에게는 또한 자연 발생의 돌연한 앙트르샤 스텝[15]도 있었다.

*

행복해질 필요가 없다고 굳게 믿을 수 있게 된 그날부터 내 마음 속에 행복이 깃들기 시작했다. 그렇다, 행복해지기 위해서 내게 필요한 건 아무것도 없다는 사실을 굳게 믿게 된 그날부터. 이기주의를 곡괭이로 내리찍고 나자 곧 내 심장에서 기쁨이 어찌나 넘치도록 뿜어 나오는지 다른 모든 사람들에게도 그 기쁨의 물을 마시게 해 줄 수 있을 것만 같았다. 가장 훌륭한 가르침은 모범을 보이는 것임을 나는 깨달았다. 나는 나의 행복을 천직으로 받아들였다.

하기야! 그때 나는 생각했다.[16] 만일 그대의 영혼이 육체에서 분리되어야 하는 것이라면 한시바삐 그대의 기쁨을 실현하라. 만일 영혼이 불멸의 것이라 한다면 그대의 감각들과는 아무 상관이 없는 것에 전념할 시간이야 얼마든지 있지 않겠는가? 지금 그대가 통과하고 있는 이 아름다운 고장을 그대는 멸시할 것이며 그 고장의 쾌락을 물리칠 것인가? 머지않아 그것들을 빼앗길 거라는 이유 때문에? 그대가 그 고장을 빨리 통과할수록 그대의 눈초리는 더욱 탐욕스러

15) 공중으로 뛰어올라 있는 동안 발뒤축을 여러 번 맞부딪치는 동작.
16) 여기에 이어지는 글은 『전집』 10권에 발표되었던 글로 1920~1921년 무렵에 집필된 것으로 추정된다.

울 것이며 그대가 서둘러 도망칠수록 그대의 포옹도 더욱 돌연할 것인즉! 그러할진대 한순간의 애인인 내가 붙잡아 둘 수 없음을 잘 아는 터인 것을 무엇 때문에 덜 애틋하게 껴안을 것인가? 변덕스러운 영혼이여, 서둘러라! 가장 아름다운 꽃은 또한 가장 빨리 시든다는 사실을 알라. 그 꽃의 향기를 어서 빨리 허리 굽혀 맡아 보라. 영원불멸인 것에는 향기가 없는 법.[17]

즐겁게 타고난 영혼이여, 그대의 노래의 투명함을 흐리게 하는 것은 무엇이건 두려워하지 말라. 그러나 지나가 버리는 모든 것 속에서 불변하는 신은 물체가 아니라 사랑 속에 깃들어 있음을 나는 깨달았다. 그리하여 나는 이제 순간 속에서 고요한 영원을 맛볼 줄 알게 되었다.

*

그런 기쁨의 상태 속에 지탱하고 있을 수 없다면 거기에 도달하려고 애쓰지 말라.

정다운 눈부심이여
나의 깨어남을 맞이해 다오!
내가 바라는 것은
비물질의 세계가 아니다.

---

17) 죽음의 위협 아래 놓여 있기에 그만큼 더 귀중하게 여겨지는 '순간'의 주제가 여기서 또다시 나타난다.

그러나 내 그대를 사랑하노라, 흠잡을 데 없는 창공이여.
아리엘처럼 가벼워도
하늘의 한구석에 애착을 가지면
나는 죽고 마느니.

내가 알기로는, 더 이상의
본질적인 것은 없으니.
그대에게 귀 기울임은 곧 그대의 소리를 듣는 것.

이 꿀을 음미하기 위해
나는 더 이상 기다리지 않으리.
오늘 아침에는, 펜에 잉크가 너무 많이 묻었음을 알기에 혹시나 잉크 자국을 남길까 두려워 말의 꽃 장식을 그리듯 획을 긋는 사람처럼.

2

매일 나로 하여금 신을 발견하게 만드는 것은 바로 감사하는 내 마음이다.[18] 아침에 잠에서 깨어나자마자 나는 존재한다는 사실에 놀라고 끊임없이 경탄을 금치 못한다. 고통의 끝이 가져다주는 기쁨은 왜 기쁨의 끝에 오는 아픔보다 더 크지 못한 것인가? 그 까닭은,

18) 《문학》에 발표했던 단편들 중 여섯째 것.

슬플 때는 그 슬픔 때문에 누리지 못하는 행복을 생각하지만, 행복에 잠겨 있을 때는 그 행복 덕분에 면하게 되는 고통들을 조금도 머리에 떠올리는 법이 없기 때문이다. 그대에게 행복하다는 것이 당연하게만 느껴지기 때문인 것이다.[19]

각자에게는 자신의 감각과 마음이 감당할 수 있는 정도에 따라 행복의 양이 할당되어 있는 것. 아무리 소량이라도 그것을 빼앗기면 그것을 도둑맞은 것이 된다. 내가 존재하기 전에는 내가 생명을 요구했는지 어쨌는지 알 수 없지만 내가 태어나 살고 있는 지금은 모든 것이 나의 몫으로 주어진 것이다. 그러나 감사하는 마음은 너무나도 감미롭고 사랑한다는 것이 내게는 너무나도 당연하게 감미로워서 지나가는 바람의 조그만 애무도 내 마음속에 감사하는 마음을 불러일으켜 준다. 감사하는 마음의 필요성은 나를 행복하게 해 주는 일이라면 무엇이든 하라고 가르쳐 준다.

*

비틀거릴까 하는 두려움 때문에 우리의 정신은 이론의 난간에 꼭 매달린다.[20] 이론은 이론이고 이론에서 벗어나는 것은 또 벗어나는

---

19) 제롬의 눈에 비친 알리사(『좁은 문』)나 목사의 눈에 비친 아멜리(『전원 교향곡』)와 마찬가지로 행복해지는 것을 두려워했던 마들렌(“우리가 행복해지기 위해서 세상에 태어났다는 걸 나는 믿을 수가 없어.”라고 그녀는 말하곤 했다.)과는 반대로 지드는 어느 날 그의 오랜 친구인 테오 반 뤼셀베르그 부인에게 이렇게 털어놓았다. “나는 행복해지지 않기가 너무나도 어려우니 어쩐 일이지!”
20) 앞에서 언급한 것과 마찬가지로 『전집』 10권에 발표되었던 단편.

것이다. (비논리도 참을 수 없는 것이지만 과도한 논리는 나를 지치게 한다.) 이치를 따지는 사람이 있는가 하면 다른 사람이 옳다고 하는 대로 가만 놓아두는 사람들이 있다. (만약 내 심장이 고동치는 것이 잘못이라고 내 이성이 주장한다 해도 나는 내 심장이 옳다고 손을 들어 준다.) 산다는 것을 필요로 하지 않는 사람들이 있는가 하면 옳다는 것을 필요로 하지 않는 사람들도 있다. 이론의 결핍에서 나는 나 자신을 의식한다. 오, 나의 가장 귀중하고 나의 가장 즐거운 사고(思考)여! 그대의 출생의 정당성을 위해 더 이상 애써야 할 까닭이 어디 있단 말인가? 오늘 아침에 『플루타르코스 영웅전』에서 로물루스와 테세우스 전기 첫머리를 읽었는데, 거기에 로마를 건국한 이 위대한 두 인물이 "어떤 내연의 관계에서 비밀히" 태어난 덕택에 오히려 신들의 자식들로 알려지게 되었다고 쓰여 있는 것을 보지 않았던가?[21)]

---

21) 자신의 유전적인 과거를 모르기 때문에 구속으로부터 벗어난다는 사생아 테마는 너무나도 중요한 것이어서 사생아야말로 지드적인 인물의 전형이라고 할 수 있다. G. D. 페인터의 해석에 의하면 "지드의 경우 사생아는 자유로운 인간의 특별하고도 이상적인 케이스이다. 부모의 역할은 우리에게 도덕적인 감각을 주입하고 우리 내면에 아직 형성되지 않은 인격을 고유한 사회적 유형으로 대치시키는 데 있다. 그리하여 우리의 동기는 관습적인 것이 되고 우리의 밖으로부터 강요됨으로써 순전히 개인적인 행동은 할 수 없게 되는 것이다. 그러나 지드의 아이로니컬하고 의미심장한 이론에 따르면, 사생아는 부모가 없고 기성의 그 어떤 동기도 물려받은 것이 없기 때문에 자신의 고유한 개성을 간직할 수 있다. 이리하여 그는 지드 특유의 역설에 의해 가장 드높고 가장 귀한 형식의 자유를 누릴 수 있다. 그는 결국 무상행위를 할 수 있는 것이다!" 과연 라프카디오, 베르나르, 오이디푸스, 테세우스 등 지드의 인물들은 모두가 사생아이다. "미래는 사생아의 것이다. 『위폐제조자들』의 에두아르는 이렇게 적고 있다. 그 말은 무슨 뜻인가. '자연스러운 아이'라는 뜻이다! 오직 사생아만이 자연스러운 것에 대한 권리가 있는

*

지금 나는 나의 과거로 인해 온통 구속을 받고 있다.[22] 오늘 어느 행동 하나도 어제의 나에 의해 결정되지 않는 것이 없다. 그러나 지금 이 순간의 돌연하고 덧없고 그 무엇으로도 바꿀 수 없는 존재인 나는 손아귀에서 빠져나가 버리고…….[23]

아! 나 자신에게서 빠져나갈 수만 있다면! 나 자신에 대한 존중으로 인해 내가 묶여 있는 이 구속의 저 너머로 도약하고만 싶다. 아! 닻을 올리고 그리하여 가장 무모한 모험을 향해……. 그리고 그렇게 해도 내일에는 아무런 상관이 없게 되기를.

나의 정신은 이 '상관'이라는 말에 멈칫한다. 우리 행동과의 상관됨, 우리 자신과의 상관됨, 나는 나 자신에게 어떤 결과 이외에는 아무것도 기대할 수 없는 것일까? 결과, 연루, 미리부터 정해진 행로. 나는 더 이상 그냥 걷는 것은 싫다. 도약하고 싶다. 땅을 박차고 뛰어올라 나의 과거를 밀어내고 부정하고 싶다. 더 이상 약속 같은 것에 얽매이고 싶지 않다. 나는 너무 많은 약속을 한 것이다! 미래여, 나는 마음 변하면서 너를 사랑하고 싶다!

나의 사고여, 그 무슨 바닷바람, 산바람이 그대의 도약을 실어 줄 것인가? 떨면서 날개를 치는 파랑새여, 너는 이 가파른 바위 끝에 앉아 있다. 현재가 너를 데려다줄 수 있는 한 가장 멀리 너는 전진한

것이다."

22) 『전집』 10권에 발표되었던 단편.

23) 『지상의 양식』의 「헌정하는 말」 중 "너 자신을 아! 존재들 중에서도 결코 다른 것으로 대치할 수 없는 존재로 창조하라." 참조.

다. 벌써 너는 네 눈초리의 힘을 다해 내닫는다, 너는 미래 속으로 도망친다.

오, 새로운 불안들이여! 아직 던지지 않은 의문들이여! 어제의 고뇌에 나는 지쳤다. 나는 그 쓰디쓴 맛을 볼 대로 보았다. 이제 나는 그런 것을 믿지 않는다. 그리고 나는 이제 어지러운 줄도 모르는 채 미래의 구렁텅이를 들여다본다. 심연의 바람이여, 나를 가져가라!

3

저마다의 긍정은 자기희생 속에서 완결된다.[24] 그대가 자신 속에서 포기하는 모든 것은 생명을 가지게 될 것이다. 자기 긍정을 모색하는 모든 것은 스스로를 부정한다. 자기를 버리는 모든 것은 자기를 긍정한다. 완전한 소유는 오직 증여에 의해 비로소 입증된다. 그대가 줄 줄 모르는 것이면 무엇이나 다 그대를 구속한다.[25] 희생이 없는 부활은 없다. 기꺼이 바치는 일 없이는 아무것도 꽃피지 않는

---

24) 『전집』 10권에 발표했던 단편.

25) 「요한복음」 12장 24~25절. "밀알 하나가 땅에 떨어져 죽지 않으면 한 알 그대로 남아 있고 죽으면 많은 열매를 맺는다. 누구든지 자기 목숨을 아끼는 사람은 잃을 것이며 이 세상에서 자기 목숨을 미워하는 사람은 목숨을 보전하며 영원히 살 것이다." 지드는 이 구절을 다음과 같이 번역하고 해석한다. "자신의 생명과 영혼을 사랑하는 이, 자신의 인격을 보호하고 이 세상에서 자신의 모습을 가꾸는 이는 그것을 잃을 것이다. 그러나 그것을 버리는 이는 그것을 참으로 살아 있는 것으로 만들 것이며 그것의 영원한 생명을 보장해 줄 수 있을 것이다."(『일기』, 1916년 3월 4일)

다. 그대가 자신 속에서 보호하겠다고 나서는 것은 위축된다.

무엇을 보고 그대는 과일이 익었다는 것을 아는가? 과일이 나뭇가지를 떠나는 것을 보고 아는 것이다. 모든 것은 증여를 위해 익고 기꺼이 줌으로써 완성된다.

쾌락이 감싸고 있는 단맛 가득한 과일이여, 싹이 트려면 너는 너 자신을 버려야 한다는 것을 나는 알고 있다. 그러니 그것은 죽어야 하리! 너를 감싸고 있는 그 단맛은 죽어야 하리. 그 기막히고 달콤하게 넘치는 살은 죽어야 하리! 그것은 땅의 것일지니. 그대를 살리기 위해 그것은 죽어야 하리. "과일이 죽지 않으면 홀로 남을 것"[26)]임을 나는 알고 있다.

주여, 아! 저에게 죽음을 기다리지 말고 죽을 기회를 주소서.

미덕은 어느 것이나 다 자기희생에 의해 비로소 완성된다. 과일의 더할 수 없는 단맛은 오직 싹이 트는 것을 지향할 따름이다.

진정한 웅변은 웅변을 포기한다.[27)] 개인은 자기를 망각할 때 비로소 자기를 긍정한다. 자기 생각에 빠진 자는 자신의 방해물이 된다. 미인이 자기가 아름답다는 사실을 모르고 있을 때보다 더 내가 아름다움에 감탄해 본 적은 없다. 가장 감동적인 선(線)은 가장 체념한 상태의 선이다. 그리스도가 진정으로 신이 되는 것은 스스로 신성을 포기함으로써이다. 그와 마찬가지로 그리스도 속에서 자기를 버림으로써 신은 창조된다.

---

26) 「요한복음」 12장 24절과 거의 동일한 말. 지드는 이 말을 자신의 '회고록'의 제목으로 삼았다.

27) "진정한 웅변은 웅변을 우습게 안다."(파스칼, 『팡세』)

만남[28]

장 폴 알레그레에게[29]

1

그날, 우리는 마음 내키는 대로 무턱대고 시내를 거닐다가 센 거리에서(그대는 기억하고 있는가?) 한 가련한 흑인을 만나 오랫동안 그를 바라보았다. 피슈바셰르 서점의 진열장 앞쯤이었다. 내가 이런 말까지 하는 것은 멋있게 표현하려다가 그만 정확성을 상실하고 마는 경우가 있기 때문이다. 우리는 발걸음을 멈추는 구실로 서점의 진열장을 들여다보는 척했지만 사실은 그 흑인을 바라보고 있었다. 가련하다고 했는데 그 점은 분명했다. 되도록 가련해 보이지 않으려고 애쓰고 있었으니 더욱 가련하게 보였던 것이다. 자신의 품위에 매우 신경을 쓰는 흑인이었으니 말이다. 그는 실크해트를 쓰고 연미복 정장 차림이었다. 그런데 그 모자는 서커스 단원들이 쓰는 것과 비슷했고 연미복은 끔찍할 정도로 낡은 것이었다. 그는 분명 셔츠를 입고 있었지만 아마도 그것은 오직 흑인의 몸에 걸

---

28) 이제부터 소개되는 세 가지 '만남'의 기록은 1921년 『문선집(文選集, Pages choisies)』에 처음 발표되었다가 『전집』 11권에 다시 실렸다. 아마도 1917~1918년경에 집필된 것으로 추정된다.
29) 엘리 알레그레(1865년생으로 지드보다 네 살 위)의 아들. 앞에서 언급한 마르크 알레그레의 형.

쳤기에 겨우 희게 보였을 것이었다. 그가 가난하다는 것은 특히 찢어진 구두에서 완연히 드러나 보였다. 어디로 간다는 목표도 없이 머지않아 더 이상 걸을 수 없게 될 사람처럼 짧은 보폭으로 걸어가고 있었다. 몇 발짝 못 가서 쉬곤 하면서 그는 날씨가 쌀쌀한 편이었는데도 연통 같은 모자를 벗어서 부채질을 하는 것이었다. 이윽고 주머니에서 누추한 손수건을 꺼내더니 이마의 땀을 훔치고는 또다시 그것을 집어넣었다. 엉성한 은빛 머리카락 아래로 넓게 벗어진 이마가 훤했다. 눈은 이미 인생에 대해 더 이상 아무것도 기대하지 않는 사람처럼 흐릿했다. 오가며 마주치는 사람들도 그의 눈에는 보이지 않는 듯했다. 그러나 지나가던 사람들이 걸음을 멈추고 그를 쳐다보는가 싶으면 이내 그는 다시 점잖게 모자를 쓰고 걷기 시작하는 것이었다. 필시 방금 누군가를 찾아갔다가 무척이나 기대했던 것을 거절당하고 돌아오는 게 분명했다. 더 이상 아무 희망이 없는 사람 같았다. 당장 굶어 죽을 지경이기는 해도 남들에게 또다시 구걸을 하느니 차라리 죽어 버리는 것이 낫다고 생각하는 사람의 표정이었다.

그는 틀림없이, 흑인이라고 해서 굴욕을 참고 견딜 수 있는 것은 아니라는 사실을 남들에게 보여 주고 또 자기 자신에게도 증명하고 싶었을 것이다. 아! 그가 어디로 가는지 너무나도 궁금해서 그의 뒤라도 밟아 보고 싶은 심정이었다. 그러나 그는 어디로도 가지 않았다. 아! 나는 그에게 말이라도 붙여 보고 싶었지만 어떻게 하면 그의 기분을 상하게 하지 않고 말을 걸 수 있을지 알 길이 없었다. 그런데 나는 당시 나와 함께 가고 있는 그대가 인생과 살아 있는 모든 것에 대해 어느 정도로 관심을 가지고 있는지 알 수가 없었다.

……아! 그렇지만 나는 그에게 다가가 말을 붙여 보았어야 하는 것이었는데.

2

그런데 지하철을 타고 돌아오는 길에 물고기들이 담긴 어항을 든 아주 호감 가는 그 조그만 사내를 만난 것은 같은 날, 그로부터 얼마 뒤였다. 그 어항은 헝겊에 싸여 있었고 옆쪽에 속을 들여다볼 수 있는 구멍이 나 있는 것이었는데 그 전체가 다 종이에 감싸여 있었다. 처음에는 그게 무엇인지 잘 알 수 없었으나 그가 너무나도 소중하게 껴안고 있기에 내가 웃으면서 물어보았다.

"그거 폭탄인가요?"

그러자 그가 나를 불빛 가까이로 데리고 가서 신비스러운 어조로 말했다.

"물고기예요."

그리고 천성이 본래 사근사근한 데다 우리가 그저 이야기를 나누고 싶어 할 뿐이란 것을 느낀 그는 이내,

"남의 눈에 띄지 않도록 이렇게 덮어 두긴 했지만 당신들이 예쁜 것들을 좋아하신다면(당신들, 분명 예술가들이겠지요.) 보여 드릴 수 있어요."

그는 갓난아기의 기저귀를 갈아 주는 어머니처럼 정성 어

린 손길로 어항을 덮은 종이를 벗기더니 말을 이었다.

"내가 장사하는 물건이죠. 물고기 기르는 게 내 직업이에요. 자, 보세요! 이 조그만 것들이 한 마리에 10프랑입죠. 아주 작은 놈들이긴 하지만 얼마나 귀한 것인지 몰라요. 그리고 얼마나 예쁩니까. 햇빛을 받아 번쩍일 때 한번 보세요. 그러면 말이죠, 녹색이기도 하고 푸른색이기도 하고 핑크색이기도 하죠. 그 자체의 색깔은 없으면서도 온갖 색이 다 나는 겁니다."

어항의 물속에는 그저 열두어 마리의 바늘만 한 날쌘 물고기들뿐이었는데 그것들이 터진 헝겊 틈으로 차례차례 나타났다가 사라지곤 했다.

"당신이 직접 기르시나요?"

"그 밖에 다른 것들도 많이 기르지만 가지고 다니지는 않습니다. 아주 약하니까요. 생각해 보세요! 한 마리에 50프랑, 60프랑씩 주고 산 것들도 있답니다. 그것들을 보려고 집에까지 찾아오는 사람들이 있습니다만 산다고 하지 않으면 내놓지 않아요. 지난주엔 어느 돈 많은 애호가가 120프랑짜리 한 마리를 사 갔지요. 중국 금붕어로 터키 고관대작처럼 꼬리가 세 개나 달려 너울거리는 놈이었지요……. 키우기가 쉽지 않겠다고요? 물론이죠! 먹성이 까다로운 데다가 자칫하면 간염에 걸린답니다. 일주일에 한 번씩은 비시 광천수에 넣어 줘야 해요. 비용이 많이 들지요. 안 그러면 집토끼 번식하듯 마구 번식합니다. 선생께서도 관심 있으신가요? 한번 집에 와서 구경하시죠."

지금 나는 그의 주소를 잃어버리고 없다. 아! 그때 찾아가서 그걸 구경하지 않은 것이 아쉽다.

3

“가장 중요한 발명들은 아직 이루어지지 못한 채 남아 있다는 바로 그 시점에서 시작해야 합니다.” 그가 내게 말한다. “가장 중요한 발명들도 다만 극히 간단한 착상의 해명일 뿐이지요. 자연의 모든 비밀은 어느 것이나 다 인간의 눈에 발견되지 않은 채 매일같이 우리의 시선에 비치지만 우리는 그것에 주의를 기울이지 못하고 있으니 말입니다. 훗날의 사람들은 태양으로부터 빛과 열을 채취해 활용하게 될 때 지금처럼 땅속에서 힘들게 빛과 연료를 채굴해 뒤에 올 후손들의 걱정은 할 줄도 모르고 그저 낭비만 하고 있는 우리를 동정하게 될 것입니다. 그저 사업적인 시각에서 절약하는 것밖에 모르는 인간이 언제쯤이면 지구상의 온도가 가장 높은 지점들에서 불필요한 여분의 열을 끌어다가 사용하는 법을 발견하게 될까요? 그런 날이 오겠지요. 그런 날이 올 겁니다.” 그가 자신한다는 듯이 말을 이었다. “지구의 열이 식기 시작하면 그런 일에 성공을 거두게 될 테지요. 바로 그때쯤이면 석탄도 바닥을 드러내기 시작할 테니까요.”

“말씀을 듣고 보니 너무나 총명하신데 선생 자신이 발명가 아니신가요?” 그가 우울한 생각에 잠기려는 것 같아서 기분도 전환할 겸 내가 그에게 말했다.

그가 즉각 대꾸했다.

"가장 위대한 사람이라고 해서 가장 잘 알려지라는 법은 없죠. 차량을 발명한 사람, 바늘을 발명한 사람, 팽이를 발명한 사람 그리고 어린이가 제 앞으로 굴리는 굴렁쇠가 쓰러지지 않고 똑바로 굴러가는 것을 가장 먼저 유심히 본 사람에 비한다면 파스퇴르가 무엇이며 라부아지에가 무엇이며 푸시킨이 다 무엇이란 말입니까? 관찰력, 모든 게 다 관찰력에 달려 있습니다. 그런데 선생께서는 그 점을 생각해 보셨습니까? 그러면서도 누구나 다 그 방법을 사용하고 있습니다. 그저 관찰할 줄만 알면 된다 이겁니다. 아! 그런데! 이제 막 들어선 사람을 조심하십시오!" 갑자기 어조를 바꾸어 내 옷소매를 한쪽으로 끌어당기면서 그가 말했다. "저 사람은 아무 발명도 하지 못하면서 남의 것을 표절하려고만 드는 멍텅구리 늙은이랍니다. 저 사람 앞에서는 제발 아무 말씀도 하지 마십시오.(그는 이곳 양로원 의료 책임자인 내 친구 C였다.) 보세요, 저 사람이 저 가련한 신부님께 질문을 하고 있지 않습니까. 평복 차림이긴 하지만 저 신사분은 신부님이거든요. 대발명가이기도 하지요. 우리가 서로 통할 수 없는 게 유감일 뿐입니다. 함께 힘을 합하면 큰일을 해낼 수 있었을 텐데 말입니다. 저 사람을 상대할 때면 꼭 중국 사람한테 말을 하는 것 같다니까요. 게다가 얼마 전부터는 나를 피하기까지 합니다. 저 늙은 멍텅구리가 가고 나면 곧 저 사람한테 가 보세요. 그는 아주 기묘한 것들을 알고 있답니다. 생각을 꾸준하게 이어 가기만 한다면 참 큰일을 할 수 있을 텐데……. 자, 저 사람, 이제 혼자 있군요, 가 보세요."

"우선 당신이 무슨 발명을 했는지부터 말씀해 주시죠."

처음에 그는 내게 몸을 굽히더니 갑자기 상체를 뒤로 벌떡 젖히며 이상하리만큼 엄숙한 어조로 나지막하게 말했다.

"내가 바로 단추를 발명한 사람이죠."

내 친구 C가 멀찍이 물러나 있기에 나는 그 문제의 '신사'가 무릎에 두 팔을 괸 채 손 안에 이마를 파묻고 앉아 있는 벤치를 향해 다가갔다.

"어디선가 한번 뵌 적이 있는 것 같습니다만?" 내가 인사삼아 그에게 말을 걸어 보았다.

그는 나를 빤히 쳐다보더니 말했다.

"저도 그런 느낌이 드는군요. 하지만 먼저 묻고 싶은데, 조금 전에 저 한심한 대사와 이야기하던 분이 댁 아니신가요? 네, 저기 혼자서 이쪽으로 등을 돌리고 걸어가는 저 사람 말입니다……. 저 사람 요즘 잘 지내고 있나요? 한때 우리는 서로 친한 친구 사이였죠. 하지만 샘이 많은 친구라서…… 나라는 인간이 자기에게 없어서는 안 될 인물이라는 사실을 깨닫고부터는 더 이상 나를 견딜 수 없게 된 거죠."

"왜 그렇게 되었다고 생각하세요?" 내가 질문을 던져 보았다.

"선생께서도 곧 알게 될 겁니다. 그는 단추를 발명했습니다. 그가 분명 당신에게 그 말을 했을 겁니다. 그러나 단춧구멍을 발명한 것은 저랍니다."

"그래서 두 분이 의가 상한 거로군요?"

"그럴 수밖에요."

4

나는 복음서의 글자 속에서 정확히 말해 금지와 금제의 구절을 찾을 수가 없다.[30] 그러나 중요한 것은 가능한 한 가장 투명한 시선으로 신을 바라보는 것인데, 내가 욕심내어 원하는 이 지상의 물건 하나하나는 내가 그것을 욕심낸다는 그 사실 때문에 불분명해져 버리고 그리하여 나는 이 세상 전체가 곧 그 투명함을 상실하거나 내 시선이 그 투명함을 잃어버림으로써 나의 영혼에 신이 느껴지지 못하게 되고, 나의 영혼은 피조물을 위해 창조자를 버림으로써 더 이상 영원 속에 살기를 그치고 신의 왕국을 갖지 못하게 된다는 것을 느낀다.[31]

---

30) 지드에게 있어서 이 생각은 매우 오래된 것이다. 1897년에 발표된 「문학과 윤리의 몇 가지 점들에 대한 성찰」에서 이미 그 생각은 나타나고 있고, 1916년의 『일기』에도 적혀 있다. 그리고 『전원 교향곡』에서 목사는 이렇게 쓰고 있다. "나는 복음서 전체를 살펴보았지만 어디에도 계명, 위협, 금지의 말은 찾을 수 없다." 그리하여 그는 순전히 해방의 의미를 지닌 그리스도의 복음을 교회의 설립자요, 교리, 계율 그리고 율법의 창시자인 사도 바울과 대립시켜 생각하려 든다. 이에 수많은 비평가들이 지드의 이러한 주장을 비판했다. 한편 지드 자신은 일생 동안 '그리스도의 뜻을 거스르는 기독교'라는 제목의 책을 쓰려는 계획을 가지고 있었다.

31) 『지상의 양식』 첫 페이지에 나오는 말 "우리의 시선이 제게 머물기만 하면 즉시 피조물은 저마다 우리를 신에게서 벗어나 버리게 하는 것이다."와 비교해 볼 것.

*

주 그리스도여, 나는 다시 당신에게로 돌아왔습니다.[32] 하느님의 살아 있는 형상이신 당신에게로. 나는 이제 나의 마음을 속이기에 지쳤습니다. 내 어린 시절의 신성한 벗이었던 당신으로부터 도망치는 줄 알았는데 사방에서 내가 되찾게 되는 것은 바로 당신입니다. 내 까다로운 마음을 만족시켜 줄 수 있는 것은 이제 오직 당신뿐인 듯합니다. 내 마음속에 있는 악마만이 당신의 가르침이 완전한 것임을 부정하고, 또한 모든 것을 버림으로써만 당신을 되찾을 수 있기에 나는 당신만을 제외하고 모든 것을 버릴 수 있다는 사실을 부정합니다.

진정한 젊음의 문턱이여,[33]
천국의 현관이여,
새로운 희열로 하여
내 영혼은 어리둥절하구나…….
주여! 저의 취기를 더하게 하여 주소서.

불우함 속에서 당신을
기억하는 저의 영혼을
당신과 갈라놓는

---

32) 이 페이지는 『전집』 10권에 발표되었다. 그러나 집필 시기는 1916년경일 것으로 보인다. "주여, 저는 어린아이처럼 당신에게 왔습니다."(『일기』)
33) 1911년의 「네 편의 노래」 중 마지막 노래.

공간을 제거하여 주소서…….
주여! 저의 황홀함을 더하게 하여 주소서.

맨발의 자국이
찍히는 메마른 모래인
내 순박한 시는
운(韻)을 배제하지 않는다.
천진난만함과
과거의 망각에 취해
박자 맞추어 출렁이는 물결 위에서
나의 영혼은 흔들린다.

첫 꽃들을 자욱이 피우고서
어린나무가 웃을 때,
눈물 젖은 늙은 떡갈나무에는
새 떼가 둥지를 친다.

웃음이여, 신성한 리듬이여,
잎새들을 흔들어라!
포도주보다 더 강한
음료를 나는 맛보았나니.

오, 너무 밝은 빛이여
내 눈꺼풀을 뚫어라!

주여, 당신의 진리가
마음 사무치도록 저를 베었나이다.

만남[34]

피렌체에서 어느 축제 날에 있었던 일이다. 무슨 축제였던가? 생각나지 않는다. 산타 트리니타 다리[35]와 베키오 다리 사이의 아르노 강둑으로 나 있는 내 방의 창에서 사람들의 무리를 바라보고 있었다. 저녁 무렵 그 무리가 분위기를 돋우기 시작하면 나도 그 속에 끼어들고 싶은 마음이 일지 않을까 하며 기다렸다. 나는 그렇게 강의 상류에서 웅성대며 달려가는 사람들 쪽으로 눈길을 주고 있었다. 그때 베키오 다리 위, 다리의 높은 곳에 늘어선 집들이 끝나고 다리 한가운데쯤에서 빈 공간을 드러내는 바로 그 지점에 몰려든 사람들이 다리 난간 위로 몸을 굽힌 채 팔을 길게 뻗으며 탁한 강물 속에서 물결에 휩쓸려 떴다 가라앉았다 하며 떠내려가는 무엇인가 조그만 물체를 가리키고 있는 것이 보였다. 나도 아래로 내려갔

34) 『전집』 10권에 발표한 글. 1912년 4월에는 홀로, 나중에는 게옹(Henri Ghéon)과 함께 체류했던 피렌체에서의 기억일 것으로 추정된다. 여기서 언급되고 있는 '축제'는 그해 4월 7일의 부활절을 말하는 것으로 보인다.
35) 1894년 5~6월 체류 때부터 지드는 산타 트리니타 다리에 매력을 느꼈다.("이보다 더 아름다운 것은 없다."라고 그는 발레리에게 보낸 편지에서 말했다.)

다. 지나가는 사람에게 물어보니 한 작은 계집아이가 물에 빠졌다고 했다. 치마가 풍선처럼 부풀어 올라 한동안은 물에 떠 있었지만 지금은 완전히 가라앉아 버렸다는 것이었다. 작은 배들이 강기슭에서 풀려나와 해 질 무렵까지 쇠갈고리를 가진 남자들이 강물 속을 뒤져 보았지만 허사였다.

어찌 된 일일까? 그토록 북적대는 사람들 가운데서 아무도 그 계집아이를 알아보고 붙잡지 못했다니? 나는 베키오 다리로 가 보았다. 계집아이가 조금 전에 물속으로 뛰어든 그 자리에서는 열다섯 살가량의 소년이 지나가는 사람들의 질문에 대답을 해 주고 있었다. 그 아이는 계집아이가 갑자기 다리 난간을 타 넘어가는 것을 보았다고 했다. 뛰어가서 한쪽 팔을 붙잡아 한동안 소녀를 허공중에 붙잡고 있을 수 있었다는 것, 자기 뒤에서 많은 사람들이 아무것도 모르는 채 지나가고 있었고 자기 혼자서는 그 소녀를 다리 위로 끄집어 올릴 힘이 없어서 도움을 청하려고 했다는 것, 그러나 소녀가 "아냐, 그냥 놓아 줘." 하고 말했다는 것, 그 말하는 목소리가 어찌나 처량한지 결국 하는 수 없이 손을 놓아 버렸다는 것. 그렇게 말하면서 그 아이는 흐느껴 울었다.

(그 소년 역시 어쩌면 소녀 못지않게 불행하고 의지할 데 없어 보이는 불쌍한 아이였다. 그는 누더기를 입고 있었다. 나는 그가 소녀의 팔을 붙잡고 죽음과 싸우는 순간 그 역시 소녀의 절망을 자기 자신의 일처럼 느끼며 소녀와 마찬가지로 절망적인 사랑에, 그들 두 사람에게 하늘의 문을 열어 주고 있는 바로 그 사랑에 사로잡혀 있었을지도 모를 일이라고 상상해 보았다. "프레고…… 라시아테미."[36])

사람들은 그에게 소녀와 아는 사이냐고 물어보았다. 전혀 모르는 사이로 그 소녀를 처음 보았다고 했다. 그 소녀가 누구인지 아는 사람은 아무도 없었다. 그 후 며칠 동안 온갖 조사를 다 해 보았지만 허사였다. 시체가 발견되었다. 열네 살 된 계집아이였다. 매우 야위고 몹시 비참한 옷차림이었다. 나는 그 밖에 알고 싶은 것이 너무나 많았다. 아버지에게 정부라도 있었던 것일까? 혹은 어머니에게 사내가 있었던 것일까? 의지하여 살던 그 무엇인가가 갑자기 눈앞에서 무너져 버려서…….

"당신이 기쁨에 바치는 책 속에 대체 왜 이런 이야기가 나오는 거죠?" 나타나엘이 물었다.

"이 이야기를 더 간단하게 할 생각이었습니다만. 사실 불행을 딛고서 얻는 행복이라면 나는 원치 않습니다. 다른 사람에게서 빼앗아 얻는 재물이라면 나는 원치 않습니다. 내 옷이 남을 헐벗게 하는 것이라면 나는 벌거숭이로 지내겠어요. 아, 하느님 그리스도여, 당신은 식탁을 개방해 두고 계십니다! 당신의 왕국의 향연이 이토록 아름다운 것은 만인이 거기에 초대받은 것이기 때문입니다."

*

이 땅 위에는 너무나 많은 가난과 비탄과 어려움과 끔찍한 일들이 가득해서 행복한 사람은 자기의 행복을 부끄러워하지 않고는 행

36) "제발…… 나를 가만 좀 놔두세요."라는 뜻의 이탈리아어.

복을 생각할 수 없다. 그러나 스스로 행복해질 수 없는 자는 남의 행복을 위해 그 어떤 일도 할 수 없다. 나는 나 자신 속에 행복해야 할 절박한 의무를 느낀다. 그러나 남에게 피해를 주거나 남에게서 빼앗아야 비로소 얻을 수 있는 행복은 가증스럽게 여겨질 뿐이다. 한 걸음 더 나아가 우리는 비극적인 사회 문제에 직면한다. 내 이성의 모든 논리도 공산주의의 비탈 위에서 나를 지탱해 주지는 못할 것이다.[37] 그런데 내가 보기에 잘못이라고 여겨지는 바는 가진 자에게 그가 가진 재물을 나누어 가지자고 요구하는 것이다. 그러나 가진 자에게서 그가 영혼을 다해 애착을 지니고 있는 재물을 자발적으로 포기하기를 기대한다는 것은 얼마나 어이없는 망상인가. 나로서는 배타적인 소유에 대해서는 늘 혐오감을 느꼈다.[38] 나의 행복은 오로지 증여로 이루어진 것이다. 그래서 죽음도 내 손에서 빼앗아 갈 것이 별로 없다. 죽음이 내게서 앗아 갈 수 있는 것이란 기껏해야 여기저기 흩어져 있어서 손에 넣을 수도 없는 자연적인 재물, 만인이 다 가질 수 있는 재물뿐이다. 특히 그런 것들이라면 나는 물

---

37) 올라가는 길로 보이는 그 비탈길 위에서 나의 이성이 나의 마음과 하나가 된다. 아니, 내가 뭐라고 하는 거지? 오늘 나의 이성은 나의 마음을 앞선다. 때로 어떤 공산주의자들이 한낱 이론가에 불과한 것을 보는 것이 괴롭기는 하지만 오늘날 내게는 공산주의를 그저 감정의 문제로만 보려 드는 또 다른 오류 또한 그에 못지않게 심각하다고 여겨진다.(1935년 3월)(원주)

38) 1932년 7월호《N. R. F.》에 처음으로 『일기』의 일부분을 발표하면서 지드는 거기서 러시아 공산주의에 대한 자신의 믿음을 표명했다. "나는 러시아의 계획이 성공하는 것을 볼 수 있을 만큼 충분히 살고 싶다. (……) 나는 이보다 더 열정적인 호기심을 가지고 미래를 생각해 본 적이 없다. 나는 온 마음을 다해 이 거대하면서도 매우 인간적인 기획에 박수를 보낸다."

릴 정도로 만끽했다. 그 밖에 나는 가장 잘 차린 산해진미보다는 주막집의 식사를, 담장을 둘러친 가장 아름다운 정원보다는 공원을, 희귀본보다는 산책 갈 때 마음 놓고 들고 다녀도 좋은 책을 더 좋아한다. 그리고 어떤 예술 작품을 오직 나 혼자서만 감상해야 한다면 그 작품이 아름다울수록 즐거움보다는 슬픔이 앞설 것이다.

나의 행복은 남들의 행복을 증가시키는 데 있다. 나 자신이 행복하려면 만인이 행복해질 필요가 있다.[39]

*

나는 복음서 속에서 기쁨을 위한 초인적인 노력을 찬미해 왔고 지금도 끊임없이 찬미하고 있다. 우리에게 전해 온 그리스도의 첫마디 말씀은 바로 "행복하도다……."이다.[40] 그리스도가 보여 준 최초의 기적은 물을 포도주로 바꾼 것이다.[41](참다운 기독교인은 냉수를

---

39) 1935년 1월에 열린 '지드와 우리 시대'라는 주제의 토론에서 앙리 마시스(Henri Massis)는 이렇게 지적했다. "자신의 전 작품을 통해서 개인을 옹호했던 이 개인주의자는 (……) 자신보다 좀 더 광범위한 무엇에 가담하고 싶다는 유혹을 여러 번 느꼈다. 이런 태도는 아마도 자신의 고독에 대한 일종의 지겨움, 병적인 두려움 탓이기도 하겠지만 또한 어떤 위대함, 나아가서는 영웅주의의 필요를 느낀 데서 온 것이다."

40) 「마태복음」 5장 산상 설교, 3절. "마음이 가난한 사람은 행복하다." 「누가복음」 6장. 행복한 사람과 불행한 사람, 20절. 그때에 예수께서 제자들을 바라보며 말씀하셨다. "가난한 사람들아, 너희는 행복하다."

41) '가나의 혼인 잔치'의 기적을 이야기한 것은 요한이다. 그리고 이렇게 말한다. "이렇게 예수께서는 첫 번째 기적을 갈릴리 지방 가나에서 행하시어 당신의 영광을 드러내셨다. 그리하여 제자들은 예수를 믿게 되었다."

마시고도 족히 취할 수 있는 사람이다. 바로 그의 안에서 가나안의 기적이 되풀이되는 것이다.) 복음서 위에 비애와 고통의 숭배나 신성화를 성립시키자면 인간들의 가증스러운 해석이 필요했다. 그리스도가 말하기를 "괴롭고 짐을 진 너희는 모두 내게로 오라! 내 너희의 짐을 덜어 주리라."[42]라고 하였으므로 인간들은 그리스도의 곁에 가기 위해서는 괴로워하고 짐을 져야 한다고 믿었다. 그리고 그리스도가 가져다주는 위안을 '면죄'[43]라고 생각했던 것이다.

*

오래전부터 나에게는 기쁨이 슬픔보다 더 드물고 더 어렵고 더 아름답게 여겨졌다. 아마도 살아가는 동안에 이룩할 수 있는 가장 중요한 이 발견에 이르렀을 때 기쁨은 나에게 자연적인 욕구뿐만 아니라 (과거에도 그랬지만) 도덕적인 의무가 되었다.[44] 내가 보기에 자신의 주위에 행복을 널리 퍼뜨리는 최상인 동시에 가장 확실한 방법은 자기 스스로 그 행복의 모습을 보여 주는 것이라고 여겨졌다. 그래서 나는 행복해지기로 결심했다.

나는 썼다. "행복한 자는, 그리고 생각하는 자는 진실로 강한 자

42) 「마태복음」 11장 28절.
43) 지은 죄의 벌을 교회가 부분적 혹은 전체적으로 사면하는 일. 한때 이 면죄가 사고파는 행위의 대상이 되어 큰 문제를 일으킨 적이 있다. 루터가 이 면죄에 대한 반대 주장을 발표함으로써 종교 개혁이 시작되었다.
44) '행복의 의무'의 주제. 몇 문단 앞의 "나는 나 자신 속에 행복해야 할 절박한 의무를 느낀다." 참조.

일 터이다.” 사실 무지를 바탕으로 행복을 건설해 본들 무슨 소용이 있겠는가? 그리스도의 첫마디 말씀은 슬픔까지도 기쁨 속에서 껴안기 위한 것이었으니 “우는 자는 행복하다.”[45]인 것이다. 그것을 오직 울음을 권장하는 뜻으로만 해석하는 자는 그 말씀을 크게 오해한 것이다.

---

45) 이것은 셋째 ‘참된 행복’이다. “슬퍼하는 사람은 행복하다.”(「마태복음」 5장 4절)

2장

나는 생각한다, 그러므로 나는 존재한다.

나는 이 그러므로에서 걸리고 만다.

나는 생각한다, 그리고 나는 존재한다. 나는 느낀다, 그러므로 나는 존재한다라고 하는 것이 더 진실할 것이다. 그렇지 않다면 심지어

나는 믿는다, 그러므로 나는 존재한다라고 하는 것이 더 진실할 것이다.

그것은 곧 다음과 같은 말이 될 테니까.

나는 내가 존재한다고 생각한다.

나는 내가 존재한다고 믿는다.

나는 내가 존재한다고 느낀다.

그런데 이 세 명제 중에서 마지막 것이 내게는 가장 진실해 보인

다. 아니, 유일하게 진실해 보인다. 따지고 보면 나는 내가 존재한다고 생각한다라는 것은 아마도 내가 존재한다는 사실을 전제로 하지 않으니 말이다. 나는 내가 존재한다고 믿는다라는 것도 마찬가지이다. 하나에서 다른 하나로 옮겨 가는 것은 "나는 신이 존재한다고 믿는다."라는 것을 신의 존재의 증거로 삼는 것과 마찬가지로 대담한 것이다. 반면에 "나는 내가 존재한다고 느낀다……." 여기서 나는 재판관인 동시에 소송 당사자이다. 그러니 여기서 내게 오류가 있겠는가?

그러므로 나는 존재한다고 생각한다. 나는 내가 존재한다고 생각한다, 그러므로 나는 존재한다. 나는 그 어떤 것에 대해서밖에는 생각할 수 없으니 말이다.

예를 들면, 나는 신이 존재한다고 생각한다 혹은

삼각형의 내각의 합은 두 개의 직각과 같다고 나는 생각한다, **그러므로 나는 존재한다.** 그렇다면 성립이 불가능해지는 것은 그 나라는 것이다. 그러므로 그것은 존재한다. 나는 중성인 상태에 머문다.

나는 생각한다. 그러므로 나는 존재한다.

나는 괴로워한다, 나는 숨을 쉰다, 나는 느낀다. 그러므로 나는 존재한다라는 것도 마찬가지로 가능하다. 존재하지 않고서는 생각도 할 수 없는 것이라면 생각하지 않고도 존재할 수 있으니 말이다.

그러나 내가 오직 생각만 할 뿐인 한 나는 내가 존재한다고 생각하지 않은 채 존재한다. 그 생각하는 행위에 의해 나는 나의 존재를 의식한다. 그러나 그와 동시에 나는 단순히 존재하는 것을 그치고 생각하는 존재가 되는 것이다.

나는 생각한다, 그러므로 나는 존재한다라는 것은 나는 내가 존재한다고 생각한다와 마찬가지가 되어 저울대와 같은 그러므로라는 말은 아무런 무게도 없는 것이다. 양쪽 저울판에는 오직 내가 그 속에 담아 놓은 것, 즉 똑같은 것만 있는 것이다. X=X인 것이다. 양쪽 항을 서로 뒤바꾸어 보아도 거기서 나오는 것은 아무것도 없다. 아니, 끝에 가서 나오는 것은 굉장한 두통과 밖으로 나가서 산책이나 하고 싶은 생각뿐이다.

*

우리의 마음을 흔드는 어떤 '문제들'은 물론 무의미하지는 않겠지만 완전히 해결 불가능한 것이다. 그러니 그 해결에 따라 우리의 결정을 내리려는 것은 어리석기 짝이 없는 노릇이다. 그러므로 그냥 지나가 버리자.

"그러나 행동하기에 앞서 우선 나는 왜 내가 이 지상에 존재하는가, 신은 존재하는가, 신은 우리를 보고 있는가를 알 필요가 있다. 그렇다면 신이 나를 알아보는 것은 불가피한 일이니까. 나는 우선 알고 싶은 것이……."

"알고 싶으면 알려고 노력해 보시오. 그러는 사이에 당신은 행동하지는 못할 것이오."

이 거추장스러운 짐을 얼른 수화물 보관소에 맡겨 놓자. 그리고 에두아르처럼[46] 곧 그 보관증을 잃어버리고 말자.

---

46) 소설 『위폐 제조자들』의 1부 9장에 나오는 인물 에두아르의 에피소드

*

신을 믿지 않는다는 것은 생각보다 훨씬 더 어려운 일이다. 한 번이라도 진정으로 자연을 바라본 적이 있는 사람이라면 그렇게는 못할 것이다. 물질의 가장 작은 움직임이라도 말이다……. 그 물질은 왜 떠들고 일어나는 것일까? 무엇을 향해서? 그러나 그런 정보는 당신의 믿음과 무신론에서 다 같이 나를 멀어지게 한다. 정신에게 물질은 침투 가능하고 늘어날 수 있는 것이며 원기가 넘치는 것이라든가, 정신은 물질과 혼동될 정도로 물질과 밀접한 관계가 있다든가에 대해 내가 느끼는 놀라움을 나는 종교적이라고 부를 용의가 있다. 이 땅 위에 있는 모든 것이 나를 놀라게 한다. 이러한 나의 놀라움을 찬미라고 부르기로 하자.[47] 그렇게 하는 것에 동의한다. 그게 무슨 소용인가! 나는 그런 것들에서 당신들의 신을 볼 수 없을 뿐만 아니라 반대로 신이 거기에 존재할 수 없다는 것을, 신이 거기에 존재하지 않는다는 것을 도처에서 보고 그 사실을 발견한다.

신 자신이 조금도 변화시킬 수 없는 모든 것을 나는 신성하다고 부를 용의가 있다.

괴테의 한 문장[48]에서 힌트를 얻은(적어도 마지막 몇 단어에 있어

에 대한 암시.

47) 『지상의 양식』 1장 현상계(現象界)의 수다스러움 중 "그리하여 나는 거의 끊일 줄 모르는 열정적 경탄 속에 살았다." 참조.

48) 『시와 진실』 16권. "나는 스피노자의 생각들을 나름대로 이해한 바를 간단히 말하겠다. 자연은 너무나도 필연적인 영원의 법칙에 따라 움직이기 때문에 신도 그것을 조금도 어쩌지 못한다."(『괴테의 회고록』 16권)(원주)

서는) 이 발상은 신에 대한 믿음도, 자연법칙(따지고 보면 자기 자신)에 대립하는 어떤 신, 자연법칙과 혼동되지 않는 어떤 신을 전제로 하지 않는다는 데 그 탁월한 면이 있다.

"그게 스피노자의 학설과 어떤 점에서 다른 것인지를 모르겠군요."

"나는 이걸 스피노자의 학설과 구별할 생각은 없소. 나는 이미 스피노자의 영향을 받았음을 기꺼이 인정했던 괴테를 인용했습니다. 누구나 다 자신의 어느 작은 일부분은 누군가 다른 사람에게 신세지고 있는 법이지요. 내가 친화력을 느끼고 있고 나와 연고가 있는 어떤 정신들이라면 나는 그들을 당신들이 교회의 '신부님'들을 존경하듯 기꺼이 존경합니다. 그러나 당신들의 전통은 신의 계시에 따르게 되면서 그 때문에 사상의 자유를 일체 금지하는 반면, 지극히 인간적인 또 하나의 전통은 나의 생각에 그것대로의 덕목을 맡겨 줄 뿐만 아니라 그 생각을 고무하고 우선 나 자신이 검증하였거나 검증할 수 있는 것만을 진실로 받아들이라고[49] 가르쳐 줍니다." 사실 거기에는 조금이라도 교만한 뜻은 없고, 오히려 매우 참을성 있는, 아니 심지어 조심스러운 생각의 겸손함이 담겨 있으며 인간은 신의 계시라는 기적적인 개입을 통해서라면 모르되 인간 스스로는 그 어떤 진실에도 도달할 수 없다고 믿는 저 가짜 겸손[50]에 대한 혐오가 깃들어 있다.

---

49) 데카르트의 『방법 서설』 제1원칙.

50) 이 '가짜 겸손'은 기독교의 가장 근본적인 주장들 중 하나이다.

"최근에 와서 사람들은 내 이야기를 많이 했지요." 신이 내게 말했다. "수많은 풍문이 여기 내게까지 들려오더군요. 좀 귀찮을 정도라고요. 그래요, 알고 있어요, 내가 요즘 인기가 있다는 것 말입니다.[51] 그러나 나에 대해 이러쿵저러쿵하는 말들이 대개는 마음에 안 들어요. 심지어 나로서는 전혀 이해할 수 없는 것도 있더군요. 아니, 참 잘됐군요! 당신도 그중 한 사람이니까요.(왜냐하면 당신도 문학인가 뭔가를 하는 사람 아닌가요?) 어디 대답 좀 해 보세요, 그 많은 헛소리들 가운데 단 하나 내 마음에 드는 이 한마디, '신에 관한 이야기는 오직 자연스럽게 해야만 한다.'[52] ……이게 누가 한 말이지요?"

"그 간단한 한마디는 제가 한 말입니다." 내가 낯을 붉히며 말했다.[53]

"아, 그래. 그렇다면 잘 들어 두게." 신이 이때부터 나에게 반말을 하며 말했다. "어떤 사람들은 내가 간섭을 하여 그들의 기성 질서를 뒤흔들어 주길 바라지. 내 법칙들에 충실히 따르지 않으면 일을 너무 복잡하게 만드는 결과가 될 테고 속

51) 《양세계 평론(Revue des Deux Mondes)》의 주간인 프랑수아 뷜로즈가 신학 관련의 글을 잡지에 게재하기를 거절하면서 한 유명한 말, "요즘 신은 인기가 없어요."에 대한 암시. 반면 지드는 1910년에 이미 '종교 문학'이 되살아나서 유행이 되고 있음을 강조한 바 있다.(『프레텍스트』)

52) 『지상의 양식』 2장 첫 부분 "나타나엘이여, 신에 관한 이야기는 오직 자연스럽게 해야만 한다." 참조.

53) 과연 이것은 『지상의 양식』 2장에 나오는 말이다.

임수를 쓰는 일이 될 거야. 그러니까 그 사람들은 내 법칙에 좀 더 고분고분 따르도록 해야 해. 그러는 것이 신상에 좋다는 사실을 깨달아야 하는 거야. 인간은 자신이 생각하는 것보다 훨씬 더 많은 일을 할 수 있어."

"인간은 곤경에 처해 있습니다."

"곤경에서 빠져나와야지." 신이 말을 이었다. "내가 인간을 스스로 알아서 하도록 내버려 두는 것은 내가 그를 존중하고 있음을 보여 주기 위해서야."

그리고 신이 또 말했다.

"우리끼리 하는 말이지만,[54] 그건 그리 힘든 것도 아니었어. 그냥 저절로 그렇게 된 거야. 나도 모르게 모든 것이 처음의 몇 가지 여건들에서 생겨난 거야. 그리하여 점점 자라나는 아주 작은 싹만 해도 내게는 신학자들의 모든 궤변들보다 훨씬 더 나은 설명이 되거든. 나의 창조 속에 여기저기 흩어져서 나는 동시에 그 속에 숨은 채 사라져 보이지 않게 되기도 하고 또 끊임없이 나 자신을 되찾기도 하고, 드디어는 내 창조와 분간 못 할 정도가 되어 나의 피조물이 없다면 과연 내가 참으로 존재하기나 할 것인가 의심스러울 지경이 되지. 그것을 통해서 나는 스스로에게 나 자신의 가능성을 증명하는 거야. 아니, 오히려 흩어져 있는 모든 것이 셀 수 있는 수가 되는 것은 바로 인간의 두뇌 속이지.[55] 소리도 색채도 냄새도 인간

---

54) 이 '만남'의 후반부는 『전집』 10권에 발표되었다.

55) 자신에게 아주 익숙한 것인 이 생각을 발전시켜 지드는 「인간과 꽃」이라는 글에서 이렇게 말한다. "시냇물의 노랫소리도 그걸 듣는 귀가 없다면

과의 관계 속에서만 존재하니 말이야. 그리고 한없이 그윽한 여명도, 그지없이 감미로운 바람도, 물 위에 비친 하늘의 영상도, 물결의 떨리는 파동도 인간이 받아들여 인간이 오관으로 조화롭게 느끼지 않는 한 헛된 잠꼬대에 지나지 않는 거야. 그 예민한 거울에 비쳐야 비로소 송두리째 안으로만 굴절된 나의 창조물들이 색채를 얻어 살아 움직이게 되지."

"솔직히 말해서 나는 인간에게 몹시 실망했어." 신이 다시 나에게 말했다. "나를 제일 찬양한다는 구실로 그 어느 누구보다도 더 진정한 나의 아들이라고 자처하는 사람들이 내가 그들을 위해 지상에 마련한 모든 것에 등을 돌린단 말이야. 그래, 나를 자기들의 아버지라고 부르는 그들이 나에 대한 사랑으로 인해 수척해지고 괴로워하고 없이 지내는 것을 내가 어찌 즐겨 바라볼 수 있으리라고 생각하는 것일까? ……대체 그게 무슨 소용이 있단 말인가!

너희가 아이들을 위해 부활절 달걀을 숲속에 감추어 두듯이 나는 내 가장 아름다운 비밀들을 감추어 두었다네. 나는 특히 그걸 찾으려고 조금이라도 애쓰는 이들을 사랑한다네."

내가 사용하는 '신'이라는 이 말을 깊이 생각하며 저울질해 보노라면 그 말이 거의 알맹이가 없는 것임을 인정하지 않을 수 없게 된다.[56] 바로 그렇기 때문에 나는 그 말을 이렇게 편리하게 쓸 수 있

무엇이겠느냐? 찬양하는 인간이 없다면 신인들 무엇이겠느냐?"

56) 이제 신에 대한 자신의 생각을 이처럼 분명하게 말하는 사람은 『새로운 양식』의 1장에서와 같은 말을 했던 바로 그 사람은 아닐 것이다.

는 것이다. 그것은 무형의 항아리, 얼마든지 늘어날 수 있는 항아리여서 우리는 저마다 자기가 담고 싶은 것을 마음대로 담을 수 있지만 거기에는 우리 각자가 담아 놓은 것만 담겨 있을 뿐이다. 만일 내가 그 속에 전지전능함을 부어 넣는다면 내 어찌 그 그릇을 두려워하지 않을 수 있겠는가? 만일 내가 그 항아리에 벼락을 빌려준다면, 만일 내가 거기에 번갯불을 매단다면 나는 뇌우가 아니라 신이 무서워 벌벌 떨고 두려워하는 것이다.

조심성, 양심, 선량함, 만약 인간이 존재하지 않는다면 나는 그런 것을 상상할 수가 없다. 인간이 그런 것들을 자기 자신으로부터 떼어 놓고 지극히 막연하게 순수한 상태로, 다시 말해서 추상적으로 상상해 그것으로 신을 다듬어 만든다는 것은 가능하다. 심지어 인간은 신이 최초로 시작한다고, 절대적인 존재가 먼저 있다고, 현실이 그 존재에 의해 동기를 부여받아 그 존재에 동기를 부여하게 된다고 상상할 수 있다. 결국 창조주는 피조물을 필요로 한다고 말이다. 그가 아무것도 창조하지 않는다면 결코 창조주가 될 수 없을 테니까. 그런 까닭으로 창조주와 피조물은 서로 의존적인 관계가 되어, 한쪽이 없으면 다른 한쪽도 없고 창조된 것이 없으면 창조주도 없게 되고, 그리하여 인간은 다른 한쪽 없는 한쪽 이상으로는 신을 필요로 할 수 없고 한쪽 없는 다른 한쪽 이상으로는 아무것도 쉽게 상상할 수 없게 된 것이다.

신은 나를 붙잡고 있다. 나는 신을 붙잡고 있다. 그래서 우리는 존재한다. 그러나 이렇게 생각하면서 나는 피조물 전체와 하나가 될 뿐이다. 나는 이 장황한 인류 속으로 녹아서 흡수된다.

만남

"신은 그래도 좋아요." 그 귀여운 계집아이가 나에게 말한다. "아! 자, 신은 당신에게 맡기겠어요. 당신하고는 이야기를 해 봤자 아무 소용이 없다는 느낌이 드니까요. 그리고 신으로 말하자면 결코 손해 보는 법이 없고 또 자기 아들을 잘 알아본다지 않아요? 당신도 싫든 좋든 그 아들들 중 하나이지요. 어제만 해도 신부님이 내게 그러시데요. 신은 당신이 어떻게 생각하든 간에 당신을 구원해 줄 거라고요. 당신은 착한 사람이니까요. 그런데 어떻게 당신은 신을 사랑하지 않는다고 말할 수 있어요? 당신이 그토록 고집불통만 아니라면 당신 자신의 선량함이 곧 신의 선량함의 일부라는 것을, 그리고 당신 속에 있는 모든 착한 것은 신에게서 온다는 것을 곧 인정했을 겁니다. 하지만 내가 당신을 찾아온 것은 성모 마리아님의 이야기를 하기 위해서예요. 아! 정말이지 이번에는 당신을 쉽게 놓아주지 않겠어요. 시인이신 당신이 어떻게 성모님을 사랑하지 않고 배길 수 있을지 알고 싶군요. 사실은 모르는 사이에 그분을 사랑하고 있는 것이겠지요. 아니, 어쩌면 자존심 때문에 그렇다고 털어놓지 못하는 것이거나. 아무리 해도 그렇지 어쩌면 그렇게도 고집쟁이이신가요! ……아침에 미처 잠에서 깨어나지 않은 초원 위에 떠도는 은빛 안개가 성모님의 의

복이라는 것을 왜 그냥 인정하려 들지 않는 건가요? 뱀을 정복한 그의 순수한 두 발을, 요동치는 물결을 잠재우는 저 돌연한 고요를 말이에요. 당신이 찬미하는 저 광선, 별들로부터 떨리면서 내려와 밤의 그늘 속에서 샘물을 반짝이게 하고 당신의 마음속에 반사하는 저 광선은 바로 그분의 시선입니다. 부드러운 바람에 흔들리며 당신의 마음속에 파고드는 저 잎새들의 흥겨운 수런거림은 바로 그분의 음성입니다. 오직 순결함에 대한 욕망밖에 아무것도 희구하는 것이 없는 영혼의 소유자만이 그분을 볼 수 있습니다. 그분이 인간들의 마음속에 순결함을 지켜 주는 것은 자신의 모습을 거기에 비춰 보기 위함이랍니다. 나는 그분을 한 번도 뵌 적이 없습니다. 아직은 한 번도. 그러나 나는 내게서 나를 더럽힐 가능성이 있는 모든 것을 멀리해 주는 것은 바로 성모님이고 성모님에 대한 나의 사랑이라는 것을 잘 알고 있습니다. 자! 제발 성모님을 알아보고 사랑하도록 해 보세요. 알아보는 것이 곧 사랑하는 것이니까요. 그렇게 해 주시면 얼마나 기쁠까! ……더군다나 성모님은 너무나도 너그러우셔서 내가 그분의 아들 예수를 더 좋아해도 상관없다 하십니다. 아! 예수님은! ……그러나 예수님이 아무리 좋아도 나는 그분이 성모님의 아들이라는 사실을 잊지 않고 있어요. 하기야 한 분이 없이는 또 다른 한 분도 사랑할 수 없는 것이지요. 그리고 성령도 마찬가지고요. 그러니 보세요, 생각하면 할수록 당신의 고집을 이해할 수가 없어요. 내 생각을 솔직히 말한다면…… 그런 점에서 당신은 좀 어리석은 것 같아요."

"그렇다면 화제를 바꿉시다." 내가 그녀에게 말했다.

*

오랫동안 나는 신이라는 말을 나의 극히 모호한 관념들을 부어 넣는 일종의 쓰레기통으로 사용해 왔음을 인정한다. 그것은 프랑시스 잠의 수염이 허옇게 난 신과는 별로 닮지 않은 어떤 것이 되고 말았지만 그렇다고 보다 더 존재의 실감이 나는 어떤 것도 못 된다. 그리고 노인들이 머리털과 치아, 시력과 기억력 그리고 마침내는 생명까지 차례로 잃게 되듯이 나의 신도 늙어 감에 따라(늙는 것은 신이 아니고 나 자신이다.) 전에 내가 그에게 부여했던 모든 속성들을 잃어버렸다. 우선(혹은 결국) 그 존재, 즉 그 현실성부터 잃어버렸다. 내가 신을 생각하기를 멈추면 신은 존재하기를 멈추는 것이었다. 다만 나의 찬미하는 마음만이 신을 창조하고 있었다. 찬미는 신이 없어도 되는 것이지만 신에게는 찬미가 없으면 안 되는 것이었다. 그것은 일종의 거울 놀이와도 같은 것이 되었는데 모든 부담을 내가 도맡고 있다는 사실을 깨닫자 나는 그 놀이에 완전히 흥미를 잃고 말았다. 그 후 얼마 동안 그 신의 잔영은 그리 고유한 특성도 없이 미학, 수의 조화, 자연의 살기 위한 노력(conatus vivendi)[57] 속으로 피난하려고 시도했다. ……지금 나는 더 이상 그것에 대해 이야기하는 것에조차 별 흥미를 느끼지 못한다.

그렇기는 하지만 전에 내가 신이라고 부르던 것, 개념, 감정, 호

57) 스콜라 철학에서 온 말.

소, 그 호소에 대한 대답 따위의 모호한 무더기들, 오늘에 와서 이제는 나도 잘 알게 된 터이지만 나에 의해서, 그리고 내 안에서만 존재하고 있었을 뿐인 그것들이 지금 생각하니 세상의 다른 어떤 것보다도, 나 자신보다도, 전 인류보다도 흥밋거리가 될 수 있다는 생각이 든다.

*

세상과 인생에 대한 그 무슨 부조리한 관념을 가졌기에 우리 불행의 4분의 3을 만들어 내기에 이르는 것이며, 과거에 집착한 나머지 내일의 기쁨은 오늘의 기쁨이 자리를 내주지 않으면 불가능하다는 것을, 하나하나의 물결이 아름답게 굽이치는 것은 바로 그 앞의 물결이 자리를 비켜 주기 때문이라는 것을, 저마다의 꽃은 모름지기 열매를 위해 시들 수밖에 없고 그 열매가 떨어져 죽지 않으면 새로운 개화를 보장할 수 없으며 그래서 봄이라는 계절 자체도 겨울의 문턱에 의지한다는 것을 알려고조차 하지 않는 것인가.

*

위에서 살펴본 고찰로 인해 나는 인간 역사의 교훈보다 자연사(自然史)의 교훈에 더 기꺼이 귀를 기울이게 되고 또 과거에도 항상 그랬다. 나는 인간 역사의 교훈이란 별로 큰 도움이 되지 않는다고 생각한다. 그것은 언제나 우연적인 것일 수밖에 없다.

지극히 보잘것없는 풀잎의 성장도 불변의 법칙들에 따른다. 그 법칙들은 인간적 논리를 벗어난다. 아니, 적어도 그 논리로 환원되지는 않는다. 여기서 실험은 얼마든지 다시 시작할 수 있는 것이다. 혹시 거기에 오류가 있다 하더라도 한층 정밀하고 현명한 관찰의 방법을 택하기만 한다면 어떤 하나의 영구적 진리, 즉 나의 이성을 이해하고 초월하는 신, 나의 이성으로 부정할 수 없는 어떤 신에게 마침내 더 가까이 갈 수 있다.

그 신은 자비심이 없을지도 모를 일이다. 그러나 당신의 신이라고 해서 당신이 생각하는 것보다 더한 자비심을 가지고 있는 것이 아니다. 인간 자신을 제외하고는 이 세상의 어느 것 하나 비인간적이지 않은 것이 없다. 그것만은 감수하지 않을 수 없다. 거기서 출발하지 않으면 안 된다. 그리고 출발해야 한다.

*

나는 하느님보다는 그리스의 제신을 믿는 편이 더 용이하다.[58] 그러나 나는 그 다신교가 아주 시적인 것임을 인정하지 않을 수 없

---

58) "그리스 신화를 이해하기 위한 첫째 조건은 그것을 믿는 일이다. 거기에 기독교 교회가 우리 마음에 요구하는 것과 같은 믿음이 필요하다는 말은 아니다. 그리스 종교에 대한 동의는 전혀 다른 성질의 것이다. (……) 각각의 신화가 상대하는 것은 우선, 그리고 오로지, 이성뿐이다. 우선 이성이 인정하지 않으면 그 신화를 전혀 이해하지 못한 것이 된다. 그리스의 우화는 본질적으로 이성적인 것이다. 그렇기 때문에, 기독교에 불경한 말을 하려는 것은 아니지만, 바오로의 교리를 믿는 것보다 그리스 우화를 믿는 것이 더 쉽다고 말할 수 있다."(「그리스 신화에 대한 고찰」, 1919)

다. 그것은 근본적인 무신론과 다를 바 없다. 사람들이 스피노자를 비난한 것은 그의 무신론 때문이었다. 그러나 스피노자는 가장 신심이 깊은 가톨릭교도들보다 훨씬 더한 사랑과 존경과 경건한 마음으로 그리스도 앞에 고개 숙였다. 단, 신성이 없는 그리스도였기는 하지만.

*

기독교적 가설이란…… 용납할 수 없는 것.

그렇기는 하지만 그 가설은 유물론적 확인들에 동요될 수는 없다.

신의 트릭들 중 한 가지를 간파해 그것을 고발했다고 해서 신에게 과오가 있다고 보아야 할 것인가?

번갯불의 발생 과정을 이해했다고 해서 신에게 벼락을 내릴 권능이 없다고 할 것인가?

지구의 언저리에서 지구를 지탱해 주고 태양의 주위를 돌게 하고 따뜻하게 해 주고 환하게 밝혀 주고 시인들로 하여금 몽상할 수 있기에 꼭 필요한 만큼의 별만이 하늘에 보인다면 어쩌면 믿을 수 있을지도 모른다고 생각하는 X가 말하기를 "별이 너무 많습니다. 세상도 너무 많고요."

그러나 그는 우리의 지구가 우주의 중심이라고 믿을 수 없다는 것을 알고 있다. 그러니까 속죄의 가르침도 믿을 수 없습니다 하고 그가 말한다. 그러니 이제 그리스도도 그가 더 이상 중심적 존재가 아니라면, 그가 모든 것이 아니라면 내게 더 이상 아무것도 아닙니다.

그렇지만 그 둘 중의 한쪽이 진실일 것이다. 그러나 나는 둘 중 어느 쪽이 더 상상할 수 없는 것인지 결정할 수가 없었다. 즉 무한한 공간에 무한한 세상들이 가득 들어차 있다고 생각할 것인지, 아니면 몇몇 한정된 별들 이외에는 하나의 별도 더 있을 수 없는 한정된 세계가 있다고 생각할 것인지 말이다. 그 두 별이 운행하고 있는 공간을 넘어서면 또 무엇이 있다는 것인가? 나의 정신이 부닥치게 되는 한계가 거기 있는 것이다. 나의 정신이 더 이상 날아가 볼 수 없는 공허의 세계. 어떤 현존인 동시에 장애물. 혹은 금지하는 부재, (그것은 주체의 부재인 동시에 객체의 부재) 점진적인 부재 혹은 어디서부터 시작하는지 알 수 없는 부재? 점진적으로 현존이 축소되어 가는 부재. 혹은 돌연 완전하게 모든 것이 제거되는 부재?

아니다. 전혀 그런 것이 아니다. 그러나 마찬가지로 그 옛날에 지구가 둥글다는 것, 그 완전한 원주의 출발점이 도착점과 만난다는 사실을 알게 될 때까지 사람들은 이 지구가 어떤 모습으로 어디서 끝나는 것일까 하고 놀라움을 감추지 못했다.

*

인간의 정신은 확신을 가질 수 없다는 확신을 얻은 이래 나는 전혀 확신이 없이도 잘 살아왔다. 이 점을 인정한 다음에 무엇을 또 할 수 있단 말인가? 확신을 만들어 갖든가 아니면 가짜 확신을 받아들여 그것을 가짜라고 여기지 않으려고 애쓸 것인가? ……그것도 아니라면 확신 없이 지낼 수 있는 방법을 배워야 한다. 그것이 바로 내가 고심했던 바이다. 나는 이 금단(禁斷)이 인간을 절망으로 이끌게 된다는 것을 인정하지 않고 있었다.

3장

1

자연의 모든 노력은 쾌락[59]을 지향한다. 쾌락은 풀잎을 자라게 하고 싹을 발육하게 하며 꽃봉오리를 피어나게 한다. 화관(花冠)을 햇빛의 입맞춤에 노출시키고 생명 있는 모든 것을 혼인하게 하며 둔한 유충을 번데기로 변하게 하고 번데기의 감옥에서 나비를 해방시키는 것도 쾌락이다. 쾌락에 인도되어 모든 것은 최대한의 안락, 더 나은 의식, 더 나은 진보……를 동경한다. 그런 까닭에 나는 책 속에

59) 자연을 살아 움직이게 하는 동력으로서의 쾌락(volupté)의 테마는 『지상의 양식』에서 이미 나타나 있었다. 가령 5장 '다섯째 과일 창고의 문'에서. "그러나 지금은 이 경이로움을 보라. 저마다의 수태에는 쾌락이 따른다. 과일은 단맛에 싸인다. 생명을 향한 인내는 쾌락에 싸인다. 과일의 살, 사랑의 맛있는 증거." 그리고 『새로운 양식』 1장 처음에 보다 더 광범위한 규모로 다시 거론된다. 그러나 여기서 쾌락은 사회적인 의미로 확대되고 있음을 알 수 있다.

서보다 쾌락 속에서 더 많은 것을 배웠다. 그런 까닭에 나는 책 속에서 명쾌함보다는 난삽함을 더 많이 발견했다.

거기에는 토론도 방법도 없었다. 나는 그 환락의 대양 속으로 정신없이 빠져들었지만 위로 떠서 유영할 뿐 가라앉지 않는 데 놀랐다. 우리의 온 존재가 스스로를 의식하는 것은 쾌락 속에서이다.

그 모든 것은 구태여 결심하지 않고도 이루어졌다. 나는 아주 자연스럽게 나 자신을 맡겼다. 나도 물론 인간의 천성이 나쁜 것이라는 말을 들었지만 그걸 실증해 보고 싶었다. 사실 나는 나 자신에 대해서는 남에 대해서만큼 호기심이 일지 않았다. 아니, 오히려 육체적인 욕망이 은근히 작용해 어떤 감미로운 혼미를 자아내 나를 나 자신 밖으로 달려 나가게 했다.

나 자신이 내가 누구인지를 모르는 한 도덕의 탐구는 그리 할 만한 것도 가능한 것도 아니라고 여겨졌다. 자기를 찾기를 중지하니 그것은 곧 사랑 속에서 나를 되찾기 위함이었다.

잠시 동안 일체의 도덕을 거부하고 더 이상 여러 가지 욕망들에 저항하지 말아야 할 필요가 있었다. 욕망들만이 나에게 교훈을 줄 수 있었다. 나는 그것에 휩쓸렸다.

만남

"아!" 하고 그 가엾은 장애자가 내게 말하는 것이었다…….

"단 한 번만이라도! 베르길리우스의 말처럼[60] '내 몸을 달아오르게 하는 사람'을 이 두 팔로 한번 안아 볼 수 있다면……. 그런 기쁨을 맛본 뒤라면 나는 다른 기쁨들은 더 이상 맛보지 못한다 해도 쉽사리 체념할 수 있을 것 같아요. 그리고 더 쉽사리 죽을 수도 있을 것 같아요."

"불쌍한 사람! 그 기쁨을 일단 한번 맛보게 되면 자네는 더욱더 그걸 바라게 될 걸세. 자네가 아무리 시적 감성을 지닌 사람이라 할지라도 그런 종류의 일에서는 차라리 상상하는 것이 추억하는 것보다는 덜 괴로울 걸세." 내가 그에게 말해 주었다.

"그걸 위로라고 하는 것인가요?" 그가 말했다.

*

그러나 몇 번이나 나는 어떤 기쁨을 맛보려는 바로 그 순간 마치 고행하는 사람처럼 갑자기 그것에 등을 돌렸던가. 그것은 포기가 아니라 그 지고한 즐거움이 과연 어떤 것일까 하는 것에 대한 너무나도 완벽한 기대, 너무나도 숙성된 예상이어서 그 기쁨을 실현해 본들 새삼스레 얻는 것이 없을 것 같았다.[61] 그리고 어떤 쾌락을 확실하게 준비하자면 그 쾌락을 손상할 수밖에 없으며, 가장 감미로운

60) 베르길리우스의 『목가』 10~38. 이 인용은 갈루스가 한 말의 앞쪽 반이고 『지상의 양식』 7장 머리 제사는 뒤쪽 반이다.

61) 지드 특유의 금욕. 『앙드레 발테르의 수기』 중 "오! 손만 뻗으면 닿을 듯한 행복의 바로 곁에서, 그 행복을 그만 지나쳐 버릴 때의 감동." 참조.

황홀감은 예기치 않은 순간에 존재 전체를 사로잡는 것임을 알기에 아예 그 기쁨을 무시하고 넘어가는 수밖에 없었다. 그러나 적어도 나는 내 마음속에서 쾌락을 두려워하게 하고 육욕을 만족시키고 나면 영혼을 회한에 휩싸이게 만드는 일체의 과묵함, 부끄러움, 체면상의 조심성, 소심한 주저 따위를 몰아낼 수 있었다. 나는 내면의 봄으로 온통 가득 차 있었다. 그래서 나는 길 위에서 꽃봉오리가 벌어지거나 활짝 피는 것을 보아도 그 내면의 봄의 메아리나 그림자로만 보였다. 나 자신이 너무나 뜨겁게 불타고 있어서 나는 담뱃불을 빌려주듯이 남에게 내 열정을 전해 줄 수 있을 것 같았고 담배는 그로 인해 더욱 뜨겁게 타오를 것 같았다. 나는 내 몸에서 재를 털었다. 내 눈 속에서는 여기저기 흩어져 격렬하게 타오르는 사랑이 웃음 짓고 있었다. 나는 생각했다. 선량함이란 행복이 방사하는 빛에 불과한 것이며 내 마음은 행복하다는 것에서 오는 단순한 효과에 의해 만인에게 주어지는 것임을.

그리고 나중에…… 아니다, 내가 나이와 함께 느끼게 된 것은 욕망의 감퇴도 포만감도 아니었다. 그렇지만 흔히 탐욕을 이기지 못하는 내 입술에서 쾌락이 너무나도 빨리 소진된다는 것을 예상한 나머지, 쾌락의 취득이 추구보다 덜 값지다고 느껴졌다. 그리하여 결국 나는 점점 더 갈증을 끄는 것보다는 갈증 그 자체를, 쾌락보다는 그 약속을, 사랑의 만족보다는 무한한 확대를 더 좋아하게 되었다.

만남[62]

나는 발레의 마을로 그를 찾아보러 갔다. 그곳에서 그는 표면상으로는 병후 요양을 하고 있는 것으로 되어 있지만 사실은 죽음을 준비하고 있었다. 병으로 인해 그의 모습이 어찌나 변했는지 나는 그를 간신히 알아보았다.

"정말이지 이거야 원, 영 시원치 않아. 정말 안 좋아." 그가 말했다. "이젠 신체 기관이 차례로 말썽을 일으키는 거야. 간장 다음에는 신장이, 그다음에는 비장이…… 그리고 무릎은 또 어떻고! 어디 한번 보게나!"

그리고 모포를 반쯤 걷어 올리면서 수척한 다리를 앞으로 당겨 관절 부분에 생긴 커다란 혹 같은 것을 내보였다. 땀을 많이 흘리고 있어서 내복 상의가 몸에 찰싹 달라붙어 여윈 몸이 그대로 드러나 보였다. 나는 서글픈 표정을 감추기 위해 미소를 지어 보이려고 애를 썼다.

"어쨌든 자네도 완쾌하려면 상당한 시일이 걸리리라는 것을 알고 있었잖은가." 내가 그에게 말했다. "그러나 여기 있으니 기분은 좋지? 공기도 맑고. 음식은 어떤가……?"

"썩 좋아. 천만다행으로 아직 소화는 잘된다는 거야. 며칠

---

62) 이것은 1930년 8월 지드가 아르카숑의 요양원으로 마르크의 친형이요, 자신의 친구인 장 폴 알레그레를 찾아갔던 때의 일을 사실 그대로 기록한 것이다. "끔찍하기 짝이 없는 엿새 동안 그를 격려하고, 괴로워하는 그를 도와주고, 거짓말을 하고, 그에게 죽음을 감추며 보냈다."(1930년 8월 18일의 『일기』)

전부터 체중까지 좀 늘었는걸. 열도 내렸고. 오! 따지고 보면 꽤 좋아진 편이야."

미소 비슷한 것이 떠오르면서 그의 얼굴 윤곽이 좀 펴졌다. 그가 어쩌면 희망을 아주 다 잃어버린 것은 아닐 것 같다는 생각이 들었다.

"게다가 이제 봄도 되었으니 자네도 조만간 정원에라도 내려가 볼 수 있을 걸세." 내가 창문 쪽으로 얼굴을 돌리며 얼른 말을 이었다. 눈에 가득히 고이는 눈물을 감추고 싶었던 것이다.

"이미 매일 점심 식사 후에 잠깐씩 내려가 보곤 하네. 저녁 식사만 방으로 갖다 달래서 하거든. 점심은 억지로라도 공동 식당에 가서 먹으려고 하네. 지금까지 세 번밖에 빠지지 않았어. 식후에 3층까지 다시 올라오는 게 좀 힘들긴 하지만 뭐, 급할 건 없으니까. 한 번에 네 계단 이상은 오르지 않아. 그러곤 숨을 돌리지. 도합 20분은 잡아야 해. 그렇지만 운동도 되는 거니까. 그런 다음에 다시 침대에 누우면 여간 흐뭇한 게 아냐! 그러는 동안에 방 소제를 하게 할 수도 있고. 하지만 무엇보다 될 대로 돼라 하고 방심하는 것이 두려워……. 이 책들 말인가? ……그래, 이건 자네 저서 『지상의 양식』일세. 이 작은 책을 늘 옆에 두고 있지. 이 책이 내게 얼마나 위안과 용기를 주는지 자네는 모를 걸세."

이 말은 내가 이제까지 받았던 어떤 찬사보다도 나를 기쁘게 했다. 솔직히 말해서 나는 이 책이 강자들에게만 사랑을 받는 게 아닌가 하고 걱정했던 것이다.

"그래." 그가 말을 이었다. "몸이 이런 꼴이긴 하지만 금방이라도 꽃이 필 듯한 정원에 내려가면 파우스트처럼 흘러가는 순간을 향해 '그대는 참 아름답구나! ……잠시 멈추어 보렴.' 하고 말하고 싶어진다네. 모든 것이 다 그때는 조화롭고 아름다워 보이니 말이야. 마음에 걸리는 것은 나 자신이 이 음악회에서 불협화음을 내고 이 화폭에다 얼룩을 만들고 있다는 느낌이 든다는 점이지……. 나도 아름다운 존재였으면 얼마나 좋겠나!"

잠시 동안 그는 아무 말 없이 활짝 열린 창 너머로 내다보이는 푸른 하늘로 눈길을 던지고 있었다. 이윽고 보다 낮은 목소리로 겁이 난다는 듯이 말했다.

"자네가 우리 부모님께 내 소식을 좀 전해 주면 좋겠네. 난 이제 더 이상 편지를 드릴 수 없는 처지가 되었어. 무엇보다 사실을 말씀드릴 수가 없어. 내가 편지를 보낼 때마다 어머니는 즉시 답장을 보내면서 이렇게 말씀하시거든. 내가 병에 걸린 것은 내게 좋은 일이고 나를 구원하시려고 하느님이 내게 고통을 주시는 거라고 말일세. 병을 고치려면 그 점을 잘 알아야 하고 그런 다음에야 비로소 병이 나을 자격을 갖추는 거라고 하시네. 그래서 나는 그 설교가 싫어서 그냥 잘 지내고 있다고만 늘 말하지. 설교하는 소리를 들으면 마음속에 신성모독의 감정만 가득해지니까. 그러니 자네가 어머니께 편지를 좀 써 주게나."

"오늘 아침에 당장 쓰겠네." 내가 땀에 젖은 그의 손을 잡으면서 말했다.

"아! 너무 꽉 쥐지 말게, 아파."

그는 미소를 지었다.

2

프랑스 문학, 특히 이상하게도 낭만주의 문학[63]은 슬픔을 찬미하고 배양하고 전파해 왔다. 가장 영광스러운 행동에 나서도록 인간을 부추기는 저 능동적인 슬픔이 아니라 이른바 우수라고 일컫는, 시인의 이마를 창백하게 만들어 돋보이게 하고 눈빛에 향수가 깃들게 하는 일종의 물렁물렁한 영혼의 상태 말이다. 거기에는 어떤 유행과 자기만족 같은 것이 들어 있었다. 기쁨은 너무 좋고 멍청한 건강의 표시여서 천하게 보였다. 그래서 웃는 모습을 보면 사람들은 얼굴을 찌푸리는 것이었다. 슬픔이 영적이라는 특권을, 따라서 심오함이라는 특권을 독차지했다.

베토벤보다는 언제나 바흐와 모차르트를 더 좋아했던 나는 "가장 절망적인 노래가 가장 아름다운 노래이니."라는 뮈세의 저 유명한 시구[64]를 불경한 말로 여기고 인간이 적대적인 공격에 쓰러져 버리는 것을 받아들일 수 없다.

그렇다, 나는 여기에 자연스러움으로 기우는 방임보다는 결단이 더 많이 내포되어 있다는 것을 알고 있다. 프로메테우스가 캅카스

63) 낭만주의 문학에 대한 지드의 신랄한 비판.
64) 뮈세의 시 「5월의 밤」.

산 위에서 사슬에 묶여 고통받고 그리스도가 십자가에 못 박혀 죽은 것은 둘 다 인간을 사랑했기 때문이라는 것을 나는 알고 있다. 반신(半神)들 중에서 헤라클레스만이 괴물들, 히드라 그리고 인간을 괴롭힌 저 모든 끔찍한 힘들을 이겨 낸 고뇌를 이마에 간직하고 있다는 사실을 나는 알고 있다. 아직도 정복해야 할 용들이 많이 있다는 것을, 어쩌면 영원히 존재하리라는 것을…… 나는 잘 알고 있다. 그러나 기쁨의 포기에는 어떤 파산과도 같은 것이, 일종의 직무 유기, 비겁함 같은 것이 숨어 있다.

오늘날까지 인간은 다른 사람들을 해치고 짓밟고 올라섬으로써만 비로소 행복을 가능하게 해 주는 안락함에 이를 수 있었는데 이야말로 더 이상 용납할 수 없는 일이다. 수많은 인간이 이 땅 위에서 자연스레 조화로움에서 생겨나는 그 행복을 단념해야 한다는 것은 더욱 용납하지 못한다.

*

인간들이 약속받은 땅, 허락된 땅을 어떻게 만들어 놓았는가……. 이 점을 생각하면 신들도 얼굴을 붉힐 것이다. 장난감을 부수는 어린애도, 제가 먹을 것을 얻어야 할 목장을 파괴하고 물을 마셔야 할 샘을 흐려 놓는 짐승이나 제 둥지를 더럽히는 새도 이보다 더 어리석을 수는 없다. 오, 도시들 언저리의 한심한 모습이라니! 추악하고 난잡하고 악취가 진동한다……. 조그만 이해와 사랑만 있어도 도시의 녹지대가 될 수 있었을 정원들을 나는 생각해 본다. 초목이 제공하는 가장 사치스럽고 가장 정다운 모든 것을 보호하고 누군가가 만인의 즐거움을 조금이라도 훼손하는 행위를 할 경우 그를 벌하면 되었을 것을.

여가여! 나는 그대들이 어떤 것이 될 수 있을 것인지를 생각해 본다. 오, 기쁨의 축복 속에 이루어지는 정신적 유희여! 그리고 노동, 노동 그 자체도 믿음이 없는 저주에서 벗어나 구원받는다.

*

어떤 진화론자가 과연 애벌레와 나비 사이에 그 어떤 관계가 있다고 상정하겠는가, 그게 바로 똑같은 존재라는 사실을 모른다면 말이다. 계보 관계는 상상도 할 수 없어 보인다. 그런데 사실은 동일체인 것이다. 내가 만약 자연과학자였다면 이 수수께끼를 향해 내 정신의 모든 힘과 모든 의문을 집중했을 것이다.

이 변신을 목격할 수 있는 기회가 극소수의 사람들에게만 주어졌다면, 이 변신이 보다 희귀하고 드문 것이었다면 아마도 우리에게 그것이 더욱 놀랍게 느껴졌을 것이다. 그러나 인간이란 항상 있는 기적에는 별로 놀라지 않는다.

변하는 것은 형상만이 아니다. 풍속도 입맛도 변한다.

"너 자신을 알라." 위험한 동시에 추악한 격언이다. 스스로를 관찰하는 자는 누구든 발전을 멈춘다. '자신을 잘 알려고' 애쓰는 애벌레는 절대로 나비가 되지 못할 것이다.

*

나는 나의 다양성을 통해서 어떤 불변성을 분명히 느낀다. 내가 다양하다고 느끼는 것은 언제나 나 자신이다. 그러나 그 불변성이 존재한다는 것을 알고 느끼는데 무엇 때문에 그 불변성을 얻어 내려고 애쓰는 것일까? 나는 내 일생을 통해서 나를 알려는 노력을 거부해 왔다. 다시 말해서 나를 찾는 것을 거부해 왔다. 내가 보기에 그러한 탐구, 아니 더 정확하게 말해서 그런 성공은 존재를 제한하고 빈약하게 만들 것 같았다. 혹은 어지간히도 빈약하고 한계가 있는 인사들만이 자신을 발견하고 자신을 이해할 수 있게 된다고, 아니 어쩌면 자신에 대해 안다는 것은 존재와 그 발전을 제한한다고 생각되었던 것이다. 왜냐하면 그다음에는 자신의 모습과 닮아야 한다는 일념으로 자기가 발견한 그 모양 그대로 남아 있게 될 테니 말이다. 그러니 오히려 미래의 기대를, 영원히 손에 잡히지 않는 생성, 변화를 끊임없이 지켜 나가는 것이 나을 것이다. 나에게는 어떤 식으로 확고하게 이치에 맞는 것보다, 자기 자신과 일치된 모습을 보여 주겠다는 어떤 식의 의지보다, 자신과 단절되는 것에 대한 두려움보다 모순이 거부감을 덜 일으킨다. 사실 나는 그 모순이 외견상으로만 모순일 뿐 더 실제로는 깊이 감추어진 어떤 연속성과 관련된 것이라고 생각한다. 또 나는 이 경우도 다른 경우와 마찬가지로 언어의 표현이 우리를 속이는 것이라고 생각한다. 언어는 실제 삶에서보다 더 많은 논리를 우리에게 요구하는 경우가 잦고, 또 우리 내면의 가장 귀중한 것은 표현되지 않은 상태로 남아 있는 부분이니 말이다.

3

나는 가끔, 대개는 심술궂은 마음을 가지고 내가 생각하는 것 이상으로 남에 대해 나쁘게 이야기하고, 비겁한 마음을 가지고 많은 작품들에 대해 실제 생각 이상으로 좋게 말했다. 책이든 그림이든 그 작품의 작자들을 나의 적으로 만들어 놓을까 봐 두려워서 말이다. 나는 때때로 조금도 재미있다고 여기지 않는 사람들에게 미소를 지어 보였고, 어리석은 말을 무척 고상하다고 느끼는 척도 했다. 또 때로는 따분해 죽을 지경인데도 재미나는 척했고, 사람들의 "좀 더 있다 가시죠……." 하는 말 때문에 자리에서 일어설 용기를 못 내고 앉아 있기도 했다. 나는 너무나 자주 마음의 충동을 이성으로 제지했다. 반면에 마음은 침묵하는데도 말을 하는 일이 지나치게 잦았다. 나는 가끔 남들의 동의를 얻기 위해 어리석은 짓들을 했다. 반대로 내가 반드시 해야 한다고 생각은 하면서도 남들이 동의해 주지 않을 것을 알기에 감히 하지 못한 일도 많다.

'돌이킬 수 없는 과거'에 대한 후회[65]는 늙은이들이 마음 쓰는 가장 부질없는 일이다. 생각은 그렇게 하면서도 나는 그걸 극복하지 못하고 있다. 당신은 그 후회가 알지 못하는 사이에 신의 뜻을 되돌리게 하는 것이라고 믿기에 나를 그쪽으로 부추긴다. 그러나 당신은 나의 후회, 나의 회한의 성질에 대해 오해하고 있다. 지금 나를 괴롭

---

65) "Laudator temporis acti." "온통 지나간 시절만 가장 좋았다고 떠드는" 늙은이들에 대해 호라티우스가 한 말.

히는 것은 '행해지지 않은 것'에 대한 후회, 젊은 시절에 내가 할 수도 있었고 했어야 옳았으나 모럴 때문에 하지 못한 모든 것에 대한 후회다. 지금은 더 이상 신뢰하지도 않는 모럴, 자신의 육체를 만족시키는 것을 거부하는 데서 긍지를 느낄 정도로 나에게 가장 거추장스러운 것이면서도 거기에 순종하는 것이 좋다고 믿었던 그 모럴 때문에 말이다. 영혼과 육체가 사랑하기에 가장 알맞고 사랑하고 사랑받기에 가장 어울리는 나이, 포옹이 가장 힘차고 호기심이 가장 강하고 배울 것이 많으며 쾌락이 가장 값진 나이, 바로 그 나이에 영혼과 육체가 다 같이 사랑의 요구에 저항하는 최대의 힘을 갖추기 때문이다.

당신이 '유혹'이라고 불렀던 것, 내가 당신과 함께 유혹이라고 불렀던 것, 내가 애석하게 생각하는 점은 바로 그것이다. 오늘 내가 후회하는 것이 있다면 몇 가지 유혹에 졌기 때문이 아니라 너무나 많은 다른 유혹들에 저항했기 때문이다. 뒤늦게 그 유혹들이 이미 매력을 잃고 나의 사고에 별 도움이 되지 못하게 되었을 때 나는 그것을 찾아 헤매었던 것이다.

나는 나의 청춘을 어둡게 만든 것을, 현실보다 공상을 더 좋아했던 것을, 삶에 등을 돌리고 있었던 것을 후회한다.[66)]

66) 『지상의 양식』 8장 앞부분 "물론 그렇다! 나의 청춘은 참으로 어두운 것이었다. 나는 그것을 후회한다." 참조.

*

오! 우리가 하지 못한 모든 것 그러나 우리가 할 수도 있었을 모든 것…… 하고 이승을 떠나려는 순간 그들은 생각할 것이다. 우리가 했어야 마땅한 모든 것 그러나 우리가 하지 못한 모든 것! 체면 걱정 때문에, 기회를 기다리다가, 게을러서, 그리고 '제길! 시간이 좀먹나.' 하는 생각만 줄곧 하고 있다가. 두 번 다시 오지 않을 매일 매일, 두 번 다시 잡을 수 없을 매 순간을 놓쳐 버렸기 때문에. 결심, 노력, 포옹을 뒤로 미루었기 때문에…….

지나가는 시간은 지나가 버리고 만다.

오! 뒤에 올 그대는 보다 민첩해져서 순간을 놓치지 말라! 하고 그대들은 생각할 것이다.[67]

*

나는 지금 내가 차지하고 있는 이 공간적 지점에, 시간 속의 이 정확한 순간에 자리 잡고 있다. 나는 이 지점이 결정적이지 않은 것을 허락할 수 없다. 나는 두 팔을 한껏 길게 뻗어 본다. 나는 말한다. 여기가 남쪽, 여기가 북쪽……. 나는 결과이다. 나는 원인이 될 것이다. 결정적인 원인이! 두 번 다시 있을 수 없는 하나의 기회! 나는 존재한다. 그러나 나는 존재하는 이유를 찾아내고 싶다. 나는 내가 왜

---

67) 이것은 바로 『지상의 양식』의 교훈이었다. 그러나 이 말은 호라티우스의 유명한 말을 그대로 번역한 것이기도 하다.(『오드』, 1-11-8)

사는지를 알고 싶다.

*

남에게 우스꽝스럽게 보이지나 않을까 하는 두려움 때문에 우리는 최악의 비겁한 짓들을 하게 된다. 얼마나 많은 청년들이 용기로 충만해 있다고 자신하다가 그들의 굳은 믿음이 한갓 '유토피아'라는 말 한마디와 양식 있는 사람들의 눈에 헛된 꿈에 팔린 사람으로 비치지나 않을까 하는 두려움 때문에 갑자기 기가 꺾이고 말았던가. 마치 인류의 모든 위대한 발전이 실현된 유토피아에 힘입은 것이 아닌 것처럼! 마치 내일의 현실은 어제와 오늘의 유토피아로 이루어져야 할 것이 아닌 것처럼. 만약 미래가 과거의 단순한 반복(그것이야말로 나에게서 삶의 기쁨을 송두리째 다 앗아 갈 가능성이 가장 큰 이유가 되겠지만.)이 아니라면 말이다. 그렇다, 발전이 가능하다는 생각이 없다면 내게 삶이란 더 이상 아무런 가치가 없는 것이다. 그래서 나의 소설 『좁은 문』에서 알리사의 입을 통해 "제 아무리 행복한 것일지라도 발전이 없는 상태란 나로서는 바랄 수 없습니다……. 그래서 발전이 없는 기쁨이라면 경멸할 것입니다."라고 한 말은 바로 내 마음의 표현이다.

*

우리가 마음속에 품고 있는 공포감을 실제로 불러일으킬 만큼 두려운 괴물은 극히 드물다.

공포가 낳는 괴물들(밤의 공포와 밝음의 공포, 죽음의 공포와 삶의 공포, 남들에 대한 공포와 자신에 대한 공포, 악마의 공포와 신의 공포) 그대들은 더 이상 우리에게 두려움을 강요하지 못한다. 그러나 우리는 여전히 도깨비들의 지배하에 살고 있다. 신을 두려워함이 지혜의 시작이라고 누가 말했던가. 무모한 지혜, 참된 지혜여, 그대는 공포가 끝나는 곳에서 시작하는 것이니 우리에게 삶이 무엇인지 가르쳐 주는구나.

*

믿음이 가능한 곳이면 어디든 안락과 기쁨을 가져다준다는 것이야말로 머지않아 나에게 없어서는 안 될 행복의 필요조건이 되고 요구 조건이 될 것이다. 이제는 공감에 의해, 이를테면 위임에 의해 맛볼 수 있는 행복 이외에 다른 행복은 더 이상 알지 못하기에 마치 남의 행복만으로 나 자신의 행복을 이룩해야 한다는 듯이. 그래서 그 행복을 가로막는 모든 것은 내게 가증스럽게만 느껴졌다. 즉 소심함, 낙담, 몰이해, 험구, 과장되게 엄살 부리며 상상한 비탄, 비현실적인 것에 대한 부질없는 갈구, 당파·계급·국민·종족 간의 분열 그리고 인간을 자신 및 남의 적이 되게 만드는 모든 것, 불화를 조장하는 것들, 억압, 위협, 부정 등이 그것이다.

*

다람쥐는 구렁이가 기어오르는 것을 용납하지 못한다. 거북이와 고슴도치가 꿈틀대면 산토끼는 달아나 버린다. 그대는 인간들에게서도 이런 다양한 모습들을 보게 될 것이다. 그러니 그대와 다른 것을 나무라지 말라. 인간 사회는 여러 가지 활동 형식들을 활용할 필요를 느끼고 여러 가지 형태의 행복이 활짝 피어나도록 권장할 때 비로소 완전해질 수 있을 것이다.

*

남을 타락시키는 자들, 남의 마음을 어둡게 하는 자들, 남을 약하게 만드는 자들, 퇴행적인 자들, 느린 자들, 성실치 못한 자들, 나의 개인적인 적들이 되었다.

나는 인간을 축소시키는 모든 것을 미워한다. 즉 인간을 지혜롭지 못하게 만들고 자신을 잃게 하거나 민첩하지 못하게 만드는 모든 것을 미워한다. 나는 지혜가 항상 느림과 의혹을 수반하게 되는 것을 받아들일 수 없으니까. 그것이 흔히 노인들보다 어린아이에게 더 많은 지혜가 있다고 믿는 이유이기도 하다.[68]

*

그들의 지혜? ……아! 그들의 지혜라면 대단한 것인 양 떠들어대지 않는 게 좋다.

---

68) 『지상의 양식』 1장 중 “메날크는 위험하다. 그를 두려워하라. 그는 현자(賢者)들에게 배척당하지만 아이들은 그를 두려워하지 않는다.” 참조.

그것은 만사를 경계하고 위험을 피한 채 최소한으로 사는 것이니 말이다.

그들의 충고에는 항상 굳어지고 괴어 있는 그 어떤 것이 있는 것이다.

그들은 귀찮은 잔소리를 늘어놓아 자녀들을 오히려 바보로 만드는 어떤 가정의 어머니들과 비슷한 데가 있다.

"너무 세게 흔들지 마라, 줄이 끊어지겠다."

"그 나무 밑에 있으면 안 돼, 천둥이 칠 거야."

"젖은 데를 밟지 마라, 미끄러진다."

"풀밭에 앉으면 안 돼, 옷 더러워진다."

"네 나이라면 좀 더 점잖게 굴어야지."

"몇 번이나 말해야 알아듣니?"

"식탁에 팔꿈치를 괴지 말라니까?"

"정말 얘를 어쩌면 좋지!"

아! 부인, 그래도 당신보다는 나은 편인걸요.

*

놀랍고도 크게 기대했더랬다는 점에서, 나는 기쁨을 어느 견디기 힘들게 더운 날 저녁, 온종일 메마른 곳을 걸은 뒤 하룻밤 묵게 된 곳에서 얻어 마신 커다란 한 항아리의 신선한 우유에 비겨 본다. 우리는 여러 주일 동안 우유를 구경도 못 하고 지냈다. 당시 우리가 거쳐 가는 지역은 잠 오는 병이 창궐해 가축에게 적합하지 못한 곳이었기 때문이다. 그러나 우리는 알아차리지 못했지만 몇 시간 전부터 목축이 가능한 보호된 지역에 들어와 있었다. 그래서 만약 풀이 그렇게 웃자라 있지 않았더라면, 또 말을 타고 가며 좀 더 높은 곳에서 내려다볼 수 있었더라면 여기저기 수풀 속에서 가축 떼를 분간해 볼 수 있었을 것이었다. 그래서 그날 저녁에도 갈증을 끌 것으로 겨우 미지근하고 수상한 물밖에는 기대할 것이 없었다. 그것도 혹시 모를 일이라 우선 한 번 끓인 것이어서 포도주나 알코올을 섞어 색깔을 내보아도 구역질 나는 맛이 가셔지지 않는 것이지만 앞서의 여러 날 동안은 그것으로 만족하는 수밖에 없었던 것이다. 그러나 그날 저녁에는 오두막집 그늘에서 우리를 위해 짜다 준 한 항아리의 우유를 얼마나 기쁜 마음으로 얻어 마셨던가. 그 표면은 회색빛 모래의 얇은 막에 덮여 흐릿했다. 우리는 우유 잔으로 그 얇은 막을 찢었다. 그러자 그날의 엄청난 더위 속에서도 그 밑에 고여 있는 우유는 한결 더 맑고 더 신선해 보였다. 순백의 우유였지만 우리가 마시는 것은 그늘이요, 휴식이요, 격려였으니…….[69)]

69) 이 기록은 1925~1926년 콩고 여행에 대한 기억인 듯하다.

4장

1

내 마음에 드는 것은 오직 숨 쉬며 살아갈 수 있는 것뿐이다. 결국 나의 정신이 하는 일이란 조직하는 것, 창조하는 것, 그것뿐이다. 그러나 나는 내가 우선 사용할 재료들을 시험해 보지 않고서는 아무것도 건축할 수 없다. 내 정신은 미리 인정된 개념, 원칙 등 어느 것이든 스스로 인정한 것이 아니면 받아들이지 않는다. 게다가 나는 가장 듣기 좋은 말은 가장 공허한 말이기도 하다는 사실을 잘 알고 있다. 나는 큰소리치는 사람들, 관례 추종자들, 성인군자들을 경계하므로 그들의 말을 우선 평가 절하해서 듣기 시작한다. 나는 그대의 덕목 속에 숨어 있는 교만을, 그대의 애국심 속에 숨어 있는 이해관계를, 그대의 사랑 속에 숨어 있는 육욕과 이기주의를 알아보고 싶다. 그렇다, 내가 비록 등불을 별이라고 인정하지 않아도 나의 하늘은 어두워지지 않았다. 내가 유령들에게 인도받지 않고 오로지 현실만을 사랑한다 해도 나의 의지는 결코 약해지지 않는다.

*

그러나 인간이 언제나 오늘날과 같지는 않았다는 사실은 그 인간이 언제까지나 오늘 같지는 않으리라는 희망을 갖게 해 준다.

그렇고말고! 나 역시 '발전'이라는 우상 앞에서 미소 지을 수도 있었고 플로베르와 함께 조소할 수도 있었다.[70] 그러나 그것은 사람들이 우리에게 그 발전을 하찮은 신으로 소개했기 때문이다. 상공업의 발전이니, 특히 미술의 발전이니 하는 것은 얼마나 어리석은 것인가! 앎의 발전이라면 물론 좋다. 그러나 내게 중요한 것은 다름 아닌 '인간'의 발전이다.

인간은 언제나 오늘날의 인간의 모습이 아니었고 점차로 오늘의 모습을 갖추게 되었다는 사실은 신화에서 뭐라고 말하든 간에 내가 보기에는 의심의 여지가 없는 듯하다. 불과 몇 세기밖에 미치지 못하는 우리의 시력으로는 과거에 인간의 모습은 언제나 똑같은 것이었음을 인정하고 이집트의 파라오 시절 이래 전혀 변한 것이 없다는 사실에 감탄해 마지않을 수도 있겠지만, 일단 "선사 시대의 심연" 속으로 깊이 들어가 보면 더 이상 그럴 수 없게 된다. 그리고 만일 인간이 언제나 오늘날과 같지 않았다면 어떻게 앞으로도 여전히 그런

---

70) 그러나 지드는 『부바르와 페퀴셰』의 저자에게서 느껴지는 "뭐든 다 비하하고자 하는 이상한 욕구, 구역질의 서사시"에 동의할 수 없다고 했다.(『일기』, 1925년 3월)

상태로 남아 있을 것이라고 생각할 수 있겠는가? 인간은 변화, 생성되는 존재이다.

그러나 그들은 인류가 자신의 영원한 부동성에 절망한 나머지 "만일 내가 1000년에 한 걸음씩 전진할 수만 있다면 나는 벌써 길에 나섰을 것이다."[71] 하고 절규하는 단테의 저 저주받은 자와 닮은 것이라고 상상하고 또 내게도 그렇게 설득하려 드는 것이다.

이 발전이라는 관념은 내 정신 속에 자리 잡고서 다른 모든 관념들과 관련을 맺거나 그 관념들에 순응한다.

('완성된 인간'이라는 생각은 고전주의 시대에 일시적으로 확보된 균형을 근거로 품을 수 있는 환상이었다.) 인류의 현재 상태가 필연적으로 극복되어야 한다는 것은 '우리를 열광케 하는' 생각인 동시에 그 발전을 방해할 수 있는 것이면 무엇이나 깎아내리게 되는 생각이다.(그것은 기독교인들에게 악에 대한 증오와 비길 만한 것이다.)

*

이 모든 것은 일소될 것이다. 일소되어 마땅한 것 그리고 그렇지 않은 것 또한 일소될 것이다.[72] 왜냐하면 그런 이것과 저것을 구별

71) 피렌체에서 화형당한 위폐 제조자 아담이 한 말.(『신곡』「지옥편」 30곡 82~84)

72) 『새로운 양식』 1장 앞부분 "백지화. 나는 과거를 일소해 버렸다. 이제 다 되었다! 나는 다시 채워 넣어야 할 텅 빈 하늘 앞에, 처녀지에 벌거숭이로

할 방법이 없으니까. 여러분은 인류의 구원을 과거에 대한 애착에서 찾으려 한다. 그런데 과거를 거부함으로써만, 더 이상 소용이 없어진 것을 과거 속에서 몰아냄으로써만 발전은 가능해지는 것이다. 그러나 여러분은 발전을 전혀 믿으려 하지 않는다. 그래서 "과거에 있었던 것은 미래에도 그대로일 것이다."라고 말하는 것이다. 나는 과거에 있었던 것은 두 번 다시 있을 수 없다고 생각하고 싶다. 인간은 이전에 자기를 보호해 주었던 것, 차후에는 자기를 억압하게 될 것에서 차츰 벗어나게 될 것이다.

*

변화시켜야 할 것은 이 세계뿐이 아니라 인간도 마찬가지이다.[73] 그 새로운 인간이 어디서 솟아날 것인가? 분명 밖에서 솟아나지는 않을 것이다. 동지여,[74] 그대 자신 속에서 그를 발견해 내도록 하라. 그리하여 광석에서 찌꺼기가 없는 순수한 금속을 추출해 내듯이 그대에게 대망의 새로운 인간을 요구하라. 그 새로운 인간을 그대 자신에게서 얻어 내라. 대담하게 그대 자신이 되라.[75] 적당히 넘어가지 말라. 저마다의 존재 속에는 놀라운 가능성들이 잠재해 있다. 그

서 있다." 참조.

73) "여러 가지 철학들은 기껏 다양한 방식으로 세계를 해석한 것뿐이다. 이제 해야 할 것은 세계를 변화시키는 일이다."라는 마르크스의 말의 메아리.

74) 1987년 『지상의 양식』에서 시인이 자신의 '제자'에게 주었던 이름 '나타나엘'이 '이제는 너무 탄식조로' 느껴져서, 『새로운 양식』에서 그를 대체하여 부르게 된 이 호칭이 여기서 처음으로 등장한다.

75) 핀다로스의 유명한 말. 그 후 니체가 다시 되풀이했다. "너 자신이 되라!"

대의 힘과 그대의 젊음을 굳게 믿어라. 끊임없이 스스로에게 다짐할 줄 알아야 한다. "오로지 나 자신에 달린 일이다."라고.

*

잡탕으로 섞어서는 무엇 하나 쓸 만한 것을 얻을 수 없다.

젊었을 적에 내 머릿속에는 온갖 혼혈 종, 노새, 카멜레온 들이 가득 차 있었다.

선별하는 미덕.

으뜸가는 미덕: 인내.

단순한 기대와는 아무 상관이 없다. 인내란 오히려 고집과 일맥상통하는 것이다.

만남

1

부르보네 지방에서 나는 어느 사랑스러운 노처녀를 알게 되었다.

그녀는 엄청나게 많은 묵은 약들을 장 속에 간직하고 있었다.

그래서 장 속에는 더 이상 아무것도 넣을 자리가 없었다.

그런데 그녀는 이제 아무런 건강상의 문제가 없는 상태이

기에

나는 그녀에게 말해 보았다. 그렇게 아무짝에도 쓸모가 없는 것을

지니고 있는 것은 아무리 보아도 불필요한 일 같다고 말이다.

그러자 노처녀는 얼굴이 빨개졌다.

금방이라도 울음을 터뜨릴 것만 같았다.

그녀는 약병이며 통이며 튜브 따위를 하나하나 꺼내면서

말했다. "이것 덕에 난 복통이 나았고 저것 덕에 인후염을 고쳤지요.

이 고약은 종기를 고쳐 주었는데 혹시 그 종기가 재발할지도 모르잖아요.

그리고 이 알약은 변비가 생겼을 적에 먹으니 편안해지더군요.

또 이 기구로 말하자면, 흡입기가 분명한데

이제 완전히 쓸 수 없는 상태가 되어 버렸지 싶네요."

마침내 그녀는 이 모든 약들이 그녀로서는

옛날에 큰돈을 주고 산 것들이라고 털어놓았다.

그러자 나는 그녀가 그 약들을 버리지 못하는 것은

무엇보다도 바로 그 점 때문이라는 사실을 깨달았다.

2

이윽고 우리가 그 모든 것들을 버려야 할 때가 온다.

'그 모든 것'이란 무엇일까? 어떤 사람들에게는

그것은 축적해 놓은 재산이요, 소유지요, 책이 그득히 들어 찬 서재요,

그저 한가로움을 즐기는 안락의자들일 것이다.

그 밖의 다른 많은 사람들에게 그것은 고통과 노동일 것이다.

가족과 친구들과 자라나는 아이들과 헤어지는 것이며

시작해 놓은 일, 마무리 지어야 할 과업,

이제 막 실현되려는 꿈일 것이다.

한 번 더 읽고 싶었던 책들,

한 번도 맡아 보지 못한 향기들,

제대로 만족시켜 보지 못한 호기심,

당신의 도움에 기대를 걸고 있던 가난한 사람들,

이루고 싶었던 평화, 마음의 평정이었으니…….

그런데 문득 내기가 끝나 버린 것이다. 이제 더 이상 어쩔 수가 없다.

그러자 어느 날 누군가가 이렇게 말한다.

"저, 그런데…… 공트랑 말입니다. 방금 그 사람을 보고 나오는 길인데요. 가망 없게 되었더군요.

일주일 전부터 기력이 말이 아니게 되어

'갈 날이 다 됐어, 갈 날이.' 하고 자꾸만 헛소리를 해 대는 거예요.

그래도 옆에서들은 기대를 거는 모양이지만 가망이 없어요."

"대체 어디가 아픈데요?"

"내분비샘이 문제라고 알고 있죠. 그렇지만 심장이 아주 안 좋았어요.

의사 말로는 인슐린 주사로 인한 일종의 중독이라고 해요."

"거참, 이상한 병이군요."

"말을 들어 보면 그 사람, 상당한 재산을 남기고 있다고 해요.

메달과 그림을 수집해 놓은 것도 있고.

세금 때문에 방계 상속인들에게는 한 푼도 돌아가지 않는다는군요."

"수집해 놓은 메달이 있다고요! 그런 것에 흥미를 느끼다니 이해가 가지 않네요."

*

약은 체하지 말게나. 자네도 사람 죽는 걸 보았을 거야. 조금도 코믹하지 않았지. 자네는 두려움을 숨기려고 농담을 하고 있지만 목소리가 떨리는 데다가 그 엉터리 시는 끔찍하다네.

그럴지도 모르지……. 그래, 나는 사람이 죽는 걸 봤어……. 내가 본 바로는 대개 죽기 직전, 단말마의 고통이 지나고 나면 자극에 대한 감각이 흐릿해지는 순간이 있지. 죽음이 푹신한 장갑을 끼고 달려드는 거야. 반드시 잠이 들게 하면서 목을 조이는 법이야. 죽음으로 인해서 우리와 갈라지게 되면 그것은 이미 그 뚜렷한 윤곽과 현존과 현실성을 잃어버린 것이야. 너무나도 색채가 흐릿해져 버린 세계여서 그걸 버리고 떠난다는 것은 더 이상 큰 고통이 아니게 되고 더 이상 아쉬울 것이 없어진다네.

그래서 나는 죽는다는 게 그리 어려운 것은 아닐지 모른다는 생각을 하지. 따지고 보면 누구나 다 죽게 되는 것이니까. 결국 그건 길들여야 할 한갓 습관에 불과한 것이 아닐까 해. 사람은 단 한 번만 죽는 것이긴 하지만.

그렇지만 자신의 삶을 가득 채우지 못한 사람[76]에게 죽음이란 끔찍한 거야. 그런 사람에게 종교는 때를 만났다는 듯이 이렇게 말하지. "걱정하지 마라. 진짜는 저쪽 세상에서 시작인 거야. 넌 거기 가서 보상을 받게 돼."

그러나 살아야 할 곳은 바로 여기 '이승'[77]인 것이다.

동지여,[78] 아무것도 믿지 말라. 증거 없이는 아무것도 인정하지 말라. 순교자들이 흘린 피가 입증한 것은 아무것도 없다. 아무리 형편없는 종교라 할지라도 나름대로의 순교자들이 있었으며 하나같이 열광적인 신념들을 불러일으켰다. 신앙의 이름으로 사람은 죽고, 신앙의 이름으로 사람을 죽인다. 알려는 욕망은 의혹에서 생겨난다. 믿는 것을 그치고 앎을 얻도록 하라. 사람은 증거가 없을 때에만 강요하려 드는 것이다. 자기를 과신하지 말라. 강요당하지 말라.[79]

---

76) '삶을 가득 채운다'라는 테마는 『테세우스』에도 나온다. 테세우스는 마지막에 이렇게 말한다. "나의 운명을 오이디푸스의 그것에 비긴다면 나는 만족이다. 나는 운명을 가득히 채웠다."

77) 지드에게 매우 중요한 테마인 'Et nunc(지금)'의 테마. 『지상의 양식』 머리에 인용한 『코란』의 말과 그 각주 참조.

78) 두 번째로 등장한 호칭 '동지(camarade)'.

79) 지드는 장차 소련 여행에서 돌아와 공산주의와 일체의 관계를 단절하게 될 때 이 분명한 잠언을 잊지 않을 것이다.

*

정신적 외상(外傷), 고통을 잠재우고…….

말에서 떨어져 기절했을 때의 일을 들려주는 몽테뉴의 저 멋진 이야기를 기억할 것. 그리고 하마터면 생명을 잃을 뻔했던 사고 때의 이야기가 기록된 루소의 글. "다시 정신이 들 때까지 나는 충격도, 말에서 떨어진 것도, 그 뒤에 일어난 일도 전혀 모르고 있었다. 밤이 깊어 갔다. 하늘과 별들과 약간의 초목이 눈에 들어왔다. 그 첫 감각은 정말 감미로운 순간이었다. 나는 아직 그 정도밖에는 느끼지 못했다. 나는 그 순간에 생명을 얻어 태어난 것이다. 그리하여 나는 내가 알아보게 되는 모든 물체들을 나의 가벼운 존재로 가득 채우고 있는 듯했다. 송두리째 현재의 순간 속에 있는 나는 아무것도 기억할 수 없었다……. 아무런 아픔도 두려움도 불안도 느낄 수 없었다……."

자연 과학의 그 소책자, 전쟁이 터졌을 때 잃어버리고 나서 그 후 아무리 찾아도 찾을 수 없었고 이제는 그 제목도 저자의 이름도 생각나지 않는 그 책.(그것은 삽화가 들어 있는 진홍색 하드커버 장정의 작은 영어 책이었다.) 나는 아직 그 책의 이른바 자연 과학이라는 것의 연구에 대한 일종의 권유인 서론을 겨우 읽었을 뿐이었다. 그 서론(그것은 뚜렷이 기억하고 있다.) 속에, 대략 간추려 말해 본다면, 고통이란 인간의 발명품이라는 것, 자연 속에서는 모든 것이 그것을 피하도록 되어 있어서 인간이 그것을 발명해 내지만 않는다면 고통은 별것 아닌 것으로 축소될 수 있다고 쓰여 있었다. 물론 저자가 말하는 것은, 개개의 살아 있는 존재에게 고통을 겪을 능력이 없다는 것이 아니라 허약하고 발육이 부진한 존재는 애초에 자동적으로 도태된다는 것이었다. 그리고 매우 웅변적인 실례들이 제시되어 있다. 그중에서 특히 암탉이 독수리의 발톱에서 벗어나면 방금 전과 다름없이 아무렇지도 않다는 듯 모이를 쪼아 먹기 시작한다는 예가 있다. 나도 동감하지만 저자는 그 까닭을 이렇게 설명한다. 동물은 오직 현재에만 살고 있어서 후회, 회한과 같이 과거의 재현이나 미래에 대한 두려움 속에 살고 있는 우리 인간의 수많은 상상의 고통들은 느끼지 않는다는 것이다. 저자는 이 과감한 자신의 이론(나의 생각도 그렇지만)을 밀고 나가면서, 산토끼나 사슴은 인간이 아니라 다른 동물에게 쫓길 때 그 질주와 도약과 속임수 쓰기에서 쾌감을 맛본다고 주장한다. 그리고 끝으로 다음과 같은 주장이 진실임을 우리는 알고 있다. 즉 맹수의 일격은 격렬한 충격이나 상처와 마찬가지로 감각을 마비시켜 버리기 때문에 먹이가 되는 동물은 대개 고통을 느낄 사이도 없이 죽는다는 사실이다. 나도 지나치게 극단적인 이 이론에 역설이라고 느껴질 만한 데가 있다는 것을 알지만 전체적으로 볼 때 그 이론이 옳다고 생각하는 바이며, 인간을 포함하여 자연계 전체에서 존재의 기쁨이 고통보다 훨씬 더 우선하는 것이라고 본다. 그러나 이것은 인간에게 와서 정지되고 만다. 그것도 인간의 잘못 때문에.

인간이 좀 덜 무모할 경우 전쟁으로 야기되는 고통들을 면할 수 있었고, 남에게 좀 덜 잔인하게 굴 경우 가장 많은 경우인 빈곤으로 야기되는 고통들을 면할 수 있었다. 이것은 결코 가공적인 유토피아가 아니라 우리 인간들의 고통 대부분은 결코 숙명적인 것도 필연적인 것도 아니며 다만 우리들 자신 탓으로 생긴 것일 뿐이라는 단순한 확인이다. 우리가 피해 갈 수 없는 고통들의 경우에도, 우리가 여러 가지 병에 걸릴 수 있지만 우리에게는 또한 약이라는 것이 있는 것이다. 나는 어느 면으로 보나, 인류가 보다 더 기운차고 건전하고, 그리하여 보다 더 즐거울 수 있으며, 우리가 경험하고 있는 거의 대부분의 고통은 그 책임이 우리 자신에게 있다고 믿는 바이다.

2

내가 자연을 '신'이라고 부르는 것[80]은 보다 더 간단하게 말하기 위해서이며 그렇게 하면 신학자들이 화를 내기 때문이다. 자네도 깨닫게 되겠지만 신학자들은 자연에 대해서는 눈뜬장님이고 그들이 어쩌다가 자연을 바라보는 일이 있다고 해도 그것을 제대로 관찰할 줄은 모르니 말이다.

사람들을 통해서 가르침을 얻으려 하기보다는 신의 곁에서 그대의 배움을 구하라. 인간은 위조된 것이다. 인간의 역사는 그의 핑계와 구실의 역사요, 그의 가장의 역사다. 나는 일찍이 이렇게 쓴 적이 있다. "채소 재배인의 수레가 키케로의 가장 아름다운 문장들보다 더 많은 진실들을 실어 나른다."[81] 인간의 역사라는 것이 있고 지당

---

80) 『새로운 양식』 2장 앞부분 "신을 믿지 않는다는 것은 생각보다 훨씬 더 어려운 일이다. 한 번이라도 진정으로 자연을 바라본 적이 있는 사람이라면 그렇게는 못 할 것이다." 참조.

81) 1919년 6월 지드가 《N.R.F.》에 발표한 「독일에 대한 성찰」에 나오는 말. 그 글에서 이 문장 바로 앞에는 이런 말이 있다. "모든 것이 다 재반성의 대

하게도 사람들이 '자연사'라고 부르는 역사가 있다. '자연사'에서 신의 목소리에 귀를 기울일 줄 알아야 한다.[82] 그저 막연하게 그 소리에 귀를 기울이는 것으로 만족하지 말라. 신을 향해 정확한 질문들을 던지고 신으로 하여금 정확하게 대답하지 않을 수 없게 하라. 그냥 바라보는 것으로 만족하지 말고 관찰하라.

그러면 어린것이 모두 나긋나긋하다는 것을, 새싹이 얼마나 많은 막에 싸여 있는지를 그대는 알게 될 것이다! 그러나 처음에 연약한 싹을 보호해 주던 모든 것이 일단 발아가 완료되고 나면 금방 거추장스러운 것으로 되고 만다. 처음에는 그것을 싸고 있던 막들을 터뜨리지 않고는 그 어떤 성장도 이루어질 수 없다.

인류는 자기의 배내옷을 귀중하게 여긴다. 그러나 인류는 그것을 벗어 버리지 않고는 성장하지 못한다.[83] 젖을 뗀 아이가 어머니의 젖을 물리친다고 해도 그것은 배은망덕이 아니다. 그에게 필요한 것은 더 이상 젖이 아니다. 동지여, 그대는 인간에 의해 증류되고 여과된 그 전통적인 젖에서 양분을 찾으려 해서는 안 된다. 치아는 깨물고 씹으라고 있는 것이다. 그대가 자양분을 찾아야 할 곳은 다름 아닌 현실 속이다. 벌거숭이로 굳세게 일어서라.[84] 막이 찢어지도록

상이 될 경우(모든 것은 다 재반성의 대상이 된다.)에도 나의 정신은 식물과 동물을 물끄러미 바라보면서 휴식할 것이다. 이제 내가 알고 싶은 것은 오직 '자연스러운' 것뿐이다."

82) 이에 뒤따르는 여러 가지 은유적인 논증들은 지드가 늘 자연사에 대해 가져 온 관심의 소산이다.

83) 과거의 거부, 과거와의 단절이 유난히 강조되고 있는 이 마지막 부분에서 가장 지배적인 테마.

84) 『새로운 양식』 1장 처음의 같은 이미지 "백지화. 나는 과거를 일소해 버

터뜨려라. 모든 후견인들에게서 떨어져라. 곧게 자라기 위해 용솟음치는 수액의 충동과 태양의 부름 이외에는 더 이상 아무것도 필요한 것이 없다.

모든 식물은 씨앗을 먼 곳으로 날려 보낸다는 사실을 그대는 알게 될 것이다. 또 어떤 씨앗들은 맛있는 표피에 둘러싸여 새들의 미각을 자극함으로써 새들의 도움으로 먼 곳에 이른다. 그러지 않고서는 절대로 도달할 수 없었을 먼 곳에 말이다. 또 어떤 것은 추진기나 관모(冠毛)를 이용해 지나가는 바람에 몸을 맡긴다. 너무 오랫동안 똑같은 식물들을 기르다 보면 토지가 지력을 잃고 중독되어 새로운 세대는 처음 세대와 똑같은 장소에서 자양분을 얻을 수 없게 되기 때문이다. 그대의 조상들이 먹고 소화한 것을 다시 먹으려 들지 말라. 아비의 그늘 밑에 그대로 남아 있으면 퇴화와 위축밖에는 기대할 것이 없음을 깨달았다는 듯이 플라타너스나 단풍나무의 날개 달린 씨앗들이 날아가는 것을 보라.

그대는 또한 용솟음치는 수액의 충동은 곧잘 가장 가느다란 가지 끝의 새싹을 부풀어 오르게 한다는 사실을 주목하게 될 것이다. 그러한 이치를 잘 깨닫고 되도록 과거에서 멀어지도록 노력하라.

그리스 우화를 이해할 줄 알아야 한다. 아킬레우스가 어머니의 손가락이 닿았던 기억 때문에 살이 여려진 그 부분을 제외하고는 그 어떤 공격에도 끄떡없는 불사신이라는 사실을 그것은 우리에게

렸다. 이제 다 되었다! 나는 다시 채워 넣어야 할 텅 빈 하늘 앞에, 처녀지에 벌거숭이로 서 있다." 참조.

가르쳐 준다.[85]

슬픔이여, 그대가 나를 꿇게 하지는 못한다! 나는 비탄과 흐느낌 사이로 들려오는 그윽한 노랫소리에 귀를 기울인다. 내가 마음대로 가사를 지은 노래, 약해지려 하는 마음을 굳게 다잡아 주는 그 노래. 동지여, 나는 그 노래를 그대의 이름으로 가득 채우고 굳센 마음으로 응답하는 사람들에게 던지는 부름으로 가득 채운다.

고개 숙인 이들이여, 자, 이제 고개를 들어라! 무덤을 향해 기울어지는 눈길이여, 고개를 들어라! 텅 빈 하늘을 향해서가 아니라 저 대지의 지평선을 향해 일어서라. 굳세게[86] 갱생하여, 죽은 자들의 악취가 진동하는 언저리를 박차고 떠날 준비가 되어 있는 동지여,[87] 그대의 발길이 가는 그곳으로, 그대의 희망이 부르는 대로 전진하라. 과거의 그 어떤 사랑에도 매이지 말라. 미래를 향해 몸을 던져라. 더 이상 시를 꿈의 영토 속으로 옮겨 놓지 말라. 현실 속에서 시를 읽어 내라. 시가 아직 현실 속에 있지 않거든 그 속에 시를 심어라.

다스리지 못한 목마름, 만족시키지 못한 식욕, 전율, 헛된 기대, 피로, 불면증……. 동지여, 그대가 이런 모든 것에서 벗어나게 되기를 아! 나는 얼마나 기원하는지 모른다! 모든 과일나무 가지들을 그

---

85) 아킬레우스의 어린 시절에 대한 전설 중 하나에 따르면 그의 어머니 테티스는 아들을 삼도(三途)내의 물에 빠뜨렸다가 꺼냈는데 그 결과 어머니가 붙잡고 있었던 발뒤꿈치만을 제외하고 그 물에 젖은 몸 전체는 상처를 입지 않을 수 있게 되었다.

86) 『새로운 양식』의 마지막 세 페이지에 '굳세게(vaillant)'라는 말은 세 번 반복된다.

87) 또다시 반복되는 '동지'라는 호칭.

대의 손과 입술에 닿도록 굽혀 주고 싶구나. 담장을 무너뜨리고 질투심을 못 이겨 독점하려 드는 이가 "출입금지. 사유지."라고 써 붙여 놓은 그대 앞의 장벽을 부숴 버리고 싶구나. 그리고 마침내 그대의 노동의 완전한 보상이 그대에게 돌아오도록 해 주고 싶구나. 그대의 고개를 들게 해 주고 드디어 그대의 가슴이 증오와 선망이 아니라 사랑으로 가득 차도록 해 주고 싶구나. 그렇다, 마침내 애무하는 이 모든 공기, 햇빛 그리고 이 모든 행복에의 초대가 그대에게 이르도록 해 주고 싶구나.

*

뱃머리에 하염없이 기대어 나는 수없이 많은 파도들, 섬들, 미지의 나라의 모험들이 나를 향해 밀려오는 것을 바라보고 있다. 그것들은 벌써…….

아니다 하고 그가 내게 말한다. 그대의 이미지는 거짓이다. 그대는 그 파도들을 본다. 그 섬들을 본다. 우리는 미래를 보지는 못한다. 오직 현재밖에는. 나는 순간이 가져오는 것을 본다. 그 순간이 내게서 앗아 가는 것을, 그리고 내가 두 번 다시 보지 못할 것을 생각해 본다. 뱃머리에 서 있는 자의 눈에 보이는 것은 비유적으로 말해서 오직 광대한 공허뿐…….

가능성이 채워 주는 공허. 전에 존재했던 것은 내게 지금 존재하는 것보다 덜 중요하다. 지금 존재하는 것은 존재할 수 있는 것과 앞으로 존재할 것보다 덜 중요하다. 나는 가능적인 것과 미래를 혼동한다. 모든 가능적인 것은 존재를 향해 노력한다고 생각한다. 존재할 수 있는 것은 장차 존재할 것이라고 생각한다. 그렇게 되도록 인간이 돕는다면.

그런데 그대는 신비적이라는 것을 부인한다! 그렇지만 그대는 그런 모든 가능성 중 오직 하나가 존재에 도달하기 위해서는 다른 모든 가능성을 무가 되도록 억눌러야 한다는 것을, 존재할 수도 있었을 것은 오직 우리를 후회로 이끌 뿐이라는 것을 알고 있다.[88]

나는 특히 인간은 과거를 자신의 등 뒤로 밀어 버림으로써만 앞으로 나간다는 사실을 알고 있다. 롯[89]의 아내는 뒤를 돌아다보았기 때문에 소금으로, 다시 말해서 굳어진 눈물로 변해 버렸다고 한다. 미래를 향하고 있는 롯은 그래서 자신의 딸들을 범한다. 아멘.

오, 그대, 지금 나는 그대에게 이 글을 쓰고 있지만(전에는 내가 나타나엘이라고 너무 구슬픈 이름으로 불렀던 자네 그리고 지금은 동지라고 부르는 자네) 이제 더 이상 마음속에 구슬픈 것은 아무것도 허용하지 말라. 구슬픈 탄식을 불필요하게 만드는 것을 그대 자신에게서 얻어 낼 수 있어야 한다. 그대 스스로가 얻을 수 있는 것을 더 이상 남에게 청하지 말라.

---

88) 모든 가능성을 다 맞이할 준비가 된 대기 상태와 선택의 필요성 사이의 모순이라는 문제에 주목할 것. 『지상의 양식』 4장 참조.

89) 성서의 인물(「창세기」 19장 26절)로 아브라함의 조카. 소돔에 정착한 그는 야훼의 말을 따라 뒤돌아보지 않았기 때문에 그 파괴되는 도시에서 탈출해 재난을 면한다. 롯의 아내는 불타는 도시를 보려고 뒤돌아보았기 때문에 소금 덩어리로 변해 버렸다. 얼마 뒤 롯은 두 딸과 어떤 동굴에 자리 잡게 되는데 딸들은 후손을 갖기 위해 아비에게 술을 먹여 취한 사이에 그와 몸을 섞는다.(「창세기」 19장 30절 이후)

나는 다 살았다. 이제 그대 차례이다. 이제부터 자네에게서 나의 젊음이 연장될 것이다. 내 그대에게 권능을 넘겨준다. 그대가 내 뒤를 잇는 것을 느낀다면 나는 죽음을 받아들이기가 더 쉬울 것이다. 나는 그대에게 희망을 건다.

그대가 굳세다고 믿으면 나는 미련 없이 삶과 작별할 수 있다. 나의 기쁨을 받아라. 만인의 행복을 증대시키는 것을 그대의 행복으로 삼아라. 일하고 투쟁하며 그대가 변화시킬 수 있는 것이면 그 어느 것도 나쁘게 받아들이지 말라. 모든 것이 자기가 하기에 달렸다는 것을 끊임없이 마음에 새겨라. 비겁하지 않고서야 인간이 하기에 달려 있는 모든 악의 편을 들 수는 없는 법. 예지가 체념 속에 있다고 단 한 번이라도 생각한 적이 있거든 다시는 그렇게 생각지 않도록 하라.

동지여, 사람들이 그대에게 제안하는 바대로의 삶을 받아들이지 말라.[90] 삶이 더 아름다울 수 있다는 것을 항상 굳게 믿어라. 그대의 삶도, 다른 사람들의 삶도. 이승의 삶을 위안해 주고 이 삶의 가난을 받아들이도록 도와주는 어떤 다른 삶, 미래의 삶이 아니다. 받아들이지 말라. 삶에서 거의 대부분의 고통은 신의 책임이 아니라 인간들의 책임이라는 사실을 그대가 깨닫기 시작하는 날부터 그대는 그 고통들의 편을 더 이상 들지 않게 될 것이다.

우상들에게 제물을 바치지 말라.

---

90) 지드의 모든 '혁명적'인 사상을 요약하는 표현.

작품 해설 1

『지상의 양식』: 맨발에 닿는 세계의 생살 혹은 소생의 희열

『지상의 양식』이 처음 발표된 것은 1897년이다. 다시 말해서 이 책과 우리 사이에는 1세기 하고도 10년이라는 긴 세월이 가로놓여 있다. 세기가 두 번이나 바뀐 것이다. 우리가 이 책에 담긴 메시지와 영원히 새로워지는 열정을 이해하기 위해서는 우선 이 책이 쓰이고 발표되고 많은 젊은이들에게 놀라운 충격으로 받아들여지던 당시, 즉 19세기 말엽 프랑스의 문학적·정서적 환경으로 되돌아가 볼 필요가 있다.

19세기 말엽은 장르 사이의 구분, 상이한 예술 분야 사이의 경계가 허물어져 가는 가운데 대상을 설명하고 묘사하며 분석하는 리얼리스트 소설이 종언을 고하는 한편, 새롭고 종합적인 장르를 추구하는 경향이 나타나는 시기였다. 앞서 지나간 두 세기 동안에는 인간의 이성을 바탕으로 하는 합리주의가 지배적인 힘을 행사해 왔다. 지드가 『지상의 양식』을 발표하던 시기는 이에 대한 반발로 심각한 정신적 불안에 사로잡힌 세기말이었다. 신비, 환상, 난해함에 대한 매혹은 바로 그런 분위기에서 연유하는 것이었다. 말라르메는 1891년에 말했다. "어떤 대상에 이름을 붙여 부른다는 것은 벌써 조금씩 조금씩 짐작해 나가는 기쁨으로 이루어진 시의 즐거움의 4분의 3을 없애 버리는 일이다. '암시한다는 것', 그게 바로 꿈인 것이다."

따라서 당시의 '새로운' 작품들은 정해진 틀에서 벗어나고 소설도 시도 에세이도 아닌, 그러나 동시에 그 모두인 것이 되려는 의지를 드러낸다. 그것이 에두아르 뒤자르댕의 『월계수는 베어졌다』의 내적 독백이건, 모리스 바레스의 『야만인들의 시선 아래서』의 막연하고 추상적인 장면들이건, 지드의 『앙드레 발테르의 수기』라는 쓰다가 만 것 같은 기이한 작품이건 상관없었다. 『지상의 양식』이 고전적이고 전통적인 분류 방식의 시각에서 볼 때 잡종의 작품인 것은 당연하다.

그러나 1897년 대중의 몰이해를 가져온 이 작품의 진정한 독창성은 1927년판 서문에 밝혀져 있다.

> 나는 문학이 견딜 수 없을 만큼 인공적 기교와 고리타분한 냄새로 찌들어 있던 시기에 이 책을 썼다. 당시 나는 문학이 다시금 대지에 닿아 그저 순박하게 맨발로 흙을 밟도록 하는 것이 급선무라고 여겼다.
>
> 이 책이 얼마나 그 시대의 취미와 충돌했는가는 당시 이 책

이 인기를 얻는 데 완전히 실패하고 말았다는 사실만 보아도 알 수 있는 일이다.

그는 또 이렇게 썼다.

『지상의 양식』이 발표되었을 때는 상징주의의 전성기였다. 나는 이렇게 하여 예술이 자연스러움과 삶에서 단호히 분리되는 큰 위험 속에 놓여 있다고 생각했다.

사실주의와 자연주의가 예술을 지배하는 분위기에 대한 반발로 과연 상징주의자들은 결연히 현실로부터 등을 돌리게 되었다. 그들은 졸라, 공쿠르 형제, 나아가서 부르주아적인 드라마의 밑바탕에 깔려 있는 일종의 '유물론'을 배격하고자 했다. 그리하여 그들은 일상의 현실과 우발적 사건들을 초월한 어떤 예술, 추상적이고 지적인 예술, 극단적인 의식의 예술만을 꿈꾸면서 절대의 세계를 향해 몸을 던졌다.

그러나 새로운 젊은이들은 이미 상징주의에서마저 멀어져 가고 있었다. 『지상의 양식』이 발표되자 자크 리비에르는 "우리의 영혼은 달라졌다."라고 선언했다. "우리는 새로운 취향과 쾌락을 즐기게 되었다."라는 사실을 증명하고자 했던 것이다. 그의 의도는 과거의 상징주의자와 그가 몸담고 있는 현재의 감각이 어떤 차이를 보이는지를 설명하자는 데 있었다.

상징주의자들이 알고 있는 것은 오직 피로해진 사람들의 쾌락일 뿐이다. 그들은 너무나 많이 일을 하고 난 한 세기의 끝에 이르고 있었다. 그들은 하루가 저물어 가는 분위기 속에서 살고 있었다. 공장 저 위의 저녁 하늘이 연기에 뿌옇게 흐려져 있듯이 그들 주위의 세계에는 김이 서려 있었다. 그 세계는 닳아 버린 것이었다. 그 세계는 차츰 일종의 허약함과 관념성에 사로잡혀 버렸다. 그 세계는 너무나 연약하고 덧없어진 나머지 인간들의 정신 속으로 빨려 들어가서 오직 그 속에서만 몽상처럼 유지되고 있었다. 상징주의가 관념 철학에 매달려 있었던 것은 다 까닭이 있어서였다. 정말이지 그 세대 사람들에게 사물들은 그 현실성을 상실해 버렸다. 모든 것이 다 마음속의 것이 되었다. 그들의 현재는 어떤 오랜 과거의 귀결에 지나지 않았으므로 그들은 무엇보다 추억하는 것을 좋아했다. 그들은 기억 속을 헤집는 데 정신이 팔려 있었다. 흔히 하늘이 창문에 와서 몸을 기대는 것을 보면서 그들은 어떤 소심한 쾌감에 젖어 말없이 작은 불씨가 다시 일어나는 것에 황홀해하고 있었다.

오늘날 우리는 더 격렬하고 더 유쾌한 쾌락들을 맛본다. 그 쾌락들은 모두 삶의 즐거움 속에 내포된 것이다. 우리는 삶의 새로움이 잠깨어 일어나는 것을 느낀다. 19세기가 마감되어 가는 무렵의 어둠과 권태 위로 갑자기 매서운 바람이 불면서 우리의 머릿속에 가득 차 있던 꿈들을 흩어 버렸다. 우리는 밖으로 나와서 밖에 있음에 만족해하며 밝은 표정으로 똑바로 섰다. 우리는 이제 과거를 깨끗이 씻어 내고 온통 미래에 쏠린 채 현재 속에서 살고 있다. 다시 한번 더 아침이다. 모든 것이 새로 시작된다. 우리는 이상할 정도로 다시 젊어졌다.

이 돌연한 젊음으로 인해 모든 세계와의 접촉이 우리에게는 감미롭기만 하다. 온갖 쾌락을 맛보기 위해서는 그저 앞으로 나아가기만 하면 되는 것이다.

자크 리비에르가 이렇게 외친 것은 『지상의 양식』이 발표되고 나서도 10여 년이 지난 1913년이다. 당시 그는 이미 '개종한' 상태였다. 알랭 푸르니에에게 보낸 편지가 증명하듯 그 자신은 이미 『지상의 양식』을 읽고 엄청난 충격을 받았던 것이다. 그는 1906년 9월 16일 알랭 푸르니에에게 이런 편지를 썼다.

어쩌면 너는 충분할 만큼 감각적이지 못하고 신선한 물과 그늘에 충분할 만큼 황홀해하지 못하고 어쩌면 너의 감각적인 쾌락들에는 너무 많은 추억과 잡념들이 섞여 있고 어쩌면 너는 벌거벗은 자연을 있는 그대로 만끽하지 못하는지도 모른다. 그것이 바로 지드이다.

그렇다, 그것이 바로 지드이다. 지드는 『지상의 양식』이 발표되기 직전인 1896년에 자신의 친구에게 이렇게 썼다.

우리는 서둘러 문학을 관능주의의 심연 속으로 빠뜨려야겠어. 거기서 문학이 완전히 새로운 모습으로 소생하여 다시 태어날 수 있도록 말이야.

지드는 『지상의 양식』 1장 끝부분에서 이렇게 외친다.

나타나엘이여! 우리는 언제 모든 책들을 다 불태워 버리게 될 것인가!

바닷가의 모래가 부드럽다는 것을 책에서 읽기만 하면 다 되는 것이 아니다. 나는 내 맨발로 그것을 느끼고 싶은 것이다. 감각으로 먼저 느껴 보지 못한 일체의 지식이 내게는 무용할 뿐이다.

사람들은 분명 이 메시지를 오랫동안 기다려 왔다. 그것은 당시에 이미 널리 퍼져 있었던 어떤 감정의 목마름에 대한 응답이었다. 그 점을 우리에게 확인시켜 주는 것은 단순히 젊은 비평가 에드몽 잘루의 매우 분명한 지적만은 아니었다. 벌써 2년 전부터 '본연주의(naturisme)'라는 매우 의미심장한 이름의 유파가 형성되어 1897년 1월 10일자 《피가로》에 요란한 선언문을 발표했다. 이 선언문의 필자인 시인 생조르주 드부엘리에는 이 새로운 운동의 주제를 잘 드러내 주는 네 명의 작가를 등에 업고 나왔는데 그중에는 폴 포르, 모리스 르블롱, 미셸 아바디와 더불어 지드의 이름도 들어 있었다. 그러나 실제로 지드는 이 새로운 운동인 '본연주의'와 관련해 자신의 태도 정립에 잠시 주저한다. 그는 문제의 본연주의자들과 어느 면 가깝다고 느끼면서도 그 운동에 편승할 경우 자신의 독창성을 상실하게 될지도 모른다는 점에서 드러내 놓고 본연주의를 지지하기를 망설인다. 세계에 대한 "유쾌한 수용"과 자연과의 열광적인 교감을 내세우는 그들의 주장에 공감하면서도, 다른 한편 그들이 주창하는 문학상의 민족주의와 민중적 전통에 관한 찬양에 대해서는 거부감을 느낄 수밖에 없었던 것이다.

그러므로 부엘리에의 본연주의와 어느 면에서 본연주의보다도 더 본연적(자연적)인 성격을 지닌 『지상의 양식』 사이에서 몇몇 사람들이 발견했던 유사성이란 것에는 상당한 오해와 애매한 면이 개재되었다고 볼 수 있다. 지드는 그러므로 그 어느 유파에도 속하지 않는 삶, 생살이 그대로 닿는 삶의 유파, 독립된 자유 그 자체이고자 했다.

『지상의 양식』의 의미와 메시지를 정확하게 이해하고 음미하기 위해서는 책이 발표될 당시의 일반적 문학 경향과 정서 못지않게 이 책을 저자인 지드 자신의 개인적 삶과 관련해 자리 매김함으로써 해석해 보는 일이 반드시 필요하다. 이 책의 독자는 그 내용의 자전적인 성격에 강한 인상을 받지 않을 수 없다. 책의 화자는 단순히 새로운 윤리를 선언하는 것에 그치지 않는다. 그는 지금까지 자신이 살아온 과거의 여러 가지 경험을 되돌아보며 그것을 판단하고 거기서 어떤 교훈을 이끌어 낸다. 그러므로 우리는 지드를 『지상의 양식』으로 인도하게 된 도정의 출발점으로 되돌아가서 그 이후의 정신적 행로를 간단히 되밟아 볼 필요가 있다.

『지상의 양식』 8장을 펼쳐 보면 불과 3페이지 상간으로 밝고 빛나던 어린 시절과 어둠에 젖어 있던 소년 시절을 동시에 회고하는 지드를 발견할 수 있다. 이 두 가지 면은 무엇을 의미하는 것일까?

……오! 시간이 그 원천으로 거슬러 올라갈 수 있는 것이라면! 그리고 과거가 돌아올 수 있는 것이라면! 나타나엘이여, 나는 그대를 데리고 가고 싶구나. 내 청춘의 그 사랑의 시절, 생명이 꿀처럼 내 안으로 흘러들던 그 시절로. 그렇게도 많은 행복을 맛본 것으로 영혼이 달래질 수 있을 것인가? 나는 거기, 그 정원들에, 다른 사람 아닌 내가 그곳에 있었던 것이니. 나는 그 갈대들의 노래에 귀를 기울이고 있었다. 그 꽃들의 향기를 들이마셨다. 나는 그 아이를 바라보았고 쓰다듬었다.(그리고 물론 그러한 것들은 모두 새봄이 돌아올 적마다 벌어지는 유희들이기는 하다.) 그러나 그때의 나, 그 '타인', 아! 어찌하면 나는 다시 한번 그가 되어 볼 수 있을 것인가!

이렇게 '생명이 꿀처럼 내 안으로 흘러들던' 그 시절을 추억하는 지드지만 그보다 불과 몇 페이지 앞에서는 오히려 그 시절의 '어둠'을 잊지 못하고 있는 것이다.

물론 그렇다! 나의 청춘은 참으로 어두운 것이었다.
나는 그것을 후회한다.

그렇다면 『지상의 양식』의 시인이 실제로 보낸 어린 시절은 어떠했던가? 지드는 부유한 가정에서 태어났다. 아버지 폴 지드는 오직 장래가 촉망되는 대학 교수에 불과했지만 가난한 사람은 아니었다. 그러나 그는 노르망디의 부유한 집안의 막내 딸 쥘리에트 롱도와 결혼함으로써 그녀가 가져온 지참금 덕분에 남부럽지 않은 부를 누릴 수 있었다. 더군다나 그들 사이에서 태어난 지드는 훗날 외사촌 누이 마들렌 롱도와 결혼함으로써 한꺼번에 라로크와 퀴베르빌 두 곳의 성을 소유한 성주가 되었다. 그는 생계를 유지하기 위해 일할 필요가 없었다. 그리고 50대가 넘어서자 그의 문학은 결코 무시하지 못할 수입원이 되었다.

그러나 아버지가 일찍 사망한 뒤 어린 지드가 몸담아 성장하게 된 모계의 롱도 집안은 지극히 돈을 아껴 쓰는 청교도였다. 금전적으로 아쉬움을 몰랐던 지드였지만 그는 항상 어린 시절의 교육에서 얻은 낭비에 대한 혐오와 절약 정신을 마음속에 간직하고 있었다. "어머니는 항상 식탁에서 일어서기 전에 마시던 시드르 잔은 다 비워야 하고 빵은 내가 먹을 수 있는 양 이상을 집어 들지 말아야 한다고 가르치셨다. 내가 늘 절제된 생활에 대한 절박한 필요를 느끼며 지내는 데는 아마도 그때의 검약 의식이 어느 정도 작용하고 있는 것 같다."

열한 살의 어린 나이에 아버지를 잃은 그는 여자들(그의 어머니와 이모들 그리고 세 외사촌 누이 마들렌, 잔, 발랑틴)에 에워싸여 지냈다. 그 여자들은 엄격한 청교도들로서 모두가 다소간 종교의 두려운 이미지를 대변하고 있었다. 따라서 분별과 염치와 예절에 대한 그런 부르주아적 감정은 그만큼 더 무겁게 어린 지드의 마음을 짓눌렀다. 어린 시절에 규칙적으로 여름 바캉스를 보내곤 했던 노르망디의 라로크성과 부활절 방학을 보내는 아버지 쪽 남프랑스 지방(랑그도크)의 위제스에서 지드는 프로테스탄트의 두 가지 얼굴을 경험했다. 용서보다는 죄의 참회를 요구하는 개신교의 분위기는 그가 몸담고 성장했던 유일무이한 종교적·윤리적 풍토였다. 폴 지드 부인은 자신의 아들을 가장 엄격한 윤리의 존중, 율법과 권위 의식 속에서 키웠다. 이는 신에 대한 사랑보다는 죄에 대한 두려움이 우선하는 세계를 의미한다. 이때 무엇보다도 가장 중대한 죄는 당연히 육체적인 면에서의 죄를 말한다. 사실상 지드가 종교에 대해 가장 먼저 경험한 것은 이처럼 가장 강한 구속과 금지의 성격을 드러냈다.

어린 지드에 대한 주위 환경의 지배와 영향은 일방적인 것이었다. 그러나 그는 항상 '분열된', 그리고 불안감을 떨쳐 내지 못하는 심약한 아이였다. 신체적으로나 심리적으로나 허약한 체질에 감정적인 면에서 극도로 예민한 그는 열한 살 이후부터 여러 가지 불안한 심리적 위기를 겪었다. 그의 학교생활은 불규칙했고 그의 교육은 여러 가지 사건이 겹치면서 자주 정해진 틀을 벗어났다. 매우 중요한 충격들 가운데서도 특히 1882년 외사촌 누이 마들렌의 '비밀'(그녀의 어머니의 불륜)을 발견하게 된 것은 그가 그녀에 대해 품은 사랑이 신비적으로 윤색되는 결정적 계기가 된다. 요컨대 이 극도로 예민한 아이의 신경 쇠약 증세는 너무나 엄격한 청교도적 교육, 열네 살 때 발견한 『아미엘의 일기』 등에 영향을 받아 양심 검증에 집착하는 내성적 경향으로 굳어지면서 더욱 복잡한 양상을 보인다. 심한 불안에 시달리는 가운데 그는 누이 마들렌의 슬픔과 같은 주위 사람들의 고통이 자신의 책임이라고 믿는 경향이 있었다. 매우 열광적인 종교 감정에 사로잡힌 채 순수에 목말라하는 그가 강박적인 죄의식과 끊임없이 싸울수록 자신의 내면에서 느끼는 악의 힘은 더욱 강하고 제어하기 어려운 것이 되었다. 그는 『앙드레 발테르의 수기』에서 이 강박적인 죄의식과 고통을 묘사했다. 그것은 또한 소설 『위폐 제조자들』의 어린 보리스를 통해서도 다시 환기된다. 그 인물과 앙드레 지드는 너무나도 닮은 꼴이다. 성격적 애매성, 습관적 자위행위, 어머니의 청교도주의, 자신의 '악습'의 발견, 아버지가 사망하는 시기 등 그들은 많은 공통점을 드러낸다. 마찬가지로 외숙모 에밀 롱도의 간통 사실의 발견은 그의 죄의식을 더욱 부추긴다. 그는 자신을 죄지은 존재라고 여긴다. 따라서 그는 천사와도 같은 사촌 누이 마들렌의 순결한 사랑을 받을 자격이 없다고 생각하며 고민하는 것이다.

이와 같은 존재의 고통과 끊임없는 심리적 불편함은 모순된 두 가지 결과를 가져온다. 고통에 대한 가장 자연스러운 회피 반응은 우선 자신의 내면으로 침잠하는 나르시스적 현상으로 나타난다. 마들렌에 대한 지드의 사랑, 에마뉘엘에 대한 앙드레 발테르의 사랑은 대부분 에코에 대한 나르시스의 사랑의 변형이다. 즉 가상의 분신을 창조함으로써 내면적인 자기 분열을 부정하는 태도 바로 그것이다. 그와 정반대되는 것이지만 그에 못지않게 자연스러운 또 하나의 반응은 타자에게로의 도피이다. 우리는 어린 지드에게서 타자에 대한 호감 혹은 공감의 능력이 일찍부터 나타나고 있음을 목격한다. 그 능력은 그를 그 자신으로부터 타자에게 투사시켜 그를 '감정 이입'에 의해 살아가게 만든다고 장 들레는 설명한다. 그 결과 그는 스스로의 모순에서 해방된다. 자신 속으로 침잠하는 동시에 분열되어 자신의 밖으로 튕겨 나가는 것, 이것이 바로 지드의 청소년기의 생존 방식이다. 그러나 자신의 밖으로 나가는 것은 오직 상상 속에서만 실현이 가능한 것이다.

중요한 것은 현실 속에서 자신의 '밖'으로, '타자'의 세계로 나가는 것이다. 초기의 여러 가지 우정들, 일찍부터 깨달은 작가로서의 소명 의식, 『앙드레 발테르의 수기』라는 작품의 모습으로 나타난 젊은 시절의 결산, 이런 모든 것을 넘어서서 그가 처음으로 실질적인 해방의 걸음을 내딛게 된 것은 다름 아닌 1893년 10월의 여행, 새로운 곳으로의 출발이었다. 그는 마침내 가정과 종교의 속박을 벗어나 먼 곳으로, 낯설고 '다른' 곳으로 떠난다. 그것은 오랫동안 준비해 온 것으로 가정과 문단, 1890~1893년간에 드나들었던 상징주의 살롱과 서클의 환경에서 자신의 뿌리를 뽑아내는 일이었다. 1893년 10월 18일, 그는 친구 폴 알베르 로랑스와 함께 마르세유에서 북아프리카로 떠나는 배에 올라탄다. "내가 그리스토에게 작별을 고할 때 마음이 찢어지는 듯한 느낌을 받지 않은 것은 아니다."라고 후일 그는 술회한다. 북아프리카의 튀니스를 지나 수스에 이르렀을 때 지드는 파리에서 제대로 치료하지 않은 감기가 심해져서 결핵으로 발전했다. 그런 가운데서도 그는 현지의 어린 소년 알리에게서 관능적 쾌락을 맛본다. 1월에 비스크라에 도착한 그는 '백인 신부들의 집'에 묵으면서 울라드 나일족인 소녀 메리엠에게서 뜨거운 관능을 처음으로 맛본다. 그 인근에서 발견한 셰트마, 우마크, 투구르트 등의 오아시스 마을들은 그에게 황홀할 정도로 벌거벗은 세계의 모습을 보여 준다. 두 여행자는 마침내 귀로에 올라 몰타, 시라쿠사, 로마, 피렌체, 제네바 등의 경로를 거친다.

지드가 아프리카 여행에서 돌아온 것은 여러 달이 지난 1894년 봄이었다. 그러나 그는 이듬해에 다시 아프리카로 떠난다. 이번에는 외사촌 누이 마들렌과 결혼한 뒤 신혼여행이었다. 이 여행은 1895년 10월에서 이듬해 5월까지 무려 7개월에 걸친 것이었다. 그 여행길의 생모리츠에서 쓴 글이 후일 『지상의 양식』에 편입될 '메날크의 이야기'였다. 그들은 피렌체, 튀니스, 엘칸타라, 비스크라, 투구르트 등의 여정을 밟았는데 이 여행의 흔적은 『지상의 양식』보다 『배덕자』에 훨씬 더 사실적으로 서술되어 있다. 그리고 다시 1896년, 1899년, 1900년, 1903년, 이렇게 지드의 아프리카 여행은 계속되었다. 그곳에서 그는 "소생의 비밀"을 안고 돌아왔고 『지상의 양식』은 그 비밀의 서정적 표현이다. 그는 아프리카에서 매우 중층적인 의미의 해방을 체험했다. 쾌락의 발견, 감각론적 윤리로의 개종(병으로 생명이 자신에게서 빠져나갈 듯한 느낌을 맛보았기에 그만큼 더 격렬하게 실감한), 자신의 어두운 어린 시절에 그의 본성과 자아의 개화를 억눌러 왔던 모든 억압의 거부와 버림에 힘입어 얻은 승리는 바로 윤리적·종교적 해방이었다.

다음으로 얻은 것은 현실에 등을 돌리는 문학의 보잘것없는 '늪'에서 빠져나옴으로써 맛본 문학적 해방이다. 그리고 끝으로 얻은 승리는 사회적 환경과 가정의 굴레에서 벗어나는 개인의 해방이었다. 여기서 『지상의 양식』이라는 제목을 선택한 것은 의미심장하다. 사실 그 주변의 가까운 사람들은 모두 이 제목에 반대했다. 그러면서도 그는 자신도 '형편없는' 것으로 생각하는 이 제목을 마치 무엇엔가 도전하듯 고집했다. 그는 어머니에게 보낸 편지에서 이렇게 말했다.

"이 형편없는 제목은 꼭 필요한 것입니다. 이제 나는 이 제목을 고치지 않을 생각입니다. 인정받지 못하는 한 이 제목은 형편없는 것이지요. 그러나 지나고 보면 그 솔직함과 거칢 때문에 오히려 멋들어진 것일 수 있습니다. 나는 시적인 제목은 질색입니다. 난 그런 제목을 원하지 않아요. 너무 안이한 것이니까요."

그러나 『지상의 양식』에서 우리는 그의 '소생' 이후 '새로운 존재'를 형성하는 모든 것과 아프리카 여행 이전의 과거형 지드에 속하는 것을 서로 구별해 볼 수 있다. 그리고 바로 그런 점에서 이 책은 지드가 과거의 바탕을 송두리째 부인하고 부정하기보다는 새롭게 획득한 것을 자신의 존재 속에 편입시키는 '결산'의 시도라고 볼 수 있는 것이다. 과연 그는 어머니에게 보낸 편지에서 "이제 나의 어린 시절은 끝난 것 같습니다. 이제 쓰려고 하는 책 속에 나는 그 어린 시절을 송두리째 다 파묻어 놓고 싶습니다."라고 말했던 것이다. 그리하여 우리는 이 책에서 동시에 여러 가지 다양한 인물들의 삶을 살아 내고

자 하는 의지, 삶 앞에서 여러 가지 '자세'를 동시에 취해 보고자 하는 프로테의 자질과 동시에 그보다 앞선 젊은 시절의 불안에 찬 종교적 고뇌를 한꺼번에 읽게 되는 것이다. 비평가들은 흔히 이 책의 핵심은 "선택의 필요"라는 문제라고 보았다. 따라서 그 문제는 이 책의 가장 중요한 또 다른 주제인 "모든 가능성을 향한 준비된 마음의 대기 상태(disponibilité)"와 모순 관계를 드러낸다고 지적했다. 그러나 우리는 여기서 지드의 더 근본적인 고민은 어느 한쪽을 선택하는 문제가 아니라 "삶의 다양한 형태들"을 통합하고 조정해 그 모든 삶을 다 살고자 하는 데 있었다는 것을 이해할 수 있다.

『지상의 양식』은 지극히 개인적이고 직접적인 체험의 산물인 것이 사실이다. 그러나 그가 읽은 작품들과 만난 사람들 그리고 그 사람들과 책들에서 받은 영향도 그의 인격 형성에서 무시할 수 없는 자양분들이다. 지드에게 끼친 독서의 영향과 관련해 가장 먼저 언급해야 할 책은 단연 성서라고 하겠다. 『앙드레 발테르의 수기』에 비한다면 이 책에서 발견할 수 있는 성서의 언급은 덜 직접적이며 그 빈도 역시 낮은 편이고, 종교적인 메시지를 해석하는 방식 또한 한결 자유롭다. 그러나 성서의 영향은 책의 형식과 문체에서나 여러 가지 이미지나 신화적인 에피소드들에서 충분히 가시적이다.

성서 다음으로 눈에 띄는 것은 괴테를 통해서 발견하게 된 페르시아 서정 시인들 및 어린 시절에 읽은 『천일 야화』의 영향이다. 『지상의 양식』의 6장은 『파우스트』의 저자에게 헌정된 것이기는 하지만 괴테의 영향은 더 간접적이다. 그러나 어린 시절부터 그가 즐겨 읽고 명상해 온 괴테는 그의 정신에 매우 깊은 자취를 남기고 있다. 바로 그 괴테 덕분에 지드는 목신(木神)이 지닌 예지의 요체를 터득할 수 있었고, 『지상의 양식』을 넘어서서 일생 동안 늘 그에 대해 변함없는 애착을 가졌던 것이다. 한편 많은 해석자들은 지드의 배덕자적 태도를 니체와 결부시켜 해석하곤 했다. 그러나 연구자들은 당시의 지드가 니체를 전혀 읽어 보지 못했다는 사실을 밝혀 냈다. 그러나 지드가 세기말 지성계를 짙게 물들이고 있었던 막연한 니체주의에 아주 무감각했다고 말할 수는 없을 것이다. 그렇다고 해도 지드의 메날크는 니체의 차라투스트라와 직접적인 관계가 없다고 해야 옳다.

끝으로 많은 사람들이 메날크라는 인물의 모델이 과연 누구일지에 대해 매우 궁금해했다. 『지상의 양식』과 『배덕자』의 중심적이면서도 눈에 보이지 않는 인물인 메날크는 『앙젤에게 보내는 편지』에도 등장한다. 메날크가 오스카 와일드의 모습과 닮았다는 사실은 부정하기 어렵다. 1895년 재판으로 몰락하기 전까지 그 당당하고 화려한 모습을 자랑했던 오스카 와일드는 1891년 11월 파리에서의 첫 만남 이후 줄곧 지드를 매혹시켰다. 지드는 그를 1894년 봄 피렌체에서, 1895년 알제리에서 다시 만났다. 한편 우리는 저스틴 오브라이언이 지적했듯이 메날크라는 인물에게서 『목가』를 쓴 베르길리우스의 모습을 발견할 수도 있다. 메날크는 『목가』의 시인 자신을 형상화한 목동, 바로 그의 이름인 것이다. 한편 조지 D. 페인터는 메날크가 위스망스의 소설에 등장하는 주인공 데제생트와 닮았다고 주장한 바 있지만 그 주장을 그대로 받아들이는 것은 쉽지 않다. 그러나 그의 다음과 같은 설명은 상당한 설득력을 지닌다. "메날크는 지드의 다른 인물들, 가령 발테르, 위리앵, 티티르(그 밖에도 많은 인물들을 포함시킬 수 있을 것이다.)와 마찬가지로 지드의 인격의 다소 과장된 모습 혹은 분신을 나타내고 있다."

결국 『지상의 양식』에서 우리가 발견하게 되는 것은 저자인 지드 자신, 다시 말해서 그가 만난 여러 사람들과 다양한 사건들이 만들어 낸 한 인간의 다면적인 모습이다. 적어도 우리는 메날크가 지드의 다른 모든 인물들과 마찬가지로 그의 실제 삶의 오직 한 줄기뿐인 행로가 아니라 그의 가능적인 삶의 무한한 방향들 중 하나를 구체화해 보여 준다고 말할 수 있을 것이다.

『지상의 양식』이 1897년 2월에 완성된 것은 분명하지만 지드가 그 책의 원고를 언제 처음 쓰기 시작했는지를 밝히는 것은 쉽지 않다. 지드는 1893년 10월부터 1896~1897년 겨울에 이르는 약 3년 동안 틈틈이 메모해 두었던 문장들과 노트들을 다듬고 고치고 정돈했다. '메날크의 이야기'는 장차 이 책의 가장 치밀하고 수미일관하게 구성된 한 부분을 이루게 된다. 지드는 이 글과 관련해 드루앵에게 보내는 편지에서 "이것은 처음부터 『지상의 양식』을 위해 메모해 둔 종이쪽들에서 다시 찾아낸 문장들을 꿰어 맞춘 것"이라고 말했다. 그런데 사실 이 책 전체가 발표되기 전 몇몇 잡지들에 선보인 『지상의 양식』의 네 가지 단편(斷片)들 중 그 어느 것도 준비 중인 이 책의 발췌라고 소개된 적은 없었다. 지드는 '메날크의 이야기'를 발표하고 나서 "이것을 『지상의 양식』의 서문으로 삼을 생각이 없으며 이 글 전체를 다시 인쇄하는 일은 결코 없을 것이다."라고 못 박아 말했다. 그러나 이 글은 그 전체가, 그것도 『지상의 양식』의 중심되는 위치(4장)에 삽입되어 다시 발표되었다. 책의 '중심된 위치'라 함은 곧 이 글이야말로 『지상의 양식』의 메시지를 압축해 책의 전체 구조를 거울처럼 비추는, 지드 특유의 '심연 체계(mise en abyme)'의 기법이 활용된 전형적 예라는 의미이기도 하다.

이 특유의 기법을 통해서 지드는 책을 글을 쓰는 작자에게로 '반사'시키는 동시에 일종의 반사 거울에 의해 작품 속에 그 자체의 비평을 도입해 어떤 '형이상학적 깊이'를 부여하고 있는 것이다.

이 언급을 계기로 이제 우리는 이 기이한 책의 숨은 '구조'에 대해 생각해 볼 차례가 되었다. 지드 연구에 탁월한 심리 분석을 추가한 장 들레는 이렇게 지적했다. "지드의 책들만큼 치밀하게 구성된 것은 없을 것이다. 그가 젊을 적에 낸 책들도 그렇다. 다만 『앙드레 발테르의 수기』와 『지상의 양식』은 예외이다." 그러나 이 책의 경우도 실은 예외가 아니다. 조금만 더 주의를 기울여 이 책을 읽어 본다면 우리는 『지상의 양식』 속에 감추어진 구조를 읽어 낼 수 있다.

겉보기에 매우 단편적인 서술과 시편들, 메모들을 산만하게 이어 놓은 듯한 인상을 주는 『지상의 양식』은 사실상 4장 1의

'메날크의 이야기'를 중심으로 1장과 마지막 8장 사이에 매우 치밀한 방식으로 짜이고 배열되어 있다. 도입 발단부인 1장은 1) 책의 주제와 키워드가 소개되는 프렐뤼드, 2) 시인 자신이 오늘의 재생과 부활에 이르게 된 변화의 과정을 요약하는 회고, 3) 감각론적인 복음서로 책을 통해서 얻은 교양의 거부를 선언한다.

한편 마지막에 배치되어 1장으로부터 '빛과 발광체' 사이의 관계에 대한 제사를 이끌어 내는 8장은 지금까지 이 책에서 다루어 온 주제들을 전반적으로 다시 다루는 가운데 흘러가 버리는 시간의 슬픔을 느끼게 하는 한편 타자를 향해 마음을 여는 것이 긴급하다는 점을 역설한다.

2장에서는 이제 더 이상 죄의 두려움에 억눌리지 않는 삶의 강렬함과 순간의 향유를 지향하는 개인으로서 반드시 갖추어야 할 자질인 "준비된 마음의 대기 상태"라는, 이 책의 가장 중요한 주제가 소개된다.

3장에서는 여행과 꿈과 추억을 통하여 관능을 노래한다. 그러나 메날크가 등장해 모범을 보이려는 듯이 발언하게 되는 4장 바로 앞에 놓인 이 대목은 폭풍 뒤에 찾아든 항구, 모험 끝에 되돌아가는 기항지에의 욕구를 나타내는, 『지상의 양식』의 '반(反)주제'로 마감된다.

4장은 메날크의 발언에 이어 베르길리우스의 『목가』나 『데카메론』을 연상시키는 시적 디베르티멘토를 거쳐 피로와 실망의 기운이 엿보이는 마지막 장으로 끝난다. 이어 5장은 '비 많은 노르망디 땅'에서 한숨 돌리는 휴지의 장이다. 그러나 농장을 노래하면서 시인은 금방이라도 다시 벌판으로 내달릴 것 같은 '썰매'들을 다시 발견한다. 6장 '린세우스'는 샘물, 잠자는 자리, 도시들 같은 가시적이고 육체적 지각으로 감지 가능한 사물들을 노래한다. 그리고 다시 해가 떠오르는 날들에 대한 믿음("하나하나의 사물을 더 가까이에서 보라. 린세우스여, 오라! 가까이 오너라. 이제 날이 밝았다. 우리는 낮을 믿는다.")을 말한다. 7장에서 시인은 다시 아프리카와 열정적으로 사랑했던 사막으로 돌아간다. 그리고 다소간의 환멸에도 불구하고 죽음의 의식과 '돌연한 맛'의 삶으로부터 시인은 '자신이 걷는 길이 바로 자신의 길, 반드시 밟아 가야 하는 길'이라는 확신을 얻는다.("그리고 나는 여기서 행복이 죽음 위에 피는 꽃과 같음을 사랑한다.") 그리고 책은 마침내 '진정한 것들'인 '타자(他者)'와 그의 삶의 중요성을 인정하는 대단원으로 마감된다.

흩어져 있는 노트와 메모 들을 세심하게 짜 맞추는 작업을 통해서 완성한 이 치밀한 구조(무려 25년에 걸쳐 적어 놓은 토막글들을 바탕으로 조립한 『새로운 양식』의 경우도 마찬가지이다.)는 그러므로 지드가 수차 강조했던 작품 구성의 중요성을 실천으로 보여 주고 있다. 이는 동시에 그 자체로서 자족하며 지탱되는 작품, 그리하여 작자와 분리된 독립적 존재로 생명을 가지는 예술 작품의 한 범례가 된다.

이제 많은 세월이 지난 지금 『지상의 양식』을 어떻게 자리매김하는 것이 좋을까? '고전'이 되어 버린 이 책은 지드의 저서들 가운데서도 가장 많이 읽히는 책은 아니다. 『지상의 양식』은 지드의 다른 일곱 권의 저서가 프랑스의 가장 유명한 문고판 중 하나인 '리브르 드 포슈'로 출판된 다음에야 겨우 그 대열에 합류할 수 있었다.

1897년 5월 메르퀴르 드 프랑스 출판사에서 『지상의 양식』이 처음 출간되었을 때 저자인 지드는 파리에 없었다. 이탈리아 여행 중인 그는 친구 발레리에게 책의 출간을 잘 보살펴 달라고 부탁했다. 그는 2월 말경 출판사에 원고를 넘긴 다음 겨우 집을 이사하는 일만 마치고 파리를 떠나 버렸던 것이다. 장차 20세기 초엽이면 젊은이들에게 일종의 '복음서'와도 같은 존재가 될 이 책은 출간될 당시에는 거의 사람들의 눈에 띄지 않았다. 초판 1650부가 매진되는 데 무려 18년이 걸렸다. 그리고 처음 11년 동안 팔린 책은 겨우 500부에 불과했다. 당시의 유수 일간지인 《피가로》, 《골루아》, 《질 블라스》 등은 그 문예면에서 이 책을 언급도 하지 않았다. 서너 종류의 잡지에, 그것도 지드의 친구들(앙리 게옹, 레옹 블룸 혹은 출판사 사장 부인 등)이 몇 마디 언급한 것이 고작이었다.

왜 그랬을까? 당시 스물일곱 살의 지드는 이미 문단의 무명 인사가 아니었다. 『앙드레 발테르의 수기』, 『나르시스론』을 위시해 무려 일곱 권에 달하는 저서를 출간했고 그중 몇 권은 문단의 상당한 주목을 받았다. 그러므로 이 책이 세인의 이목을 끌지 못한 이유는 다른 데 있었다고 볼 수 있다. 이 작품은 당시의 독자들에게는 너무나 새롭고 독창적이어서 이해하기가 쉽지 않았던 것이다. 다만 당시 열아홉 살이던 비평가 에드몽 잘루만이 책의 본질을 꿰뚫었다. 그는 이렇게 평했다.

내가 아는 한 가장 아름다운 책들 중 하나이다……. 우리가 가장 초조하게 기다려 왔고 또 우리가 필요로 하는 책이다. 따라서 책은 시의 적절한 때에 나왔고 장차 큰 영향을 끼치게 될 것이다……. 금세기가 베르테르와 르네의 영향을 받았듯이 아마도 다음 세기의 문학은 이 책의 주인공인 메날크의 영향을 받게 될 것이다……. 이 절묘하고 기이한 책이 권하는 것은 바로 낙관과 삶에 대한 사랑, 깊고도 새로운 사랑인바 다른 그 어떤 문학 속에서도 발견할 수 없는 것이다. 이런 감정은 젊은 작가들 사이에 거의 일반화된 것이다. 그러나 그 어떤 작가도 앙드레 지드만큼 기막힌 아름다움과 광채로 그 감정을 표현한 적이 없다.

그의 평은 적절했지만 너무 일찍 나온 것이었다. 그로부터 10년, 15년, 20년이 지난 뒤에야 비로소 대다수의 젊은이들에게 『지상의 양식』의 발견은 곧 맨살의 삶 그 자체의 놀라운 발견인 동시에 그들 내면에서 폭발하는 열광과 진실에 도취하는 기회가 될 것이다.

장차 로제 마르탱 뒤가르는 그의 대하 소설 『티보가의 사람들』에서 다니엘 드퐁타넹의 입을 통하여 그 열광과 진실의 폭발을 대변하게 되고 이어 수천수만 명의 동시대 젊은이들이 그 서정적 모험을 자신의 것으로 만들게 될 것이다.

20세기 후반에 들어와서까지 그 열광은 프랑스 이외의 다른 지역들에서 계속되었다. 이라크 출신의 유명한 캐나다 비평가 나임 카탄은 1945년, 당시 열여섯 살이었던 자신이 『지상의 양식』을 어떻게 처음 발견하게 되었는지를 이렇게 술회한다.

> 1945년에 나는 바그다드에서 어떤 영국 병사를 알게 되었다. 그는 대화 도중에 주머니에서 책 한 권을 꺼내더니 한 대목을 내게 읽어 주었다. 나는 즉석에서 매혹된 나머지 그 책을 내게 좀 빌려 달라고 간청했다. 그것이 바로 『지상의 양식』이었다. 내 나이 열여섯 살 때였다. 그 병사는 다음 날 떠나게 되어 있었으므로 책을 다음 날 돌려주기로 약속했다. 나는 밤을 꼬박 새워서 그 책을 손으로 베꼈다. 당시 바그다드에서 지드의 책을 구하는 것은 쉬운 일이 아니었다.

실존주의가 지배적인 관심사였던 해방 직후의 프랑스에서는 지드에 대한 그 같은 열광은 더 이상 지속되지 않았지만 이 증언은 『지상의 양식』의 충격이 멀리 떨어진 곳에서 여전히 계속되고 있음을 말해 주는 것이었다.

출간 당시 이 작품이 성공하지 못한 이유 중 하나는 그 어떤 작품과도 닮지 않았고 독자들에게 익숙한 그 어떤 장르에도 속하지 않은 낯선 형식 때문이라고 하겠다. 이 책은 시, 소설, 에세이 그 어떤 장르에도 속하지 않는다. 앙리 게옹만이 책에 대한 독자적인 설명을 시도하면서 "이것은 시도 소설도 아닌, 유일무이한 예술적 표현이 되기를 바라는 책"이라고 말했다. "지드는 영혼의 움직임을 따라갈 수 있고 철학적 정일에서 서정적 열광으로 옮아갈 수 있는 새로운 형식을 고안해 냈다……. 변주와 발전으로 가득한 작품이다." 반면에 많은 독자들은 더할 수 없이 당황스럽고 난처한 이 책의 겉모습 앞에서 "예술 작품을 만들어 보려고 노력하는 흔적이 전혀 없이 너무나 막연한 문장들만을 선호한다."라고 불평했고 "이 둔주곡의 오케스트라에서 간신히 벗어나면 오직 어리둥절하고 실망스럽다는 느낌만 남는다. 이건 완성된 책이라기보다 책의 자료들에 불과하다."라고 비판했다.

오직 앙리 게옹만이 이 책의 형식에 대해 이것이 "시도 소설도 아닌, 유일무이한 예술적 표현이 되기를 바는 책"이라고 지적할 줄 알았다.(1897년 5월 《레르미타주(L'Ermitage)》) 그는 같은 해 5월 《메르퀴르 드 프랑스(Mercure de France)》에 발표한 보다 긴 글에서 이 책의 특수한 주제 자체가 예외적이고 독특한 형식을 요구한다는 사실을 분명하게 지적했다.

> 이 책의 주제를 직접적이고 개인적인 방식으로 다루려고 했다면 지속적인 서정성이 필요했을 터인데 그 서정성을 그렇게 오랫동안 지탱한다는 것은 불가능한 일이다. 책 전체의 출발점이 되는 원초적 철학 역시 쉽게 정리해 표현할 수는 없었을 것이다. 게다가 그렇게 했더라면 이 책에는 아마도 다양성과 결집력이 결여되었을 것이다. 그렇기 때문에 앙드레 지드는 영혼의 움직임을 따라갈 수 있도록 해 주고 철학적 평온함에서 서정적 열광으로 옮겨 갈 수 있는 새로운 형식을 상상해 내게 되었던 것이다. 이 작품을 구성하는 여덟 개의 장 각각은 항상 동일한

생각을 발전시키고 있으면서도 그 각각의 형식과 본질이 매우 상이한 것이어서 앞에 놓인 장이나 뒤에 오는 장과는 아무런 연관이 없을 뿐만 아니라 그것에 의해 동기가 부여되는 일이 없다. 온통 변주와 발전으로 이루어진 작품이다 보니 가령 소설이 요청하는 외형적인 구성에 도달할 수가 없는 것이다. 그렇지만 이 작품은 나름대로 구조를 갖춘 것이다. 그러나 그 구조는 첫 장에서 마지막 장으로 점점 확대, 발전하는 서정성의 운동에서 생겨나는 독특한 구조이다.

그러나 지드가 늘 "작품이란 구성이다."(『일기』)라고 주장해 왔다는 사실을 잊어서는 안 된다. 그는 이미 초기작인 『앙드레 발테르의 수기』에서부터 예술 작품은 엄격한 구조를 필요로 한다는 사실을 강조해 왔다. 그는 1917년 『악의 꽃』 서문에서 "예술 작품의 존재 이유인 형식은 일반 독자가 나중에서야 알아보는 그 무엇이다. 형식은 작품의 요체이다."라고 말했다. 그러나 『지상의 양식』의 메시지는 파르나스 파의 단순, 소박하고 차디찬 기하학적 구성이나 엄격하게 상징적인 형식과는 다른 어떤 차원의 형식과 질서를 필요로 하는 것이다.

작품 해설 2

『새로운 양식』: 개인의 시각에서 만인의 지평으로

『지상의 양식』은 앙드레 발테르의 청소년기와 메날크의 청년기를 결산하는 작품이다. 그러나 이 작품을 실제로 집필하는 데는 3~4년의 기간이 소요되었을 뿐이다. 반면에 지드는 1919년에 이미 『새로운 양식』이라는 최종적인 제목을 붙인 책을 예고했고, 심지어 내용 중 어떤 대목은 1910~1911년에까지 소급되지만, 정작 완성된 책이 출판된 것은 그보다 훨씬 뒤인 1935년이었다. 다시 말해서 책이 구상되고 집필된 시기는 무려 사반세기가 넘는 긴 시간에 걸쳐 있는 것이다. 그러나 우리는 이본 다베의 다음과 같은 지적을 주목할 필요가 있다. "이 책은 느린 속도로 다듬어진 작품이지만, 정확하게 말하자면 여러 차례에 걸쳐 구상을 시작해서 오랫동안 미완성인 채 방치했다가 결국에는 처음에 메모한 단장(短章)들의 영감과는 전혀 다른 각도의 관점에서 완성한 저작이다."

과연 1916년 2월 1일자 『일기』에서 처음으로 『지상의 양식』과 짝을 이루는 "명상과 정신적 고양을 기록한 이 책을 쓰고 싶은 간절한 욕구"를 언급할 무렵, 지드는 심각한 종교적 위기를 경험했다. 그런데 1935년 정작 이 책이 완성되었을 때 그 책 속에는 『일기』에서 언급한 시기의 종교적 위기나 신비주의적 유혹의 흔적은 조금도 남아 있지 않았다. 가장 암울한 전쟁 동안임에도 젊은 청년 마르크 알레그레와의 모험적 사랑으로 "정신 나간 듯한 행복"과 전율하는 기쁨을 만끽했던(이때가 바로 『전원 교향곡』을 쓰던 시기였다.) 그다음 시기에 쓴 글은 1919년 3월에 발표한, 전혀 다른 서정적 분위기를 담은 일곱 개의 단장들이다. 이때부터 지드는 여러 해에 걸쳐서 장차 쓰게 될 책을 위한 수많은 페이지의 메모들을 쌓아 갔다. 한 페이지를 가득 채우는 경우도 있고 길을 가면서 급히 휘갈겨 적은 몇 마디 말들일 경우도 있는 이 메모들에는 그 머리에 'N. N.(새로운 양식)'이라는 약자의 기호를 표시해 놓았다. 물론 이 메모들을 완성된 책 속에 그대로 옮겨 놓은 것은 아니다. 그는 이 책에 대한 생각을 꾸준히 해 왔지만 그때까지 축적한 다양하고 많은 재료들을 실제로 선별, 배열하고 다시 고쳐 책을 '구성'한 것은 오랜 세월이 지난 1935년이었다. 그해 8월 13일에 그는 친구 로제 마르탱 뒤가르에게 편지를 쓴다.

나는 과연 내가 마르세유에서 당신에게 그 일부를 읽어 준 바 있는(그리고 오늘날 나의 온 희망이 걸려 있는) 이 『새로운 양식』을 퀴베르빌에서 완결 지을 수 있을지 모르겠군요.

그리고 닷새 뒤, 같은 사람에게 다음과 같은 편지를 보낸다.

우선 나는 『새로운 양식』을 쓰는 일부터 하려고 합니다. 렌크에서 요양하고 나니 다시 힘이 솟습니다. 그 덕분인지 최근에 쓴 몇 페이지는 아주 성공적입니다. 방해되는 것이 아무것도 없다면 10월 말 소련으로 떠나기 전에 이 조그만 책을 매듭지을 수 있기를 바랍니다.

실제로 '힘이 솟은' 그는 기대했던 것 이상의 속도를 내 한 달 뒤에는 벌써 원고를 교정하는 단계에 이른다. 이리하여 지드는 공산주의에 대한 지지를 공개적으로 밝힘에 따라 문단의 맹렬한 공격을 당하는 가운데 모스크바 정부의 초청을 받아 소련 여행을 떠날 준비를 하는 한편, 자신의 신념을 서정적으로 표현한 『새로운 양식』을 발표하게 된다. 이 책의 프랑스어판이 파리에서 출간될 무렵인 1935년 10월 22일 그는 「나의 '새로운 자양'을 보내면서 소련의 젊은이들에게 고함」이라는 글을 썼다. 이 글은 11월 15일자 《모스크바 저널》에 발표되었고 두 달 뒤 잡지 《즈나미야》는 『새로운 양식』의 러시아어 번역 전문을 소개했다. 소련의 언론은 열광적인 장문의 소개 글들로 이 책을 치켜세웠다. 그중 일부만을 간단히 소개해 보면 이런 식이다.

우리가 모스크바에서 이 책을 읽노라면 기이한 감정에 사로잡힌다. 모종의 긍지, 소련인의 위대한 긍지를 느끼는 것이다. 지드에게 '자연스럽게 기뻐하는 영혼'이 될 수 있는 가능성을 부여한 것은 바로 우리 나라, 우리의 승리라는 것이 우리의 생각이다. …… 자기들 문명의 종말(이것은 언제나 세상 전체의 종말이다.)을 슬퍼하는 부르주아들의 탄식 속에서, 어둠의 저 끝에서 길을 잃고 방황하는 지식인들의 신경질적인 절규 속에서, 지드는 그의 당당한 범신론을 선언한다. 이리하여 무상의 아름다움으로 가득 찬 작품인 『새로운 양식』은 동시에 투쟁의 책이 될 수 있는 것이다. …… 마지막 권에서 지드의 주제는 격리된 개인적 존재의 한계를 초월했다. 봄날 아침의 이미지는 확대되어 인간 역사의 봄이라는 이미지로 변했다. 그것은 책의 구성에서도 그대로 드러난다. 책의 도입부에 넘쳐나는 아침의 신선함은 2장에서는 범신론적 철학으로 변하고 마지막 장, 즉 지드가 인류 전체의 발전과 운동을 말하는 일종의 종합에 이르면 여러 가지 '만남들'의 현실적인 삶에 의해 풍성해진다.

이와 같은 열광적인 반응과 분석의 다른 한쪽에서는 물론 지금까지 알려진 이 늙은 '배덕자', 이 전형적인 개인주의자의 '뜻하지 않은' 개종을 공개적으로 비웃는 사람이 많았다. 『지상의 양식』에 비해 이 『새로운 양식』은 얼마나 믿기 어려운 변절인가! 그리하여 사람들은 이 책의 몇몇 페이지에서 느낄 수 있는 인위적으로 꾸민 문체, 유치할 정도로 억지를 부린 목소리, 지드 자신도 느끼지 않을 수 없는 '결단과 허식'을 꼬집었다.

두 가지 책이 지닌 나름대로의 문학적 특징들에 대한 음미와 평가와는 별도로, 『새로운 양식』이 앞서의 『지상의 양식』의 흐름과 영감에 잇닿아 있다는 것은 부정하기 어렵다. 앙드레 말로는 『지상의 양식』의 8장 마지막 문장("타자(他者), '그의' 삶의 중요성. 그에게 말할 것…….")을 기억하면서 지드의 태도 표명은 '타자'에 바탕을 두고 있다는 사실을 지적했다.

> 19세기 말의 윤리적 태도 표명은 항상 말하는 사람에 바탕을 두고 있었다. 그것은 말하는 사람에게서 그 힘과 의미를 이끌어 냈다. 차라투스트라에게 제자들이라는 무명의 군중은 별로 중요하지 않았다. 그러나 메날크에게는 미셸이나 나타나엘이라는 타자가 필요하고 미셸이나 나타나엘에게는 메날크가 필요하다. 30년이 지난 뒤 지드가 『지상의 양식』에서 『새로운 양식』으로 옮겨 가도록 만들게 되는 것은 바로 그 필요이다.

사실 지드가 '사회적 관심'을 갖게 된 것은 어제오늘의 일이 아니었다. 물론 그가 사회적 관심을 겉으로 분명하게 드러낸 것은 콩고 여행 이후 반식민 투쟁을 전개해 온 약 10년 전부터였던 것이 사실이다. 『새로운 양식』을 발표하기 6개월 전 지드는 옛 친구 장 슐랭베르제에게 보낸 편지에서 자신이 그때까지 밟아 온 역정을 밝혔다. 그가 처음 상징주의와 말라르메의 영향을 받았던 젊은 시절에 "자연주의에 대해 온통 반동적인 태도를 보였던 것"은 제반 사회적 문제들에 대한 무지나 맹목 때문도, 그 문제들을 무시했기 때문도 아니었다. 그가 보기에 "예술가가 관심을 보일 만한 것이 못 된다."라고 여겨졌다는 사실만으로도 그 사회적 관심은 예술 작품에서 멀리해야 마땅하다고 보았던 것이다.

지드는 북아프리카 여행에서 돌아왔을 때도 인간들 상호간의 관계, 특히 프랑스 행정관들 혹은 식민들과 아랍인들 사이의 관계에 무관심했던 것은 아니지만 그런 문제와 관련해 메모해 둔 노트나 기록 들은 당시의 작품들을 집필할 때 고의적으로 제외하는 편이었다. 해당 방면에 대한 전문적 지식을 가진 사람들의 능력을 믿었기 때문에 경제학자나 행정 전문가들에게 그 문제를 맡겨 두는 것이 효과적이라고 생각했던 것이다. 그러나 점차 "세계를 이해할 것이 아니라 변화시켜야 한다."라는 공식을 받아들이면서 그의 생각은 조금씩 달라졌다. 세상이 변해야 한다고 믿는 사람은 스스로 그 바람직한 변화에 도움이 되어야 한다고 믿게 된 것이었다.

우리는 소련 여행 이후 지드의 공산주의에 대한 믿음이 어떻게 표변했는지를 잘 알고 있다. 그러나 그때 느낀 공산주의에 대한 환멸 때문에 그가 1932~1936년의 행동과 글을 송두리째 부인, 부정했다고 보는 것은 무리이다. 지드는 죽는 날까지 변함없는 '좌파' 작가였다. 다시 말해서 그는 발전과 인간의 프로메테우스적인 힘을 믿는 지식인이었다. 많은 시간이 흘러간 지금 우리는 지드에게 있어서 어떻게 각 개인에게 행복이라는 절체절명의 의무가 점차로 만인의 행복에 대한 관심과 불가분의 관계를 가진 것으로 판명되었는지를 분명하게 알 수 있게 되었다.

비평가들의 판단 속에 잠재해 있는 고정관념이나 지드 자신의 느낌과는 달리 『새로운 양식』은 오늘날의 독자들에게도 그것 자체의 열정과 열광을 전달할 수 있는 힘을 지니고 있는 것이 사실이다. 책의 어떤 페이지들에서 느껴지는 단세포적인 생각들이나 억지의 합리주의에도 불구하고 이 책은 앞서의 『지상의 양식』과는 판이하면서도 어느 면 그것에 이어지는 역동성과 함께 희열과 자유에 대한 열망을 설득력 있게 표현하고 있다.

1935년에 발표된 이 『새로운 양식』은 어떤 구조를 갖추고 있는가? 앞에서 우리는 소련의 언론들이 나름대로의 시각에서 이 작품의 구조와 흐름을 분석한 것을 소개했다. 책의 1장은 1897년 『지상의 양식』에 수록된 시편들과 유사한 영감을 바탕으로 하고 있다. 1장이 시기적으로 앞서의 『지상의 양식』과 가장 근접한 1910~1920년 사이에 축적한 메모들로만 구성된 것은 그 점을 말해 준다. 예외가 있다면 그것은 1장의 마지막 대목뿐이다. "이 땅 위에는 너무나 많은 가난과 비탄과 어려움과 끔찍한 일들이 가득해서 행복한 사람은 자기의 행복을 부끄러워하지 않고는 행복을 생각할 수 없다." 톤이 변하는 이 대목이 바로 『새로운 양식』의 전에 보지 못한 흐름을 작동시키는 신호이다. 개인의 이기적인 행복이 타자의 비참에 대한 관심과 연관되는 것이다.

『새로운 양식』을 이루는 네 개의 장이 어떤 역동적 청사진에 따라 구성되어 있는지를 밝히는 것은 그리 어렵지 않다. 비평가 제르멘 브레는 이 책의 주제들이 불안정하며 전체적 '톤의 종합과 통일'을 이루지 못한 경우가 없지 않다는 사실을 지적하면서 다음과 같이 작품의 구조를 분석해 보인다.

> 처음 세 개의 장에서 지드는 그늘진 데가 없는 온전한 사랑의 '헌신' 속에서 기쁨에 몰입하는 복음을 제시해 보인다. 그는 거기서 행동의 자가당착, 논리의 멸시, 자기 성찰과 후회의 거부 등을 역설하면서 인간에게 그 자체만으로 충분한 것인 삶의 아름다움을 노래한다. 3장 끝에 이르면 어떤 다른 주제가 지배적으로 전개된다. '발전'이라는 주제가 그것이다. "인간은 언제나 오늘날의 인간의 모습이 아니었고 점차로 오늘의 모습을 갖추게 되었다는 사실은 신화에서 뭐라고 말하든 간에 내가 보기에는 의심의 여지가 없는 듯하다."라는 단언은 이제부터 4장의 라이트모티프가 된다. 여기에는 변화와 발전의 가능성이 전제되어 있다. 지드는 처음의 감각적 낙관주의의 충동을 그대로 유지하면서도 글의 흐름을 점차 부자연스럽게 바꾸는 가운데 '기대했던 인간'과 더불어 인간의 노력으로 얻는 황금시대의 미래가 도래할 것임을 예고한다.

한편 르네 랄루는 더 정밀하고 섬세한 해석을 제시한다. 그는 동시에 제르멘 브레보다 더 긍정적인 시선을 던진다.

우리는 이 책을 구성하는 네 개의 '장'에 다음과 같은 부제를 붙여도 무방할 것 같다. 1) 기쁨의 찬미, 2) 형이상학적 확신들에 대한 비판, 3) 인간의 발전에 대한 믿음의 변호. 그러나 속내 이야기들을 모아 놓은 이 책에서 지드의 생각은 어떤 엄격한 순서를 따르기만 하는 것이 아니다. 『새로운 양식』의 저자는 오히려 음악적인 방식으로 작품을 구성하고 있다. 그가 자신의 서로 다른 주제들을 제시하고 풍부하게 하며 하나의 전체로 통합하는 방식은 프랑스 산문의 거장만이 보여 줄 수 있는 경지이다.

그러나 엄격하고 가차 없는 시선을 유지하는 제르멘 브레도 『새로운 양식』의 어떤 부분에 대해서는 호의적인 관심을 아끼지 않는다. 지드가 그의 시편들 속에 골고루 분산해 배치한 열한 가지의 '만남'들에 대한 이 비평가의 주석은 그런 의미에서 주목할 만하다. 이 '만남'들은 『지상의 양식』에 분산, 배치되어 있는 역시 열한 개의 '롱드'와 '발라드'를 연상시킨다. 제르멘 브레가 볼 때 책을 구성하는 '분리된 단편(斷片)들'은 유기적으로 발전되고 있는 것이 아니라 그저 나란히 병치되어 있을 뿐이다.

> 지드는 책을 힘들게 '구성'하면서 작품이 아주 특이한 조직을 갖추도록 만들어 놓았다. 기쁨과 행복이라는 '윤리적 의무'의 복음이 그의 눈에는 사회적 복음에 비추어 볼 때 아무래도 좀 모자란 데가 있었던 것 같다. 이 기쁨을 다른 사람들의 불행 위에 건설하기를 거부하는 것은 이상에 불과하다는 느낌을 면하기 어렵다. 지드는 이 두 가지 복음이 서로 양립할 수 없다는 사실을 가리기 위해 '만남'을 이용했다. 『새로운 양식』에서는 그리하여 '만남'의 이야기들이 서정적인 충동들과 교차하면

서 나열되고 있는 것이다. 지드는 자신의 『일기』에서 추린 이야기들을 '만남'의 이름으로 소개한다. 우선 그 '만남'은 종류가 다양하다. 그것은 사랑의 여러 가지 양식들을 이야기하기도 하고 샤를 페기의 스타일을 연상시키는, 신과의 '대화'를 옮겨 놓기도 한다. 그러다가 '만남' 속에 가난, 광기, 꿈 같은, 인간의 삶에 깔린 어두운 면을 느끼게 하면서 실제 인간의 얼굴들이 나타난다. 바로 이 '만남'들이 작품의 나머지 부분들을 구제해 준 것이다. 그리하여 지드는 이 만남들에 사회적 복음을 접목시킨다. 구체적이면서도 때로는 약간 우스꽝스러운 시적 기미가 느껴지는 이 '만남'들은 인간이 뜻하는 일들의 감동적이고 부조리한 분위기를 전달해 준다.

『새로운 양식』은 완전한 작품이 못 된다. 그때 막 『위폐 제조자들』과 『오이디푸스』를 발표한 60대의 지드가 내놓은 이 책은 『지상의 양식』과 같은 풍부함과 의미를 갖추지는 못했지만 비평가들이 지드의 대다수 다른 작품들에 비해 그토록 무관심해야 할 정도로 무의미한 작품은 아니다. 문학적 성격으로 보나 지드의 지적 여정에서 차지하는 위치로 보나 결코 무시할 수 없는 지드의 이 '마지막'(『테세우스』라는 '유서'를 제외하고는) 작품은 저자의 생애의 너무나 오해받은 한 시기의 결산이라기보다 그 어느 것 하나 포기하거나 부인하지는 않으면서도 그가 행복하고도 믿음이 넉넉한 평온에 도달했던 한 시점에 적절하게 표현한 그의 휴머니즘을 요약한 작품이라고 하는 편이 옳을 것이다.

*

나는 3년 전 여름 동안 파리에 머물면서 『지상의 양식』을 번역했다. 아직 문학이 무엇인지, 독서가 무엇인지 제대로 알지 못하는 사춘기에 맹목의 열광을 이기지 못한 채 빠져들었던 책이 바로 『지상의 양식』이었다. 그 시절 나는 꿈에 취한 듯 "나타나엘이여, 내 그대에게 열정을 가르쳐 주리라."를 기도문인 양 혼자서 중얼거리곤 했다. 『지상의 양식』은 『좁은 문』, 『배덕자』와 함께 나의 소년 시절을 불문학이라는 '일생'의 업으로 기울게 한 결정적인 계기였다.

그리고 나는 1960년대 대학의 불문과에 입학해 바로 이 책을 처음 번역했던 이휘영, 김붕구 교수들의 지도를 받으며 지드와 카뮈를 원서로 읽는 황홀함을 경험했다. 그로부터 다시 40여 년이 경과해 내 나이 환갑을 넘긴 후, 그리고 대학의 강단에서 또 다른 청춘들을 향해 바로 그 지드와 카뮈를 함께 읽고 가르치다가 나 또한 그 강단에서 물러난 다음, 마치 뜨거운 청춘 시절의 앨범을 바라보듯이 그 선생님들의 옛 번역들을 한 줄 한 줄 참고하고 원문과 대조하면서 이 책을 새롭게 번역했다. 그리고 또 초벌 번역을 덮어 놓고 오랫동안 마음속에 청춘의 시간을 발효시킨 다음 다시 처음부터 손질하는 데 몇 해가 걸렸다.

앞서 언급한 두 스승님의 지혜로운 기존 번역이 없었다면 나는 이 새로운 번역을 시작할 엄두조차 내지 못했을 것이다. 혹시나 좋은 번역을 공연히 손대어 그릇되게 만들어 놓은 대목은 없는지 염려스러울 뿐이다. 다만 옛날의 두 분 선생님 시절에는 구하지 못했던 새로운 연구 문헌들을 참고할 수 있었다는 것으로 구차한 변명을 삼아 보려 한다. 번역은 물론 해설과 본문에 붙인 많은 주석을 위해 무엇보다 지드 연구의 큰 봉우리인 클로드 마르탱 교수와 이본 다베의 다양한 연구 업적에 크게 기댔음을 여기에 밝혀 두고자 한다. 그리고 번역과 연구를 위해 지금은 이미 찾기 힘들어진 지난날의 여러 중요한 참고 서적을 파리의 고서점과 도서관에서 구해 준 심은진 교수에게 이 자리를 빌려 감사와 우정의 뜻을 남기고자 한다.

2007년 9월 17일 태풍이 그친 새벽 '솔마'에서

김화영

작가 연보

1863년 루앙의 생텔루아 교회에서 폴 지드와 쥘리에트 롱도가 결혼했다. 1832년 남프랑스의 위제스에서 태어난 폴 지드는 이탈리아에 뿌리를 둔 가문(16세기 말엽에 지도(Gido)라는 사람이 피에몬테로부터 위제스로 와서 정착하고 개신교로 개종했다.) 출신이고, 1835년 루앙에서 태어난 쥘리에트 롱도는 18세기 말부터 대부분 개신교도가 된 부유한 부르주아 집안 출신이었다.

1867년 2월 7일 루앙에서 에밀 롱도와 마틸드 포셰 사이에서 맏딸 마들렌 롱도(Madeleine Rondeaux)가 태어났다. 앙드레 지드의 외사촌 누이였다.

1869년 11월 22일 파리 뤽상부르 공원 옆 메디시스가 19번지에서 파리대학 법학부 로마법 교수 폴 지드와 쥘리에트 롱도 사이에서 외아들 앙드레 폴 기욤 지드(André Paul Guillaume Gide)가 태어났다. 그는 어머니의 고향 노르망디와 아버지의 고향 랑그도크, 이렇게 서로 다른 두 가지 풍토와 환경 사이를 오가며 어린 시절을 보냈다.

1877년 당시 대다수의 유복한 부르주아 개신교 가정 출신의 아이들이 다니는, 파리의 다사스 거리의 에콜 알자시엔 9학년에 입학했다. 교사 브델이 그의 '못된 버릇'을 목격하게 되어 3개월간 정학에 처했다. 홍역에 걸려 외조부 에두아르 롱도 소유의, 칼바도스현 소재 라로크성에서 요양했다. 항상 건강이 좋지 않아서 학교생활이 불규칙했다.

1880년 10월, 아버지 폴 지드 교수의 돌연한 사망으로 불안과 고통을 경험했다.

1881년 어머니를 따라 숙부 샤를 지드가 사는 몽펠리에로 가서 기거했다. 신경증 발작을 일으켰다.

1882년 외숙모 마틸드의 부정한 행위와 그로 인한 외사촌 누이 마들렌의 괴로움을 알게 되었다. 이때 자신이 마들렌을 사모하고 있음을 깨닫게 되었다.

1883년 파리 파시 구역에 있는 앙리 보에르 댁에서 반기숙 생활을 했다. 그의 권유로 『아미엘의 일기』를 읽었다. 이때부터 규칙적으로 일기를 쓰기 시작했다.

1885년 라로크성에서 여름을 보냈다. 친구 프랑수아 드비트 기조 그리고 외사촌 누이 마들렌과 더불어 열광적으로 신비주의 서적을 읽었다. 첫 영성체의 열정적 시기였다. 마들렌과 규칙적으로 서신을 교환하기 시작했다.

1887년 1889년까지 콜 알자시엔의 수사학 반에 복학했다. 피에르 루이스와 만났다. 괴테를 발견했다.

1888년 1889년까지 앙리 4세 고등학교 철학 반에서 공부했다. 같은 반의 레옹 블룸과 친교를 맺었다. 쇼펜하우어를 읽었다.

1889년 여름, 브르타뉴를 여행했다. 10월 바슐리에가 되었다. 소르본에 등록했다.

1890년 3월, 앙드레와 마들렌이 함께 병상을 지켰던 외삼촌 에밀 롱도가 사망했다. "이때 우리 사이의 약혼이 성사된 것 같다." 12월, 몽펠리에에서 폴 발레리와 처음 만나 깊고 오랜 우정이 시작되었다.

1891년 1월, 마들렌이 결혼을 거부했다. 『앙드레 발테르의 수기』를 익명으로 발표. 바레스, 말라르메와 처음 만났다. 말라르메의 화요회(로마 거리에 있는 시인의 집)에 자주 출입했다. 12월, 오스카 와일드와 만났다. 『나르시스론』 발표. 발자크의 작품을 열심히 읽었다.

1892년 『앙드레 발테르의 시』 발표. 11월, 낭시에서 군복무했다.(결핵으로 전역했다.)

1893년 프랑시스 잠을 만나 오랜 우정이 시작되었다. 『위리앵의 여행』, 『사랑의 시도』 발표. 10월~1894년 봄, 북아프리카를 여행했다.(마르세유, 튀니스, 수스, 비스크라, 몰타, 시라쿠사, 로마, 피렌체, 제네바)

1895년 스위스의 추운 라브레빈에서 쓴 『팔뤼드』 출간. 1월, 알제에 도착해 블리다에서 오스카 와일드와 그의 친구 더글러스 일행과 해후했다. 『지상의 양식』 제목을 확정했다. 5월, 어머니 쥘리에트 지드가 사망했다. 6월, 외사촌 누이 마들렌과 약혼하고 10월, 결혼했다. 10월~1896년 5월, 신혼여행을 했다.(몽펠리에, 스위스의 뇌샤텔과 생모리츠, 이탈리아의 피렌체와 로마, 북아프리카의 튀니스, 엘칸타라, 비스크라, 투구르트) 1896년 5월, 여행에서 돌아오자 자신이 라로크 마을의 시장으로 선출되었음을 알게 되었다.(프랑스 전체에서 최연소 시장으로 선출되었다.) 친구 피에르 루이스와 절교했다.

1897년 3월, 파리의 라스파유가 4번지에 입주했다. 『지상의 양식』 발표. 유쾌하고 문학적으로 세련된 의사 방종 박사(필명은 앙리 게옹)와 친교를 맺었다. 『문학과 도덕의 제 문제에 대한 고찰』 발표. 9월, 지드의 친구이며 철학교수 자격을 가진 마르셀 드루앵이 지드의 외사촌이자 처제인 잔 롱도와 결혼했다.

1898년 1월~5월, 마들렌과 이탈리아를 여행했다. 로마의 작은 아파트에 아내를 남겨둔 채 '아카데믹한' 사진 모델을 서 준다는 소년들과 쾌락에 빠졌다.

1899년 봄, 마들렌과 두 번째로 알제리를 여행했다. 『사슬 풀린 프로메테』, 『필록테트』, 『엘 하지』, 『여행 노트』 발표. 1895년에 처음 만난 클로델(당시 중국 푸저우 영사)과 서신 교환을 시작했다.

1900년 3월, 브뤼셀에서 강연했다. 라로크성을 매각했다. 12월, 마들렌과 다시 알제리를 여행했다. 비스크라에서 앙리 게옹을 만났다.

1901년 『캉돌 왕』 발표. 『배덕자』 탈고.

1902년 1월, 『배덕자』 발표.

1903년 7~8월, 독일을 여행했다. 10월, 혼자서 알제리로 떠났다가 나중에 마들렌이 합류했다.

1904년 『사울』, 『프레텍스트』, 『오스카 와일드』 발표.

1905년 클로델의 영향을 받아 프랑시스 잠이 가톨릭으로 개종했다.

1906년 『아맹타스』 발표. 오퇴유의 빌라 몽모랑시에 지은 새집으로 이사했다.

1907년 『탕아 돌아오다』 발표.

1908년 『서한집을 통해 본 도스토예프스키』 발표. 코포, 슐랭베르제, 게옹 그리고 나중에 합류한 자크 리비에르와 월간 문예지 《N. R. F.》를 창간했다.

1909년 『좁은 문』 발표. 2차 세계 대전까지 《N. R. F.》는 프랑스에서 가장 영향력 있는 문예지로 자리 잡았다.

1911년 N. R. F. 출판사에서 『이자벨』 출간. 『신프레텍스트』 출간.(메르퀴르 드 프랑스) N.R.F.가 가스통 갈리마르를 주축으로 출판사를 설립했다.(오늘의 갈리마르 출판사의 전신이다.)

1912년 3월, 신경 쇠약증에 걸려 튀니지로 떠났으나 마르세유를 거쳐 피렌체로 갔다. 그 후 피사에서 앙리 게옹을 만나 "열흘 동안 말로 할 수 없는 비범한 생활"을 했다. 12월, 혼자서 영국에 체류했다.

1913년 타고르의 『기탄잘리』 번역. 10월, N.R.F.의 연극적 '부속실'이라고 할 수 있는 극장 '비외 콜롱비에'가 개관했다.(관장은 자크 코포였다.) 11월, 『장 바루아』의 젊은 저자 로제 마르탱 뒤가르와 알게 되어 죽는 날까지 '가장 절친한 친구'로 지냈다.

1914년 『교황청의 지하도』 발표. 이 작품의 동성애 장면과 관련해, 오래전부터 편지를 주고받던 친구 클로델과 실질적이고 돌이킬 수 없는 절교를 했다. 4~5월, 앙리 게옹과 이탈리아, 그리스, 터키를 여행했다. 『중죄 재판소의 기억』 발표. 샤를 뒤보, 엘리자베트 반뤼셀베르그(15년 전에 앙리 드레니에가 소개해 준 벨기에 화가 테오 반 뤼셀베르그의 부인)와 더불어 매일 '프랑스-벨기에의 집'에서 일했다.(독일에 점령당한 프랑스 및 벨기에 영토의 피난민을 돕는 사업.)

1915년 종교적 위기를 겪었다. 앙리 게옹이 가톨릭으로 개종하고, 마들렌도 로마 교회 쪽으로 접근했다.

1916년 5월, 마들렌은 앙리 게옹이 지드에게 보낸 편지를 개봉해 보고 그 속에서 남편의 숨겨진 행동과 과거에 대해 많은 것들을 알게 되었다. 20년간의 행복한 결혼 생활 이후 처음으로 부부 관계가 악화되었다.

12월, 베르아랭의 장례식에서 돌아오는 열차 안에서 엘리자베트 반뤼셀베르그 부인에게 그녀와의 사이에 아이를 갖고 싶다고 말했다. 집안의 옛 친구 알레그레 목사의 아들인 마르크(당시 열여섯 살)와 동성애 관계를 시작했다.

1917년 8월, 마르크 알레그레와 더불어 스위스에 체류했다. 『새로운 양식』 노트 시작.

1918년 콘래드의 『태풍』, 월트 휘트먼의 선집 번역. 6월, 마르크 알레그레와 4개월간 영국에 체류했다. 11월, 센마리팀에 있는 에밀 롱도 소유의 성관인 퀴베르빌성에서 그가 마르크와 영국으로 떠난 직후 마들렌이 젊은 시절부터 지드가 보낸 편지들을 모두 없애 버렸다는 사실을 알게 돼 여러 달 동안 고통으로 몸부림쳤다. "그녀가 내 아이를 죽인 것이나 마찬가지로 괴롭다. 아마도 그보다 더 아름다운 편지들은 없을 것이다."

1919년 『전원 교향곡』 발표. 「그리스 신화에 대한 고찰」 발표. 『위폐 제조자들』 집필 시작.

1921년 『문선(文選)』 출간.

1922년 『눔퀴드 에 투?』 발표. 블레이크의 『천국과 지옥의 결혼』 번역.

1923년 4월, 안시에서 엘리자베트 반뤼셀베르그와의 사이에서 딸 카트린이 태어났다.(지드는 아내 사후인 1938년에 이 딸을 자신의 호적에 올렸다.)

1924년 『앵시당스』 발표. 『코리동』 보급판 출간.

1925년 1926년까지 콩고를 여행했다. 『위폐 제조자들』, 『위폐 제조자들의 일기』 발표. 『한 알의 밀알이 죽지 않으면』

보급판 출간.

1927년 『콩고 기행』 발표. 콩고로 떠나기 전에 자신의 장서 대부분과 오퇴유의 빌라를 매각한 지드는 파리 시내 바노가 1번지에 정착했다. '귀여운 부인' 엘리자베트 반뤼셀베르그와 같은 층 이웃이 되었다.

1928년 『차드에서 돌아오다』 발표.

1929년 샤를 뒤보가 『지드와의 대화』 발표. 『여자들의 학교』 발표.

1930년 『로베르』, 『푸아티에의 감금자들』, 『르뒤로 사건』, 『오이디푸스』 발표. 독일, 튀니지 등지로 끊임없이 여행했다.

1932년 N.R.F.가 앙드레 지드 전집을 출간하기 시작하나 1939년 전쟁으로 인해 15권에서 중지했다. 6월, 《N. R. F.》에 『일기초』를 발표하면서 공산주의와 소련에 대한 점증하는 호감을 표시했다. 특히 적도 부근 아프리카 여행 이후 사회 문제에 많은 관심을 보였다. 로맹 롤랑 주도 하에 암스테르담에서 개최된 전쟁 반대 세계 회의에 찬성 의사를 전했다.

1933년 『교황청의 지하도』 공산당 기관지 《뤼마니테》에 연재. 정치 활동을 했다.

1935년 『새로운 양식』 발표. 6월, 말로와 더불어 문화 옹호를 위한 제1회 국제 작가 회의를 주재했다.

1936년 『주느비에브』 발표. 6~8월, 피에르 에르바르, 루이 기유, 외젠 다비, 자크 쉬프랭과 함께 초청받아 소련을 여행했다. 다비의 돌연한 사망으로 인해 파리로 돌아왔다. 11월, 『소련에서 돌아오다』를 발표해 큰 반향을 불러일으켰다. 12월, 스페인 불개입 정책에 반대하는 공화주의 지식인 선언에 서명했다.

1937년 6월, 『나의 '소련에서 돌아오다' 수정판』 발표로 공산주의와의 결별을 선언했다.

1938년 1~3월, 다시 서아프리카를 여행했다. 4월 17일(부활절) 마들렌이 사망했다. "나는 그녀를 잃고 나자 곧 내 존재 이유가 다했다는 것을 깨달았으므로 내가 왜 사는지 더 이상 알 수가 없었다." 『에 눈크 마네트 인 테』 집필. 일본에서 야마모토 사츠오가 『전원 교향곡』 영화화.

1939년 그리스, 이집트, 세네갈을 여행했다. 『일기 1889~1939』 발표. 휴전 후 잠시 주저하다가 1941년 3월 새 정권과 드리외 라로셸의 대독 협력에 대한 반대 의사를 표명하고 《N. R. F.》에서 사퇴했다.

1942년 5월 튀니스로 출발했다.

1943년 5월 말, 알제로 갔다. 6월 알제 체류 중 친구 외르공의 집에서 드골 장군과 식사했다. 『일기초 1939~1942』 발표. 알제의 샤를로 출판사에서 『가상의 인터뷰』 발표.

1945년 12월부터 다음 해 8월까지 레바논과 이집트를 여행했다.

1946년 『테세우스』 발표. 장 들라누아가 『전원 교향곡』 영화화.

1947년 6월, 옥스퍼드 대학교에서 명예 박사 학위를 받았다. 11월, 노벨 문학상을 수상했다.

1948년 『프랑시스 잠과의 편지』 발표. 소극 『교황청의 지하도』

발표.

1949년 1950년까지 2년간 『가을 문선』, 『폴 클로델과의 편지』, 『참여 문학』(1930~1937년 사이의 텍스트 모음), 『프랑스 시 사화집』, 『일기 1942~1949』 발표. 니콜 브드레스가 영화 『삶은 내일 시작한다』(지드, 르코르뷔지에, 사르트르, 장 로스탕 등 출연) 촬영. 마르크 알레그레가 영화 「앙드레 지드와 함께」 발표.

1951년 2월 19일 월요일 22시 20분, 파리 바노가 1번지에서 폐충혈로 사망했다. 그가 마지막으로 쓴 문장: "태양과 관련해 하늘에서의 내 위치 때문에 덜 아름다운 새벽을 보게 되어서는 안 된다." 그가 마지막으로 남긴 말: "나는 내 문장들이 문법적인 면에서 부정확한 것이 될까 봐 두렵다." "그것은 항상 분별 있는 것과 그렇지 못한 것 사이의 싸움이다." 11월, 독일 점령 동안 폐간되었다가 복간된 《N. R. F.》가 앙드레 지드 추모 특집으로 발행되었다.

1952년 『아멘』 혹은 『내기는 끝났다』 출간. 5월, 로마 가톨릭 교회가 지드의 전 작품을 금서로 규정했다.

1955년 앙드레 지드와 폴 발레리의 『서한집』 간행.

1963년 앙드레 지드와 앙드레 쉬아레스의 『서한집』 간행.

1968년 앙드레 지드와 로제 마르탱 뒤가르의 『서한집』 간행.

세계문학전집 157

지상의 양식

1판 1쇄 펴냄 2007년 10월 10일
1판 36쇄 펴냄 2024년 5월 17일

지은이 앙드레 지드
옮긴이 김화영
발행인 박근섭, 박상준
펴낸곳 (주)민음사

출판등록 1966. 5. 19. (제 16-490호)
서울특별시 강남구 도산대로1길 62(신사동) 강남출판문화센터 5층 (우편번호 06027)
대표전화 02-515-2000 팩시밀리 02-515-2007
www.minumsa.com

ISBN 978-89-374-6157-6 04800
ISBN 978-89-374-6000-5 (세트)

세계문학전집 목록

1·2 **변신 이야기** 오비디우스 · 이윤기 옮김 서울대 권장도서 100선
3 **햄릿** 셰익스피어 · 최종철 옮김 서울대 권장도서 100선 | 미국대학위원회 선정 SAT 추천도서
4 **변신 · 시골의사** 카프카 · 전영애 옮김 서울대 권장도서 100선
5 **동물농장** 오웰 · 도정일 옮김 미국대학위원회 선정 SAT 추천도서 | 《타임》 선정 현대 100대 영문소설
6 **허클베리 핀의 모험** 트웨인 · 김욱동 옮김 《뉴스위크》 선정 100대 명저
7 **암흑의 핵심** 콘래드 · 이상옥 옮김 미국대학위원회 선정 SAT 추천도서 | 《뉴스위크》 선정 10대 명저
8 **토니오 크뢰거 · 트리스탄 · 베네치아에서의 죽음** 토마스 만 · 안삼환 외 옮김 노벨 문학상 수상 작가
9 **문학이란 무엇인가** 사르트르 · 정명환 옮김
10 **한국단편문학선 1** 김동인 외 · 이남호 엮음 국립중앙도서관 선정 청소년 권장도서
11·12 **인간의 굴레에서** 서머싯 몸 · 송무 옮김
13 **이반 데니소비치, 수용소의 하루** 솔제니친 · 이영의 옮김 노벨 문학상 수상 작가
14 **너새니얼 호손 단편선** 호손 · 천승걸 옮김
15 **나의 미카엘** 오즈 · 최창모 옮김
16·17 **중국신화전설** 위앤커 · 전인초, 김선자 옮김
18 **고리오 영감** 발자크 · 박영근 옮김
19 **파리대왕** 골딩 · 유종호 옮김 노벨 문학상 수상 작가 | 《타임》 선정 현대 100대 영문소설
20 **한국단편문학선 2** 김동리 외 · 이남호 엮음
21·22 **파우스트** 괴테 · 정서웅 옮김 서울대 권장도서 100선 | 미국대학위원회 선정 SAT 추천도서
23·24 **빌헬름 마이스터의 수업시대** 괴테 · 안삼환 옮김
25 **젊은 베르테르의 슬픔** 괴테 · 박찬기 옮김 논술 및 수능에 출제된 책(1998~2005)
26 **이피게니에 · 스텔라** 괴테 · 박찬기 외 옮김
27 **다섯째 아이** 레싱 · 정덕애 옮김 노벨 문학상 수상 작가
28 **삶의 한가운데** 린저 · 박찬일 옮김
29 **농담** 쿤데라 · 방미경 옮김
30 **야성의 부름** 런던 · 권택영 옮김
31 **아메리칸** 제임스 · 최경도 옮김
32·33 **양철북** 그라스 · 장희창 옮김 노벨 문학상 수상 작가 | 서울대 권장도서 100선
34·35 **백년의 고독** 마르케스 · 조구호 옮김 노벨 문학상 수상 작가 | 서울대 권장도서 100선
36 **마담 보바리** 플로베르 · 김화영 옮김 서울대 권장도서 100선
37 **거미여인의 키스** 푸익 · 송병선 옮김
38 **달과 6펜스** 서머싯 몸 · 송무 옮김
39 **폴란드의 풍차** 지오노 · 박인철 옮김
40·41 **독일어 시간** 렌츠 · 정서웅 옮김
42 **말테의 수기** 릴케 · 문현미 옮김
43 **고도를 기다리며** 베케트 · 오증자 옮김 노벨 문학상 수상 작가 | 서울대 권장도서 100선
44 **데미안** 헤세 · 전영애 옮김 노벨 문학상 수상 작가
45 **젊은 예술가의 초상** 조이스 · 이상옥 옮김 서울대 권장도서 100선
46 **카탈로니아 찬가** 오웰 · 정영목 옮김
47 **호밀밭의 파수꾼** 샐린저 · 정영목 옮김 《타임》 선정 현대 100대 영문소설 | 미국대학위원회 선정 SAT 추천도서 | 《뉴스위크》 선정 100대 명저 | BBC 선정 꼭 읽어야 할 책
48·49 **파르마의 수도원** 스탕달 · 원윤수, 임미경 옮김
50 **수레바퀴 아래서** 헤세 · 김이섭 옮김 노벨 문학상 수상 작가 | 국립중앙도서관 선정 청소년 권장도서

51·52 내 이름은 빨강 파묵 · 이난아 옮김 노벨 문학상 수상 작가
53 오셀로 셰익스피어 · 최종철 옮김 서울대 권장도서 100선
54 조서 르 클레지오 · 김윤진 옮김 노벨 문학상 수상 작가
55 모래의 여자 아베 코보 · 김난주 옮김
56·57 부덴브로크 가의 사람들 토마스 만 · 홍성광 옮김 노벨 문학상 수상 작가
58 싯다르타 헤세 · 박병덕 옮김 노벨 문학상 수상 작가
59·60 아들과 연인 로렌스 · 정상준 옮김 《뉴스위크》 선정 100대 명저
61 설국 가와바타 야스나리 · 유숙자 옮김 노벨 문학상 수상 작가 | 서울대 권장도서 100선
62 벨킨 이야기 · 스페이드 여왕 푸슈킨 · 최선 옮김
63·64 넙치 그라스 · 김재혁 옮김 노벨 문학상 수상 작가
65 소망 없는 불행 한트케 · 윤용호 옮김 노벨 문학상 수상 작가
66 나르치스와 골드문트 헤세 · 임홍배 옮김 노벨 문학상 수상 작가
67 황야의 이리 헤세 · 김누리 옮김 노벨 문학상 수상 작가
68 페테르부르크 이야기 고골 · 조주관 옮김
69 밤으로의 긴 여로 오닐 · 민승남 옮김 노벨 문학상 수상 작가 | 미국대학위원회 선정 SAT 추천도서
70 체호프 단편선 체호프 · 박현섭 옮김
71 버스 정류장 가오싱젠 · 오수경 옮김 노벨 문학상 수상 작가
72 구운몽 김만중 · 송성욱 옮김 서울대 권장도서 100선 | 국립중앙도서관 선정 청소년 권장도서
73 대머리 여가수 이오네스코 · 오세곤 옮김
74 이솝 우화집 이솝 · 유종호 옮김 논술 및 수능에 출제된 책(1998~2005)
75 위대한 개츠비 피츠제럴드 · 김욱동 옮김 《타임》 선정 현대 100대 영문소설
76 푸른 꽃 노발리스 · 김재혁 옮김
77 1984 오웰 · 정회성 옮김 《타임》 선정 현대 100대 영문소설 | 《뉴스위크》 선정 100대 명저
78·79 영혼의 집 아옌데 · 권미선 옮김
80 첫사랑 투르게네프 · 이항재 옮김
81 내가 죽어 누워 있을 때 포크너 · 김명주 옮김 노벨 문학상 수상 작가
82 런던 스케치 레싱 · 서숙 옮김 노벨 문학상 수상 작가
83 팡세 파스칼 · 이환 옮김
84 질투 로브그리예 · 박이문, 박희원 옮김
85·86 채털리 부인의 연인 로렌스 · 이인규 옮김
87 그 후 나쓰메 소세키 · 윤상인 옮김
88 오만과 편견 오스틴 · 윤지관, 전승희 옮김 미국대학위원회 선정 SAT 추천도서
89·90 부활 톨스토이 · 연진희 옮김 논술 및 수능에 출제된 책(1998~2005)
91 방드르디, 태평양의 끝 투르니에 · 김화영 옮김
92 미겔 스트리트 나이폴 · 이상옥 옮김 노벨 문학상 수상 작가
93 페드로 파라모 룰포 · 정창 옮김
94 차라투스트라는 이렇게 말했다 니체 · 장희창 옮김 국립중앙도서관 선정 청소년 권장도서
95·96 적과 흑 스탕달 · 이동렬 옮김 국립중앙도서관 선정 청소년 권장도서
97·98 콜레라 시대의 사랑 마르케스 · 송병선 옮김 노벨 문학상 수상 작가 | BBC 선정 꼭 읽어야 할 책
99 맥베스 셰익스피어 · 최종철 옮김 서울대 권장도서 100선 | 미국대학위원회 선정 SAT 추천도서
100 춘향전 작자 미상 · 송성욱 풀어 옮김 서울대 권장도서 100선
101 페르디두르케 곰브로비치 · 윤진 옮김
102 포르노그라피아 곰브로비치 · 임미경 옮김
103 인간 실격 다자이 오사무 · 김춘미 옮김
104 네루다의 우편배달부 스카르메타 · 우석균 옮김

165 모렐의 발명 비오이 카사레스 · 송병선 옮김

166 삼국유사 일연 · 김원중 옮김 서울대 권장도서 100선

167 풀잎은 노래한다 레싱 · 이태동 옮김 노벨 문학상 수상 작가

168 파리의 우울 보들레르 · 윤영애 옮김

169 포스트맨은 벨을 두 번 울린다 케인 · 이만식 옮김

170 썩은 잎 마르케스 · 송병선 옮김 노벨 문학상 수상 작가

171 모든 것이 산산이 부서지다 아체베 · 조규형 옮김 《타임》 선정 현대 100대 영문소설

172 한여름 밤의 꿈 셰익스피어 · 최종철 옮김 미국대학위원회 선정 SAT 추천도서

173 로미오와 줄리엣 셰익스피어 · 최종철 옮김 미국대학위원회 선정 SAT 추천도서

174·175 분노의 포도 스타인벡 · 김승욱 옮김 노벨 문학상 수상 작가 | 《타임》 선정 현대 100대 영문소설

176·177 괴테와의 대화 에커만 · 장희창 옮김

178 그물을 헤치고 머독 · 유종호 옮김 《타임》 선정 현대 100대 영문소설

179 브람스를 좋아하세요... 사강 · 김남주 옮김

180 카타리나 블룸의 잃어버린 명예 하인리히 뵐 · 김연수 옮김 노벨 문학상 수상 작가

181·182 에덴의 동쪽 스타인벡 · 정회성 옮김 노벨 문학상 수상 작가

183 순수의 시대 워튼 · 송은주 옮김 《뉴스위크》 선정 100대 명저 | 퓰리처상 수상작

184 도둑 일기 주네 · 박형섭 옮김

185 나자 브르통 · 오생근 옮김

186·187 캐치-22 헬러 · 안정효 옮김 《타임》 선정 현대 100대 영문소설

188 숄로호프 단편선 숄로호프 · 이항재 옮김 노벨 문학상 수상 작가

189 말 사르트르 · 정명환 옮김

190·191 보이지 않는 인간 엘리슨 · 조영환 옮김 《타임》 선정 현대 100대 영문소설

192 왑샷 가문 연대기 치버 · 김승욱 옮김 퓰리처상 수상 작가

193 왑샷 가문 몰락기 치버 · 김승욱 옮김 퓰리처상 수상 작가

194 필립과 다른 사람들 노터봄 · 지명숙 옮김

195·196 하드리아누스 황제의 회상록 유르스나르 · 곽광수 옮김

197·198 소피의 선택 스타이런 · 한정아 옮김 퓰리처상 수상 작가

199 피츠제럴드 단편선 2 피츠제럴드 · 한은경 옮김

200 홍길동전 허균 · 김탁환 옮김

201 요술 부지깽이 쿠버 · 양윤희 옮김

202 북호텔 다비 · 원윤수 옮김

203 톰 소여의 모험 트웨인 · 김욱동 옮김

204 금오신화 김시습 · 이지하 옮김

205·206 테스 하디 · 정종화 옮김 미국대학위원회 선정 SAT 추천도서 | BBC 선정 꼭 읽어야 할 책

207 브루스터플레이스의 여자들 네일러 · 이소영 옮김

208 더 이상 평안은 없다 아체베 · 이소영 옮김

209 그레인지 코플랜드의 세 번째 인생 워커 · 김시현 옮김 퓰리처상 수상 작가

210 어느 시골 신부의 일기 베르나노스 · 정영란 옮김

211 타라스 불바 고골 · 조주관 옮김

212·213 위대한 유산 디킨스 · 이인규 옮김 서울대 권장도서 100선 | BBC 선정 꼭 읽어야 할 책

214 면도날 서머싯 몸 · 안진환 옮김

215·216 성채 크로닌 · 이은정 옮김

217 오이디푸스 왕 소포클레스 · 강대진 옮김 서울대 권장도서 100선

218 세일즈맨의 죽음 밀러 · 강유나 옮김

219·220·221 안나 카레니나 톨스토이 · 연진희 옮김 서울대 권장도서 100선

222 **오스카 와일드 작품선** 와일드 · 정영목 옮김
223 **벨아미** 모파상 · 송덕호 옮김
224 **파스쿠알 두아르테 가족** 호세 셀라 · 정동섭 옮김 노벨 문학상 수상 작가
225 **시칠리아에서의 대화** 비토리니 · 김운찬 옮김
226·227 **길 위에서** 케루악 · 이만식 옮김 《타임》 선정 현대 100대 영문소설 | 《뉴스위크》 선정 100대 명저
228 **우리 시대의 영웅** 레르몬토프 · 오정미 옮김
229 **아우라** 푸엔테스 · 송상기 옮김
230 **클링조어의 마지막 여름** 헤세 · 황승환 옮김 노벨 문학상 수상 작가
231 **리스본의 겨울** 무뇨스 몰리나 · 나송주 옮김
232 **뻐꾸기 둥지 위로 날아간 새** 키지 · 정회성 옮김 《타임》 선정 현대 100대 영문소설
233 **페널티킥 앞에 선 골키퍼의 불안** 한트케 · 윤용호 옮김 노벨 문학상 수상 작가
234 **참을 수 없는 존재의 가벼움** 쿤데라 · 이재룡 옮김
235·236 **바다여, 바다여** 머독 · 최옥영 옮김
237 **한 줌의 먼지** 에벌린 워 · 안진환 옮김 《타임》 선정 현대 100대 영문소설
238 **뜨거운 양철 지붕 위의 고양이 · 유리 동물원** 윌리엄스 · 김소임 옮김 퓰리처상 수상작
239 **지하로부터의 수기** 도스토옙스키 · 김연경 옮김
240 **키메라** 바스 · 이운경 옮김
241 **반쪼가리 자작** 칼비노 · 이현경 옮김
242 **벌집** 호세 셀라 · 남진희 옮김 노벨 문학상 수상 작가
243 **불멸** 쿤데라 · 김병욱 옮김
244·245 **파우스트 박사** 토마스 만 · 임홍배, 박병덕 옮김 노벨 문학상 수상 작가
246 **사랑할 때와 죽을 때** 레마르크 · 장희창 옮김
247 **누가 버지니아 울프를 두려워하랴?** 올비 · 강유나 옮김
248 **인형의 집** 입센 · 안미란 옮김
249 **위폐범들** 지드 · 원윤수 옮김 노벨 문학상 수상 작가
250 **무정** 이광수 · 정영훈 책임 편집 서울대 권장도서 100선
251·252 **의지와 운명** 푸엔테스 · 김현철 옮김
253 **폭력적인 삶** 파솔리니 · 이승수 옮김
254 **거장과 마르가리타** 불가코프 · 정보라 옮김
255·256 **경이로운 도시** 멘도사 · 김현철 옮김
257 **야콥을 둘러싼 추측들** 욘존 · 손대영 옮김
258 **왕자와 거지** 트웨인 · 김욱동 옮김
259 **존재하지 않는 기사** 칼비노 · 이현경 옮김
260·261 **눈먼 암살자** 애트우드 · 차은정 옮김 《타임》 선정 현대 100대 영문소설
262 **베니스의 상인** 셰익스피어 · 최종철 옮김
263 **말리나** 바흐만 · 남정애 옮김
264 **사볼타 사건의 진실** 멘도사 · 권미선 옮김
265 **뒤렌마트 희곡선** 뒤렌마트 · 김혜숙 옮김
266 **이방인** 카뮈 · 김화영 옮김 노벨 문학상 수상 작가 | 미국대학위원회 선정 SAT 추천도서
267 **페스트** 카뮈 · 김화영 옮김 노벨 문학상 수상 작가 | 국립중앙도서관 선정 청소년 권장도서
268 **검은 튤립** 뒤마 · 송진석 옮김
269·270 **베를린 알렉산더 광장** 되블린 · 김재혁 옮김
271 **하얀 성** 파묵 · 이난아 옮김 노벨 문학상 수상 작가
272 **푸슈킨 선집** 푸슈킨 · 최선 옮김
273·274 **유리알 유희** 헤세 · 이영임 옮김 노벨 문학상 수상 작가

275 **픽션들** 보르헤스 · 송병선 옮김 서울대 권장도서 100선
276 **신의 화살** 아체베 · 이소영 옮김
277 **빌헬름 텔 · 간계와 사랑** 실러 · 홍성광 옮김
278 **노인과 바다** 헤밍웨이 · 김욱동 옮김 노벨 문학상 수상 작가 | 퓰리처상 수상작
279 **무기여 잘 있어라** 헤밍웨이 · 김욱동 옮김 미국대학위원회 선정 SAT 추천도서
280 **태양은 다시 떠오른다** 헤밍웨이 · 김욱동 옮김 《타임》 선정 현대 100대 영문 소설
281 **알레프** 보르헤스 · 송병선 옮김
282 **일곱 박공의 집** 호손 · 정소영 옮김
283 **에마** 오스틴 · 윤지관, 김영희 옮김
284·285 **죄와 벌** 도스토옙스키 · 김연경 옮김 미국대학위원회 선정 SAT 추천도서
286 **시련** 밀러 · 최영 옮김
287 **모두가 나의 아들** 밀러 · 최영 옮김
288·289 **누구를 위하여 종은 울리나** 헤밍웨이 · 김욱동 옮김 노벨 문학상 수상 작가
290 **구르브 연락 없다** 멘도사 · 정창 옮김
291·292·293 **데카메론** 보카치오 · 박상진 옮김
294 **나누어진 하늘** 볼프 · 전영애 옮김
295·296 **제브데트 씨와 아들들** 파묵 · 이난아 옮김 노벨 문학상 수상 작가
297·298 **여인의 초상** 제임스 · 최경도 옮김 미국대학위원회 선정 SAT 추천도서
299 **압살롬, 압살롬!** 포크너 · 이태동 옮김 노벨 문학상 수상 작가
300 **이상 소설 전집** 이상 · 권영민 책임 편집
301·302·303·304·305 **레 미제라블** 위고 · 정기수 옮김
306 **관객모독** 한트케 · 윤용호 옮김 노벨 문학상 수상 작가
307 **더블린 사람들** 조이스 · 이종일 옮김
308 **에드거 앨런 포 단편선** 앨런 포 · 전승희 옮김 미국대학위원회 선정 SAT 추천도서
309 **보이체크 · 당통의 죽음** 뷔히너 · 홍성광 옮김
310 **노르웨이의 숲** 무라카미 하루키 · 양억관 옮김
311 **운명론자 자크와 그의 주인** 디드로 · 김희영 옮김
312·313 **헤밍웨이 단편선** 헤밍웨이 · 김욱동 옮김 노벨 문학상 수상 작가
314 **피라미드** 골딩 · 안지현 옮김 노벨 문학상 수상 작가
315 **닫힌 방 · 악마와 선한 신** 사르트르 · 지영래 옮김
316 **등대로** 울프 · 이미애 옮김 《타임》 선정 현대 100대 영문소설 | 《뉴스위크》 선정 100대 명저
317·318 **한국 희곡선** 송영 외 · 양승국 엮음
319 **여자의 일생** 모파상 · 이동렬 옮김
320 **의식** 노터봄 · 김영중 옮김
321 **육체의 악마** 라디게 · 원윤수 옮김
322·323 **감정 교육** 플로베르 · 지영화 옮김
324 **불타는 평원** 룰포 · 정창 옮김
325 **위대한 몬느** 알랭푸르니에 · 박영근 옮김
326 **라쇼몬** 아쿠타가와 류노스케 · 서은혜 옮김
327 **반바지 당나귀** 보스코 · 정영란 옮김
328 **정복자들** 말로 · 최윤주 옮김
329·330 **우리 동네 아이들** 마흐푸즈 · 배혜경 옮김 노벨 문학상 수상 작가
331·332 **개선문** 레마르크 · 장희창 옮김
333 **사바나의 개미 언덕** 아체베 · 이소영 옮김
334 **게걸음으로** 그라스 · 장희창 옮김 노벨 문학상 수상 작가

395 월든 소로 · 정회성 옮김
396 모래 사나이 E. T. A. 호프만 · 신동화 옮김
397·398 검은 책 오르한 파묵 · 이난아 옮김 노벨 문학상 수상 작가
399 방랑자들 올가 토카르추크 · 최성은 옮김 노벨 문학상 수상 작가
400 시여, 침을 뱉어라 김수영 · 이영준 엮음
401·402 환락의 집 이디스 워튼 · 전승희 옮김
403 달려라 메로스 다자이 오사무 · 유숙자 옮김
404 아버지와 자식 투르게네프 · 연진희 옮김
405 청부 살인자의 성모 바예호 · 송병선 옮김
406 세피아빛 초상 아옌데 · 조영실 옮김
407·408·409·410 사기 열전 사마천 · 김원중 옮김 서울대 권장도서 100선
411 이상 시 전집 이상 · 권영민 책임 편집
412 어둠 속의 사건 발자크 · 이동렬 옮김
413 태평천하 채만식 · 권영민 책임 편집
414·415 노스트로모 콘래드 · 이미애 옮김
416·417 제르미날 졸라 · 강충권 옮김
418 명인 가와바타 야스나리 · 유숙자 옮김 노벨 문학상 수상 작가
419 핀처 마틴 골딩 · 백지민 옮김 노벨 문학상 수상 작가
420 사라진 · 샤베르 대령 발자크 · 선영아 옮김
421 빅 서 케루악 · 김재성 옮김
422 코뿔소 이오네스코 · 박형섭 옮김
423 블랙박스 오즈 · 윤성덕, 김영화 옮김
424·425 고양이 눈 애트우드 · 차은정 옮김
426·427 도둑 신부 애트우드 · 이은선 옮김
428 슈니츨러 작품선 슈니츨러 · 신동화 옮김
429·430 세계의 끝과 하드보일드 원더랜드 무라카미 하루키 · 김난주 옮김
431 멜랑콜리아 I–II 욘 포세 · 손화수 옮김 노벨 문학상 수상 작가
432 도적들 실러 · 홍성광 옮김
433 예브게니 오네긴 · 대위의 딸 푸시킨 · 최선 옮김
434·435 초대받은 여자 보부아르 · 강초롱 옮김
436·437 미들마치 엘리엇 · 이미애 옮김
438 이반 일리치의 죽음 톨스토이 · 김연경 옮김
439·440 캔터베리 이야기 제프리 초서 · 이동일, 이동춘 옮김
441·442 아소무아르 에밀 졸라 · 윤진 옮김

세계문학전집은 계속 간행됩니다.